di disastrosi giorni scolastici

Amarganta

Titolo: Diario di disastrosi giorni scolastici
Autrice: Giorgia Ferrante

www.amarganta.eu manoscritti@amarganta.eu

ISBN 979-12-81150-63-8

Stampato per conto dell'Associazione Culturale Amarganta nel mese di maggio 2024

Giorgia Ferrante

Diario
di disastrosi giorni scolastici

A Giulia
vicina di banco
vicina di cuore

PROLOGO

AVVISO AI NAVIGANTI

Questo libro deve essere maneggiato con cautela.

In queste pagine troverete il mio personalissimo punto di vista sulla scuola, come io l'ho vissuta. Non penso di avere la verità in tasca: sicuramente, se chiederete ai miei compagni, l'esperienza sarà risultata diversa sulla loro pelle. In particolare, vorrei spezzare una lancia in loro favore: gli ultimi anni di liceo hanno studiato molto più di me, non che ci volesse molto visto che il mio impegno era nullo. Dunque sicuramente non sono ignoranti quanto me. Non solo ho assimilato poche nozioni tra quelle studiate, ma quel poco che so mi sembra solo un bagaglio morto, stupidi paradigmi che rispuntano quando meno te lo aspetti e che fanno chiedere: "Perché diavolo questo lo so ancora?" Solo su una cosa siamo tutti d'accordo: è stato assurdo.

Rileggendo queste pagine, mi rendo conto di quanto siamo stati sfortunati, io stessa faccio ancora fatica a credere a certi racconti. O meglio, si fa fatica a credere che siano capitate tutte a noi: il numero di situazioni ridicole è davvero spropositato. Il lato positivo è che ci ha unito come classe, ci ha unito perché eravamo pochi sopravvissuti contro un nemico in comune. Le risate e i ricordi indelebili sono stati il nostro collante. Ancora oggi, quando ci incontriamo per la cena di classe annuale, benché ci si sia persi tutti un po' di vista, basta una frase, un "porco demonio" o un "stai uccidendo una donna già morta" per farci tornare con la mente ai nostri banchi verdi e alle mattonelle color terracotta, per farci sentire ancora parte dello stesso gruppo.

Forse ho dato la precedenza a ricordi buffi, anche se vi assicuro che qualche giornata è stata quasi normale, ma alla fine è questo che mi è rimasto: le stupidaggini, le risate, il rapporto con i miei compagni e anche tanta rabbia e delusione. Spero che queste situazioni vi strappino un sorriso, a voi poveri sfortunati che vi siete imbattuti in questo libo e che avete pure avuto l'ingenuità di aprirlo.

Ammetto di essere un'ex studentessa delusa dalla scuola, ma non ho scritto queste mie memorie per lamentarmi e basta. Quando parlerò di voti o di versioni fraintese sarà solo per introdurre aneddoti divertenti o per illustrare una tappa del mio strano percorso scolastico. E, se susciterò qualche riflessione riguardo a come la scuola potrebbe migliorare, non nascondo che ne sarò contenta.

Ora veniamo a me. Ho molte colpe come studentessa, ho ricambiato la scuola con la stessa moneta: come a me è passata la voglia di imparare così sono stata uno di quegli studenti che fanno passare la voglia di insegnare. Alcuni professori neppure se ne sono accorti, ma vi assicuro che ho ampiamente contribuito alla spirale d'odio che echeggia per la scuola.

Non ho fatto nulla per cambiare le cose, ho scelto la via più facile: mi sono nascosta nell'ultimo banco. Impegnarsi faceva molta più paura. Sono sempre stata la più piccolina della classe, con la faccia dolce e innocente e forse era proprio dietro il mio faccino che mi celavo davvero. Quasi nessuno avrebbe potuto sospettare che dentro una ragazzina così minuta ci fosse tanta pigrizia, tanta paura del fallimento e poi ironia, sarcasmo, rabbia, ostinazione e desiderio di vendetta. Con il banale e alquanto prevedibile senno di poi, mi sono pentita di aver covato tali sentimenti. Da queste pagine uscirà finalmente la verità, tutta la confusione che avevo allora ma che ho dentro anche tutt'ora. Parlerò di ieri ma anche di dove mi ha condotto il passato senza nessuna apparente logica: non aspettatevi quindi ordine o calma, sarà una narrazione frenetica, scritta di getto e anche con rabbia.

E se le mi parole vi sembrano troppo dure potete sempre usare questo libro in un altro modo: dovrebbe essere ottimo per alimentare il caminetto di casa.

PRIMO ANNO

PERSA

Ebla era il titolo di una ricerca consegnata il 23 settembre 2009.

Ebla è un'antica città della Mesopotamia. Fu l'argomento di uno dei primi compiti assegnati alle superiori. Quando è stata fondata? Dove si trova esattamente? Esiste ancora? Ebbene, non ne ho idea e, anzi, non sono nemmeno tanto sicura che il nome sia quello. Non mi ricordo assolutamente nulla anche se non è questo il punto. Potrei tirare fuori la mia vecchia ricerca, ma qui sorge un problema: temo che si trovi ancora sul comodino del mio professore. Esattamente sul suo comodino, così almeno ci disse dopo due settimane, dopo tre, dopo un mese, e infine in prossimità del Natale!

Non le rivedemmo mai più. Sparite. Mangiate.

E di Ebla, sempre che sia questo il nome della città, non si parlò mai più.

Questo è il primo ricordo che ho delle superiori: la scuola che mi prende qualcosa senza darmi nulla in cambio.

Ebla a parte, mi rendo conto di essermi iscritta al liceo Classico seguendo un filo, una passione che mi aveva trasmesso la professoressa di italiano delle scuole medie. Così feci ingresso nell'istituto: una ragazza ingenua, piena di speranza, con le parole di un'insegnante ancora nel cuore. È basato pochissimo perché il grigiore di quell'edificio le affievolisse e, considerando tutti gli ostacoli trovati, mi duole dire che i peggiori furono i professori e così persi il mio filo. Ero entrata tenendolo stretto stretto, ma le mani di una ragazzina sono così piccole e così delicate che lo smarrii e mi sentii più persa di prima. Sparì come Ebla e, proprio come Ebla, nessuno ne parlò più. Crescendo ti fanno pensare che quelle sensazioni siano legate alla nostra parte infantile, che non abbiano dunque valore, troppo sono lontane dalla realtà. La realtà è fatta di responsabilità, non c'è tempo per le passioni. Le passioni non hanno logica, non ti procurano uno stipendio. E se hai perso anche il sorriso con il filo tanto meglio: si diventa finalmente una persona seria, matura.

Chi mi conosce si starà sicuramente facendo una grassa risata visto che l'unica cosa matura che possiedo è la frutta in frigo.

EQUUS ET APER

Il cavallo e l'ape.

L'ape corse verso il cavallo, entrò nel guado agitando le acque e facendo imbizzarrire il cavallo. L'uomo si precipitò in suo aiuto, uccise l'ape con il suo giavellotto, la caricò sul dorso del cavallo e la portò a casa come trofeo.

Primo compito in classe

Voto: 2

INIZI INDELEBILI

Avrete intuito che c'è qualcosa che non quadra: aper infatti non significa ape, come ci potrebbe far pensare la fonetica, ma cinghiale. Vorrei attribuirmi il merito di questa storiella che verrà raccontata per decenni tra i banchi di scuola, ma l'artefice fu un mio povero compagno di classe.

Al povero compagno non fu segnato errore solo una volta, ma tutte le volte che compariva la parola aper nella versione, che era ben più lunga di quella riportata; in più una sconsolata professoressa decise di regalare la lettura di questo reperto alla classe, e non fu purtroppo un modo per sdrammatizzare e riderne insieme, ma per sottolineare la sua incapacità a credere a tanta stupidità.

Il mio risultato in termini di voto penso che sia stato più o meno lo stesso, anche se non lasciai un segno altrettanto riconoscibile. Nessun inizio indelebile, in modo da non essere confusi tra la folla, ma un esordio che inaugurò i vari fraintendimenti con il greco, con il latino e con professori nonché annunciò la totale incapacità di capirsi a vicenda.

PRETESE ESAGERATE

Mollai un calcio sulla sedia davanti, dove era seduta Martina, per farla girare.

"Marti, dove sono Tito e Teresa?"

"A prendere l'acqua per il prof" mi rispose in un sussurro seccato.

"Ma sono fuori da quindici minuti e sono andati in due!" replicai.

"Penso che vogliano evitare l'interrogazione e poi lo sai che lui non fa domande. E comunque piantala di tirare calci alla mia sedia ogni volta che ti gira, scema di guerra!"

Questa cosa delle bottigliette d'acqua aveva sfiorato il ridicolo: a ogni lezione il professore incaricava qualcuno di andare a prendere una bottiglietta d'acqua frizzante. Frizzante. Mi raccomando, frizzante era essenziale. Così, a ogni lezione c'erano volontari che coglievano l'opportunità di farsi una passeggiatina per i corridoi della scuola, passeggiatine che ogni volta diventavano più lunghe. Ormai l'incaricato di turno se partecipava a venti minuti di lezione era già tanto, visto che il professore non arriva mai senza i suoi quindici minuti di ritardo. Dove fosse e cosa facesse non lo abbiamo mai saputo. A noi veniva solo detto che era stato trattenuto: contrariamente a quanto si potesse pensare, era desiderato da tutti e questi tutti si prendevano la briga di trattenerlo in continuazione.

Comunque, quando si decideva a entrare in classe, si alzavano repentinamente una decina di mani per andare a procurargli l'acqua e lui non aveva che da scegliere. A breve fummo costretti a fare dei turni per le passeggiate al pozzo.

E quel giorno scoprimmo anche che quelle escursioni scolastiche si potevano fare persino in due.

Capivo la bellezza della camminatina per corridoi calmi e deserti, capivo anche l'ebrezza del non rispettare le regole, anche se tecnicamente ci aggiravamo con il suo permesso, comprendevo un po' meno perché si dovesse saltare l'interrogazione. Quando ci chiamava, noi andavamo alla cattedra con il libro aperto sulle due pagine che ci stava chiedendo. A detta sua, vedere le pagine studiate ci aiutava a ricordare, in pratica leggevamo. Leggevamo tutto. L'unica volta che provò ad affidarci addirittura tre pagine da studiare chiedemmo di ridurle a due visto che non sapevamo se, oltre a leggere, potevamo anche girare le pagine.

Tito e Teresa rientrarono quasi alla fine dell'ora ma fu inutile, infatti non interrogò nessuno: passò il tempo a spiegare più volte come aveva fatto a far scendere il gatto dalla palma dei vicini.

MEMORIA SELETTIVA

Ho recentemente scoperto, leggendo un articolo di giornale sulla didattica nelle scuole superiori, che l'Odissea è, ed era, programma del primo anno. Ho dovuto sforzarmi non poco per far finalmente riaffiorare la copertina del libro di testo dell'Odissea nella mia mente.

Il professore delle bottigliette, sempre lo stesso di Ebla, avrebbe dovuto affrontarla ma, tra il mio scarso impegno e anche il suo, non ricordo assolutamente nulla. Di tutte le sue lezioni ricordo solo un brano di Edgar Allan Poe, il gatto e le diete. L'acqua frizzante faceva infatti sempre parte delle sue diete che lui non perdeva occasione di spiegarci.

In conclusione: dieta 1 – Odissea 0

INSULTI GRATUITI

Margherita era in piedi a fissare la frase alla lavagna da dieci minuti, tanto che Manticora, il soprannome più gentile riservato alla professoressa di greco e latino, decise di iniziare a spiegare il nuovo argomento lasciando la mia compagna con il gessetto in mano. Margherita tentò inutilmente di dire che non sapeva tradurre quella frase dall'italiano al greco perché non conosceva le parole da usare. "Ti lascio a pensare, vedrai che ti vengono in mente" replicò Manticora. Qualcuno di fin troppo coraggioso provò a balbettare che non c'erano mai state assegnate parole da imparare a memoria. "Certo, ma sicuramente le avete incontrate traducendo e se le avete incontrate dovete saperle" sbuffò Manticora da dietro la cattedra con disprezzo. Margherita allora dichiarò apertamente che lei proprio non le sapeva. Tutto inutile: la lezione proseguì lasciandola in piedi, pallida, a fissare senza alcuno lo scopo la lavagna. Dopo quindici minuti di interminabile tortura, arrivò il verdetto: "Ti ho dato fin troppo tempo, sei proprio un brontosauro!" Considerando che alcuni ci impiegano di più a prendere dell'acqua frizzante, non era poi troppo tempo.

Serena tornò per prima al suo banco con il compito in mano senza aver avuto la forza d'animo di guardare il voto. Lo passò a Ludovico e disse: "Guarda tu, io non ho il coraggio." Ludo lo prese e restò in silenzio.
"Ti prego, dimmi che è 6" sussurrò con gli occhi chiusi.
"Sere. Hai preso 1" disse Ludo con la voce incredula e funerea. Serena glielo strappò di mano e lo fissò con le sopracciglia che sparivano sempre più in alto. Poi sollevò gli occhi su Ludo che era ancora in attesa di una sua reazione, e contemporaneamente scoppiarono a ridere, piegati sotto i banchi. Intanto Manticora dichiarava:"Tancredi, non è 6." Al riemergere, Serena cambiò umore e disse quasi digrignando i denti:" Ma come si recupera un 1? Cioè, potrei anche prendere 8 fino a fine anno, cosa che non succederà visto il mio attuale livello, ma sarebbe inutile! In pratica aspetto solo l'esecuzione di giugno, brutta vacca."
"Sì, ma adesso calmati che ci sta fissando."
Manticora in effetti aveva smesso di distribuire i compiti per godersi la scenetta e aggiunse:" Sappi che con quel compito hai ucciso una donna già morta."
In quel compito prendemmo quasi tutti voti tra l'uno e il tre.

C'era sempre quel silenzio teso durante un compito in classe, così teso che, se ti facevi prendere dal panico, invece di essere concentrato sul compito riuscivi a sentire solo il rumore delle penne che scribacchiano sul foglio e allora cominciavi a chiederti perché tutti avessero tanto da scrivere e soprattutto se le penne facessero sempre tanto rumore o solo durante i compiti.
Il silenzio di quel giorno però era diverso, in pochi scrivevano e riuscivo ad avvertire l'agitazione di tutti. Coglievo respiri trattenuti e sbuffi esagerati. Rilessi le poche righe che avevo composto: perfetto, quella frase non

aveva nemmeno il verbo, in pratica avevo messo insieme un'accozzaglia di parole senza senso. Di solito le mie versioni non avevano senso, ma quella volta non c'era nulla. Quanto avrei pagato per riuscire a tradurre insensatamente e malamente una frase che sembrasse effettivamente una frase. Nel bel mezzo di questi pensieri Maria, la migliore della classe, si alzò e si avvicinò alla cattedra pallidissima. Se anche lei era ridotta così, non riuscivo a immaginare cosa sarebbe saltato fuori dagli altri. Maria iniziò a balbettare: "Prof... non riesco... non capisco..." e, prima di finire, si accasciò sulla cattedra e iniziò a tremare come in una sorta di convulsione. Manticora, senza dare segni di stupore, si erse in tutta la sua stazza da amazzone, sollevò Maria da sotto le ascelle e la trascinò di peso fuori dalla classe. Noi restammo immobili, basiti, increduli, fissando il vuoto dove era appena accaduto l'inverosimile senza aver neppure il coraggio di copiare. O forse senza la speranza che qualcuno avesse capito qualcosa del compito. O forse, a nessuno importava in quel momento. Comunque, in questo tacito accordo, nessuno fiatò, nessuno mosse un muscolo. Manticora rientrò cinque minuti dopo da sola (si sarà mangiata Maria?) e dichiarò: "Si vede che è una debole di cuore." Certo, eravamo noi il problema. Non bastava che qualcuno svenisse sopra la cattedra in preda alle convulsioni per farle capire che forse c'era qualcosa che non andava.

Dieci minuti alle otto, Tancredi era appoggiato al suo banco ed evitava lo sguardo di tutti. Strano, non è da lui, pensai. Mi avvicinai.
"Com'è che questa mattina non lanci il libro di grammatica contro il muro?"
"Tra dieci minuti arriva Manticora."
"Lo so, infatti per questo scagli i libri e i fogli con i paradigmi per l'aula di solito, in una sorta di isterismo. Che hai oggi?"
"Ieri mio padre è andato a colloquio. Gli ha detto che, visti i miei risultati, farei meglio ad andare ad agraria."
"Insomma, gentile come al solito."

Nella nostra città c'è una tradizione: la liberazione. Verso fine ottobre i goliardi entrano nei licei per liberare, ovvero far uscire gli studenti. Una volta era una vera e propria lotta: i goliardi entravano a forza, i presidi cominciarono così chiedere che ci fosse la polizia a scuola ma non si sapeva mai quale fosse l'esatto giorno in cui arrivavano, inoltre i goliardi, per evitare la polizia, cominciarono a mettere lucchetti ai cancelli per non far entrare nessuno. Quando arrivai al liceo, presidi e goliardi avevano iniziato a mettersi d'accordo in anticipo: si sapeva l'esatto giorno in cui arrivavano, si facevano tre ore di scuola, poi entravano con il permesso del preside, andavano nelle classi, gridavano "siete liberi" e noi potevamo uscire.

Povero il goliarda che capitò nella classe di Manticora: lei non ci voleva lasciar uscire nonostante si sentissero schiamazzi e corse per tutta la scuola. Restammo in classe mentre cominciava ad aleggiare silenzio e il goliarda, non so come, finì alla lavagna interrogato mentre Manticora mostrava incredulità per il fatto che il goliarda frequentasse l'università. "Non può essere, non puoi non sapere queste cose ed essere all'università" infierì sul poveretto. La tortura finì solo quando entrò il bidello a invitarci a uscire.
"Certo", disse Manticora, "chi vuole può uscire." Nessuno osò muoversi.
Il bidello dovette insistere: "Stiamo proprio chiudendo la scuola, dovete uscire."
"Bene,", rispose Manticora "andate." Ci muovemmo molto lentamente, e uscimmo da soli, per ultimi, senza la felicità degli altri ragazzi, ma solo con un peso: la sensazione di aver fatto un torto a Manticora.

Aprile 2010

Manticora mise una nota sul registro. Una nota al personale Ata (amministrativo, tecnico e ausiliare), ai bidelli insomma. Si erano dimenticati di consegnare una circolare il giorno prima, quando la portarono Manticora aggredì il malcapitato. Il malcapitato si difese come poté, dicendo scocciato che sono cose che possono succedere e che comunque quella era una circolare pure inutile. Manticora gonfiò il petto, prese la penna con aria di sfida e disse "nota al personale Ata", lasciando il bidello basito e senza forza per replicare. Sciocchi coloro che credettero di sfuggire alla gentilezza di Manticora solo perché avevano superato l'età dell'obbligo scolastico.

TRADIZIONE

Oltre alla tradizione della liberazione, nella mia città ce n'è un'altra ancor più priva di senso: il primo giorno di scuola gli studenti più grandi lanciano uova a quelli del primo anno. Anche qui ci sono state inutile lotte con i presidi. Nella mia scuola, la prima settimana quelli del primo anno entravano dopo gli altri e uscivano prima. L'unico risultato fu che la tradizione fu spostata alla seconda settimana di scuola e che ad attenderci trovammo pure gli studenti più grandi delle altre scuole. Fortunatamente io mi presi un solo uovo di striscio, proprio quando ero uscita dalla strada della scuola e pensavo di aver evitato il fuoco incrociato, invece c'era ancora qualcuno in giro che non aveva finito i proiettili. Anni dopo, visto che potevo essere facilmente scambiata per una del primo anno, uscii sempre attaccata a Tancredi, che era grande e grosso così, anche se mi scambiavano per una primina, non avevano voglia di attaccar briga con il mio amico. E per fortuna non sapevano che era solo apparenza!

Come dicevo a me andò bene: un solo uovo. C'è chi ne fu ricoperto, chi fu riempito sia di uova che di farina, ci furono anche veri e propri atti di bullismo, alcune persone furono legate con lo scotch ai pali, ricoperte di cibo e poi lasciate lì. Vorrei dire grazie a chiunque partecipasse a queste stupidissime tradizioni: in effetti l'inizio del liceo non era abbastanza traumatico, c'era bisogno anche del vostro aiuto.

PORCOSPINO

Se potessi parlare alla me di allora vorrei dirle di non sentirsi sbagliata.

Il ginnasio alla fine è proprio un percorso che ti fa sentire in questo modo: davanti a quelle tabelle di declinazioni e a quei paradigmi e a quelle versioni di cui non si capisce nulla, ti senti ottusa. Poi ci sono i voti che te lo confermano, voti che nel nostro caso erano pure presi dall'universo irreale. Ma più di tutto, quante volte la conferma è arrivata da un professore? Quante volte ci siamo sentiti dire che eravamo inadatti a quella scuola?

Perché ovviamente noi eravamo un fallimento e il professore in questione non poteva farci proprio nulla al riguardo. Ecco, arrivavi a sentirti un fallimento. Non è difficile capire il perché quando ti dicono che sei lento come un brontosauro, debole di cuore e che ogni volta che fai un compito uccidi una donna già morta. Su questo, però, almeno sono d'accordo: quella donna era già morta, nell'anima. Quell'anno può essere riassunto così in effetti: un fallimento su tutta la linea. Mi ero iscritta anche al corso di teatro della scuola, tenuto sempre dal professor Ebla. Scoprii allora che in certi corsi di teatro non si insegna a recitare ma sale sul palco solo chi sa già farlo, gli altri guardano e, riguardo allo spettacolo, si possono occupare degli oggetti di scena o delle luci. Adesso so bene di essere una persona inadatta alla recitazione, ma all'epoca mi sentii come se avessi fallito anche lì. Mi fu fatto leggere il copione una sola volta e questo bastò agli scrutinatori per per rendersi conto che non avevo talento. Fui relegata quindi al ruolo di comparsa e, anche se il corso aveva due sessioni a settimana, io non feci assolutamente nulla per un anno intero. Mi sentivo di vetro, ogni volta che facevo qualcosa rischiavo di andare in frantumi; un disastro ambulante che per evitare altri disastri si richiuse a riccio. Per difendermi, per evitare che gli altri vedessero il fallimento che ero, fuggii dalla scuola, dalla famiglia e da qualsiasi cosa nuova e rischiosa della vita. Chiudermi a riccio mi sembrò il meno peggio.

Cara me, sappi che ancora oggi mi ritengono un porcospino perché non abbraccio le persone e perché chiudo in me i pensieri peggiori, a logorarmi da dentro. Penso sempre di non essere tagliata per certi aspetti della vita e quegli aspetti, quei pensieri, tendo a tenerli il più possibile lontano dagli altri. Ho impiegato dieci anni per fare scelte che fanno paura ma che sono le più vive, dieci anni per buttarmi a capofitto nella vita. Forse tu avresti saputo fare meglio di me, con il cuore molto più aperto del mio ma per questo più sensibile al dolore. Proprio quelli definiti deboli di cuore, forse per un sentire più profondo, avevano bisogno di aiuto per capire che quella poteva essere una risorsa e non solo una debolezza.

Cari compagni, se fossi lì vi direi di non ascoltare le malignità di quei professori che farebbero meglio a cambiare lavoro. Avrei presto, già dall'anno dopo, imparato a gestire tutto questo, tutto quello che mi veniva gettato addosso. Nella vita sarebbe successo spesso, ma a quale prezzo impararlo a quattordici anni, soprattutto da chi dovrebbe insegnare, non solo sterili nozioni e programmi, ma a crescere e migliorare? Appresi così come sopravvivere, ma non a vivere.

In quella scuola non c'erano studenti migliorabili, ma c'era solo chi stava a galla e chi invece affondava. I programmi sono solo per chi è adatto e noi eravamo solo dei numeri, delle teste in cui infilare tabelle di grammatica greca e latina. Ci riesci? Ottimo. Non ce la fai? Allora hai fallito e la punizione sarà la scuola agraria. Alla fine inizi a chiederti che ci fai là, perché studi quella roba che non piace neppure al tuo professore.

Poi, cos'ha che non va agraria devo ancora capirlo. Questo più di tutto uccide l'animo di un ragazzo: fargli pensare che alcune strade valgano meno di altre. Come se contasse di più che scuola fai rispetto a come la fai o che lavoro fai rispetto al come lo svolgi. Quelli che pensano che siamo solo un voto a scuola sono gli stessi che credono che là fuori siamo solo un titolo.

E fu proprio questo che ci trasmise Manticora: quel sapere era solo per pochi, aveva il fine di far sentire taluni migliori di altri.

FINALE COL BOTTO

Entrai in classe aggirando Ludo e Sere che stavano litigando per qualche sciocchezza, come sempre. Quel giorno avevano iniziato prima del solito. Non ho mai capito perché si ostinassero a essere vicini di banco: di solito riuscivano a sopportarsi fino alla terza ora e poi lui iniziava con uno sproloquio e lei prendeva a lanciargli addosso l'astuccio o il diario o qualunque cosa avesse a portata di mano.

Quella giornata fu però diversa e memorabile anche per altro: entrò la prof di inglese con i compiti e ci fece posizionare i banchi come durante il compito. In quel momento capii la portata del colossale disastro che avevo fatto. I compiti di inglese erano divisi in compito A e compito B, a file alterne, in modo che non copiassimo. Durante tutto l'anno molti avevano fatto però i compiti di un'altra fila, visto che ce li dava entrambi e poi ci diceva quale fare, vuoi per copiare, vuoi per fare quello che sembrava più facile. Io lo feci quell'unica volta, all'ultimo compito in classe, perché appunto il compito della fila A era più facile. Non so dire perché proprio quella volta fui presa da tanta insicurezza, visto che avevo la sufficienza. Bene, quell'unica volta se ne accorse, visto che quasi tutti i compiti risultarono essere della stessa fila. Chi aveva cambiato fila, come me, prese 2 e ci fu annunciato che ci sarebbero state ripercussioni anche a livello disciplinare.

15 GIUGNO 2010

Ebbene, fui rimandata in tre materie invece che in una: latino come meritavo, greco per provvedimento disciplinare visto che era quasi 6 e, sorpresa, inglese.

Il numero di rimandati fu elevatissimo, due compagni ebbero quattro materie. Non so neppure se si possa fare una cosa del genere.

PROGNOSI

Prognosi: riservata.

Mi fu detto che non ce la potevo fare a recuperare e così i miei genitori mi chiesero se volevo fare a meno di studiare quell'estate e ricominciare l'anno dopo. Mi chiesero anche se volevo cambiare scuola. Dissi di no. Non rifiutai quella proposta perché avevo fiducia in me, lo feci solo perché mi sembrava l'unica posizione giusta da prendere e perché, al di là delle regole grammaticali, solo una cosa mi aveva insegnato la scuola: se prendi un'altra strada sei una fallita, una non eletta, plebaglia che non potrà arrivare dove siamo noi titolati, noi laureati, noi grecisti. In pratica, stavo già fallendo alla grande, ma cambiare scuola significava affrontare una disfatta ancora più grande. Non pensai nemmeno un istante alla possibilità di essere bocciata a settembre, ma solo perché non pensai a nulla. Mi sentii vuota, mi rinchiusi perché nient'altro potesse entrare in quel vuoto e ferirmi. Ai miei genitori non dissi mai tutto questo, non spiegai mai perché avevo deciso di restare in quella scuola, perché avevo deciso di fare quegli esami a settembre. Se avessero conosciuto le mie motivazioni, me lo avrebbero lasciato fare? Ma non lo seppero mai, la mia chiusura riguardava tutti, perché tutti si allontanassero dal fallimento che ero.

RIASSUNTO ESTIVO SU CARTA

Per Lina

-fare tutto quello che dice il prof

-scrivere sempre quello che studi

-sempre analisi scritta del periodo

-uso attento del vocabolario

-ogni 2/3 giorni ripetere schede (verbi, complementi, pronomi, declinazioni)

-ATTENTA AL SENSO

-telefonare al prof se ti blocchi su una versione

-fare tutte le versioni

-se fai con Marti, traduci tu dopo l'analisi del periodo

Ti penseremo ogni minuto del viaggio come se fossi con noi o noi qui con te per incoraggiarti. Stai facendo un buon lavoro, tieni duro ancora un po' ed i risultati verranno. Attenta quando traduci!

Ti vogliamo un mondo di bene.

RIASSUNTO ESTIVO NELLA MIA TESTA

Come avrete capito fui lasciata a casa a studiare. Ricordo pochissimo di quell'estate visto che, in una forma di autodifesa, era come se non la stessi vivendo davvero. Non ero in ansia, non sentivo assolutamente nulla, studiavo e basta senza pormi domande. E, tanto per mantenere la coerenza con il mio percorso scolastico, per le ripetizioni i miei genitori assoldarono un professore gentilissimo. Ora, quest'uomo non mi ha minimamente scalfito, visto che ero un guscio vuoto che non si permetteva di provare alcunché... a parte i bernoccoli sulla testa, perché ogni volta che sbagliavo mi schiantava il libro in testa. Chi soffrì di più fu mia nonna: ero stata lasciata a casa con lei e il professore la chiamava ogni giorno per dirle che non sapevo nulla, che sarei stata bocciata e che i miei genitori erano dei pazzi sconsiderati che mi avevano abbandonata. Mia nonna aveva gli incubi di notte, sognava questo professore. Nessuno però disse nulla ai miei genitori mentre erano in viaggio e, quando tornarono, furono aggrediti da lei che ormai era convinta a sua volta della loro sconsideratezza; nemmeno il tempo di appoggiare la valigia nell'ingresso e disse loro che sarei stata senza dubbio bocciata nonostante avessi studiato e basta ogni giorno, per tutto il giorno. Feci solo tre giorni di riposo in montagna: la vacanza più triste della mia vita. Sappiate infatti che mi accompagnò mio nonno, a cui volevo molto bene, ma mio nonno non parla, mai. Furono tre giorni di silenzio.

Comunque ebbi un buon rientro. Non mi sentii abbattuta o in ansia, ormai era un anno che mi venivano dette cose poco carine, ero completamente anestetizzata. Insomma, anestetico in corpo, soffrirono gli altri, la mia povera nonna e i miei genitori a cui per poco non venne un attacco di cuore con un rientro del genere. Poi scoprimmo che, forse, anche il professore si era preso troppe librate in testa da giovane: quando telefonò ai miei genitori il giorno seguente, disse loro che non sapevo nulla, che non avevo studiato nulla ed era solo colpa loro perché non mi avevano controllata. Ebbene, dopo due giorni invece richiamò per comunicare che sapevo finalmente tutto, che si vedeva che erano tornati e che mi stavano controllando, cosa tra l'altro che non fecero mai. Secondo quella sua dichiarazione avevo studiato l'intero programma di greco e latino in due giorni. Ah genitori scellerati!

VERSIONE DI RECUPERO

Iniziai a tradurre la versione di greco: due uomini con le tuniche; tuniche molto corte; tuniche troppo corte; decisamente troppo corte; lasciano infatti i sederi scoperti. Sederi.

Avevo scritto sederi in una versione. Cominciai a sbiancare e a sentire l'ansia. Pensai che non potesse essere giusto. Ricontrollai la parola sul vocabolario: era proprio sederi. Proseguii con la versione decidendo di dedicarmi dopo ai sederi. Natiche esposte, uomini che ancheggiano, nudità. Ecco quindi quali furono i miei pensieri: "sto avendo un ictus; forse sono i miei ormoni ma come è possibile se ancora non mi

è arrivato il ciclo?; forse mi sta venendo proprio adesso; forse mi sono bevuta il cervello; non posso trasformare la versione in un porno". Non esposi il mio dubbio a Manticora, né qualcun altro lo fece e tutti per lo stesso motivo: nessuno ebbe il coraggio di alzare la mano e dire: "Scusi? È giusto che ci siano sederi nella versione?"
Mi scervellai per tutto il tempo cercando altri significati per quelle parole senza trovare nulla che desse senso alla versione. Alla fine mi arresi: il tempo era agli sgoccioli e quella fu la prima volta che pensai veramente alla possibilità di essere bocciata. Consegnai quindi la versione così com'era, vergognandomi tantissimo e addirittura pensando di non presentarmi all'orale: la bocciatura era sicura, ma almeno potevo evitare la figuraccia di stare davanti a Manticora mentre teneva la mia traduzione piena di natiche e soprattutto la tortura a cui mi avrebbe sottoposto di conseguenza.

ESITI

Come scoprii all'orale, a cui mi presentai, era giusto. Le natiche e i sederi erano giusti. Ora, quale essere è così crudele da assegnare una versione di recupero che metta in dubbio la salute mentale di un quattordicenne? Di certo non vorrei che le promozioni venissero regalate, ma che bisogno c'è di mettere ancora più in difficoltà? Il motivo sarebbe stato presto rivelato. All'orale entrai ancora più tremante perché, proprio fuori dall'aula, avevo scoperto che i miei compagni avevano imparato a memoria tutte e quaranta le versioni che c'erano da fare per l'estate. Io le avevo fatte, ma non ne sapevo a memoria neppure una. Che non fossi svenuta entrando è un miracolo, visto che dovevo affrontare una versione di sederi e il vuoto totale delle versioni. Feci il primo sospiro di sollievo quando Manticora mi disse che la versione andava bene. Poi aggiunse che molti compagni avevano tradotto alcune parole in modo strano, cercando significati poco usati. Presi dal panico procurato dai sederi, avevano cambiato frasi che erano giuste. Già, quali parole? Forse sedere? Lei non disse infatti quali parole, disse solo alcune parole. Come se non fossero delle parole precise.

Poi, come avevano previsto i miei compagni, prese una versione assegnata per l'estate e mi chiese di tradurre. Ebbene, quella traduzione non avvenne mai. Io lessi e poi, per prendere tempo, iniziai a fare l'analisi del periodo. Dissi qual era il verbo, lo analizzai, dissi terza persona del presente, dissi qual era il complemento, il soggetto, cominciai a declinare parole e a spiegare regole grammaticali senza che mi fosse chiesto. Non fu fatta la traduzione neppure di una parola. Manticora quindi disse: "Finalmente qualcuno che non ha imparato le traduzioni a memoria senza aver capito nulla. Brava che non hai fatto come gli altri!" Anche se qui il punto non era che sapessi la traduzione senza averci capito nulla, ma che la traduzione proprio non la sapevo. Comunque, mi congedò prima di indagare. Quel giorno imparai l'arte di arrampicarmi sugli specchi e che a volte è proprio questione di... sedere!

Contro ogni prognostico fui promossa.

ADDIO CON I FIOCCHI

Poco dopo l'inizio della scuola, a settembre, dissi addio al professore delle ripetizioni. Una cosa era certa: sia che io ne avessi avuto bisogno, sia che ce l'avessi fatta da sola, non era pensabile sopportarlo ancora. Non voglio sembrare un'ingrata: sicuramente è stato anche merito suo se mi avevano promossa, è stato molto bravo a insegnarmi le regole grammaticali e come tradurre. Ma ai miei, non anestetizzati come me, sarebbe venuta un'ulcera solo al pensiero di affrontare le sue agitatissime telefonate in cui avrebbe sbraitato un giorno sì e uno no che non sapevo nulla.

Quando andai all'ultima lezione, dopo avergli comunicato che volevo provare a fare da sola, mi accusò appunto di essere un'ingrata, ricevetti una librata in testa, prese il mio quaderno delle regole e lo gettò nel cestino. Me ne andai e lui neppure rispose al mio saluto.

Mio padre passò a casa sua nel pomeriggio dove gli fu detto che ero una maleducata e che non potevo farcela da sola perché del greco e latino non mi importava visto che IO avevo gettato il quaderno nel cestino. Invece, lui era così gentile che me lo stava pure restituendo nonostante il mio gesto.

COME DIRTELO?

Santo mio padre, quella volta che decise di credere a me. Tra l'altro non so proprio come fece tra la versione di un professore, per quanto pazzo, e quella di una ragazzina quattordicenne a scegliere quest'ultima.

I motivi per dubitare di me ce li aveva tutti, quell'anno gli avevo procurato non poche delusioni oltre a tutta l'angoscia dell'estate, eppure non credette mai alle parole di quel professore. Non mi riferisco solo riguardo a chi avesse lanciato il quaderno nel cestino, ma anche sul fatto che non stessi studiando, che non sapessi nulla o che non potessi farcela a superare gli esami di settembre come tutti gli dicevano. Forse molti di voi lo crederanno ingenuo, forse starete pensando: ecco l'ennesimo genitore sempre dalla parte dei figli che non sa vedere o non vuole affrontare la realtà. Sinceramente non so quale tra questi due atteggiamenti sia giusto. So solo che, se non avessi avuto quell'unica persona che credeva in me, magari anche senza averne motivo, probabilmente non ce l'avrei fatta. Quando dico che i motivi per dubitare ce li aveva tutti era perché durante l'anno scolastico gli avevo mentito sui miei voti e non poche volte. Ovviamente la verità venne sempre fuori. Era accaduto sempre per la solita ragione: non sapevo affrontare il mio fallimento, figuriamoci dirlo a lui, la persona cui volevo assomigliare di più al mondo. E come dirlo quando ci si sente così lontani da somigliargli?

Non ho mai detto a mio padre che lui è il mio esempio di vita. Non sono brava con le parole, quelle sincere, quelle del cuore: quando sento affiorare un moto di affetto, poi mi si blocca dentro, resta ingarbugliato anche con i gesti. Non a caso mi chiamano porcospino. Non gli ho mai detto così tante cose, all'epoca non c'era molto amore da offrire: quando ci si crede un fallimento si pensa anche che il proprio amore non valga nulla. Rimandavo così anche di riferire un brutto voto, sperando di non doverlo rivelare mentre tentavo di recuperare per non dare altre delusioni.

Quindi, fu un santo oppure un pazzo? O entrambi?

SECONDO ANNO

PAROLA D'ORDINE: PAZIENZA

Da venticinque che eravamo, dopo gli esami di settembre, ci ritrovammo a essere una classe di diciassette persone. Noi diciassette sopravvissuti, quindi, ci preparammo ad affrontare il secondo anno di ginnasio, già di per sé tosto per tutta la grammatica da studiare, ma in compagnia di Manticora si prospettava un'ulteriore tortura. Avevamo un solo pensiero a darci conforto: sarebbe stato l'ultimo anno in sua compagnia, poi non avremmo più avuto che fare con lei. Noi abbiamo avuto pazienza per un anno, voi lettori potete averla per un altro capitolo, il prossimo sarà più luminoso e divertente forse perché io stessa prenderò la scuola con più leggerezza o meglio, deciderò che me ne importa poco, anche se penso che mi abbia portato a peggiorare come studentessa.

In quell'anno ci fu tuttavia una piccolissima nota positiva: Manticora disse a mio padre che non si aspettava che superassi gli esami a settembre (grazie, su questo era stata molto chiara) e che non pensava che in una persona così piccola ci fosse tanta forza. Fu l'unico complimento che ricevetti in due anni. Sapevo trattarsi di forza d'inerzia, se invece si riferiva alla mia ostentata sicurezza all'orale, allora era questione della mia faccia di piombo: dovevo almeno fingere dignità prima di essere giudicata da lei sulla versione dei sederi e sul perché non avessi imparato a memoria le versioni assegnate. Ebbene, quell'unica frase positiva da lei pronunciata temo venne cancellata da quella che pronunciò in seguito: "Che bello, siamo in pochi. Abbiamo eliminato gli zoppicanti."

Eravamo i sopravvissuti, ma non credo che sia stata una selezione dei migliori, ne è la prova che io fossi con loro.

MEMORANDUM

1. *La scuola peggiore è quella che si limita a individuare capacità e meriti evidenti. La scuola migliore è quella che scopre capacità e meriti lì dove sembrava che non ce ne siano.*

2. *La scuola peggiore è quella che esclama: meno male, ne abbiamo bocciati sette, finalmente abbiamo una bella classetta. La scuola migliore è quella che dice: che bella classe, non ne abbiamo perso nemmeno uno.*

3. *La scuola peggiore è quella che dice: qui si parla solo se interrogati. La scuola migliore è quella che dice: qui si impara a fare domande.*

4. *La scuola peggiore è quella che dice: c'è chi è nato per zappare e chi per studiare. La scuola migliore è quella che dimostra che questo è un concetto veramente stupido.*

5. *La scuola peggiore è quella che preferisce il facile al difficile. La scuola migliore è quella che alla noia del facile oppone la passione del difficile.*

6. *La scuola peggiore è quella che dice: ho insegnato matematica io? Sì. La sai la matematica tu? No. Prendi tre, vai a posto. La scuola migliore è quella che dice: mettiamoci comodi e vediamo dove abbiamo sbagliato.*

7. *La scuola peggiore è quella che dice: tutto quello che impari deve quadrare con l'unica vera religione, quella che ti insegno io. La scuola migliore è quella che dice: qui si impara solo a usare la testa.*

8. *La scuola peggiore rispedisce in strada chi doveva essere tolto dalla strada e dalle camorre. La scuola migliore va in strada a riprendersi chi le è stato tolto.*

9. *La scuola peggiore è quella che dice: ah, com'era bello quando i professori erano rispettati, facevano lezione in santa pace, promuovevano il figlio del dottore e bocciavano il figlio dell'operaio. La scuola migliore se li ricorda bene, quei tempi, e lavora perché non tornino più.*

10. *La scuola peggiore è quella in cui essere assenti è meglio che essere presenti. La scuola migliore è quella in cui essere presenti è meglio che essere assenti.*

Domenico Starnone

I CORSI E I RICORSI DELLA STORIA

Come ci insegna Gianbattista Vico, siamo destinati a fare sempre gli stessi errori. In particolare un'abitudine è pressoché infinita: i fraintendimenti che degli studenti avranno con il greco e il latino, e questo episodio in particolare raggiunge vette inimmaginabili.

Marco venne interrogato in greco da Manticora, lesse la frase che c'era da fare per casa e iniziò a tradurre.
La prima parole era εἶ e così Marco iniziò: "Ad egli..."
E Manticora concluse: "Marco, 2. Sei riuscito a sbagliare in tre lingue."

Avete capito bene, il mio compagno riuscì nella titanica impresa di prendere 2 traducendo una sola parola, sbagliando in tre lingue come sottolineò la professoressa. Infatti, in greco significa *tu sei*, mentre il mio compagno la confuse con ei latino che significa *a lui*. Infine, diede il colpo di grazia decidendo di dire *ad egli* sbagliando anche la grammatica italiana. Almeno siamo certi che non avesse copiato.

Mai interrogazione fu più corta.

Tancredi, invece, il compagno di equus e aper, decise di farsi riconoscere come al solito durante il primo compito in classe dell'anno. Lui, non poco voluminoso, in secondo banco, prese il vocabolario da cui già si vedeva fuoriuscire un foglio protocollo. Lo spalancò ed estrasse rumorosamente il foglio protocollo in cui aveva appuntato solo come fare il titolo in greco; un appunto che poteva benissimo stare sul un palmo, sul banco o su un bigliettino di piccole dimensioni. Invece lui si azzardò, nel silenzio generale, a estrarre di questo mostruoso pezzo di carta. Manticora lo osservò tra lo stupore e il divertimento; in effetti tutto lo stavamo osservando. Attese quindi che avesse finito di spalancare il foglio con un unico appunto grande come una casa, si alzò senza dire nulla e gli ritirò il compito nemmeno iniziato: 2.

E OGGI?

Oggi, come allora, mento, sono svogliata e ho poco coraggio. Fraintendo le persone, fraintendo anche me stessa.

IL DIARIO

Durante il secondo anno la mia dubbia personalità cominciò a uscire dal guscio. Appunto, dubbia. E infatti, per qualche assurda ragione, iniziai a lanciare gli astucci dei miei compagni dalla finestra, a tagliare con le forbici le gomme in pezzettini piccolissimi tanto da meritarmi l'appellativo di gommicida, a prendere le penne di Alice, smontarle e distribuirne porzioni in giro per la classe. Poi, ogni volta che andavo a casa di Marti, mi divertivo a girare in bici per la piazza nei pressi di casa sua, mentre lei mi rincorreva urlando: "Basta, andiamo a casa a mangiare che ho fame." A casa sua le coloravo le pagine dei libri, ridevo fino a cadere dalla sedia e, una volta, saltando sul suo letto feci uscire ben due doghe.

Da quell'anno divenne anche tradizione che rubassi il diario a Marco poco prima dell'inizio della prima lezione, in modo che non potesse alzarsi per riprenderselo. Poi stropicciavo ogni singola pagina in modo che diventasse un diario fisarmonica, che quindi non stava più chiuso. Appiccicai anche la figurina di un serpente sul diario di Marti che ne aveva la fobia e questo mi procurò non pochi calci alla sedia durante la lezione. In realtà quasi tutti ci prendevamo il diario senza chiedere, anche se di solito era per controllare i compiti o per scriverci delle dediche. Ho ancora i miei diari pieni dei bellissimi disegni di Tancredi e di Alice o delle frasi di Tamara. Io, però, non sapevo disegnare, né ho mai detto frasi gentili alle persone, per lo più dalla mia bocca uscivano, e tuttora escono, stupidaggini. Così, le mie scritte erano principalmente per dare fastidio, messe apposta in un giorno in mezzo allo settimana e in grande così che il mal capitato non sapesse dove scrivere i compiti. Insomma, tutti sbottavano allo stesso modo: "Li, basta rompere!"

Mi consola appena appena pensare che oggi non prenderei mai oggetti altrui senza permesso e soprattutto con lo scopo di rovinarli. Un debole principio dell'età adulta? Uno di quei tristi pensieri che pensi non arriveranno mai e invece: c'è il sole, che bello, il bucato si asciugherà più in fretta! Chissà poi perché trovavo quelle attività da sabotatrice tanto divertenti.

AGENDA

Con estrema facilità lasciavo che chiunque aprisse il mio diario, diario in cui scrivevo anche i miei pensieri, le frasi che mi avevano colpito, sfoghi su persone, professori per lo più, giochetti di mia invenzione. Oggi, se qualcuno provasse anche solo ad avvicinarsi alla mia agenda, lo prenderei come un altissimo tradimento, come se fossi io a essere aperta, denudata nella mia intimità davanti all'altro. Non che ci sia scritto nulla di che, i miei pensieri più profondi sono annotati in quaderni ben nascosti dietro a pile di libri, non sia mai che qualcuno li possa leggere.

PERLA

Quell'anno, al posto di Ebola, arrivò lei, Perla; i racconti su di lei sono quasi surreali. Così chiamata appunto per le perle che ci ha lasciato, molte finite sulla rubrica del giornalino scolastico "Le perle dei prof". Davvero difficile credere che siano vere.

Ogni volta che incrociava Manticora al cambio dell'ora, quest'ultima scuoteva il capo sconsolata guardando con estremo disappunto l'enorme zaino viola con cui Perla girava, mi ricordava quello dei Pokémon che avevo in prima elementare, e l'orologio di rame a forma di orso appeso al collo. Per qualche strana ragione, Perla si ostinava a consultare l'ora sul quest'ultimo: lo prendeva in mano e lo girava verso di sé nonostante proprio davanti a lei ci fosse appeso l'orologio dell'aula. Questi dettagli avrebbero poco importanza in un contesto normale, ma in questo caso contribuirono a intensificare l'aurea di ridicolo che la circondava. Penserete che una persona del genere abbia almeno una certa dose di creatività, quindi vi lascio qui degli esempi dell'inventiva con cui ci ha tediato tutto l'anno.

-Primo compito per casa: riassunto del primo capitolo dei Promessi sposi

-Secondo compito per casa: riassunto del secondo capitolo dei Promessi sposi

-Terzo compito per casa: riassunto del terzo capitolo dei Promessi sposi

-Quarto compito per casa: riassunto del quarto capitolo dei Promessi sposi, etc...

-Primo compito in classe:

A) Illustra e commenta in modo personale il primo capitolo dei Promessi sposi

B) Illustra e commenta in modo personale il secondo capitolo dei promessi sposi

C) Illustra e commenta in modo personale il terzo capitolo dei Promessi sposi

D) Illustra e commenta in modo personale quarto capitolo dei promessi sposi

-Secondo compito in classe:

A) Illustra e commenta in modo personale il quinto capitolo dei Promessi sposi

B) Illustra e commenta in modo personale il sesto capitolo dei Promessi sposi

C) Illustra e commenta in modo personale il Settimo capitolo dei promessi sposi

D) Illustra e commenta in modo personale l'ottavo capitolo dei Promessi sposi, etc...

Annoiati? Immaginate noi per un anno. Solo scrivendo queste righe volevo suicidarmi. Al di là dei Promessi sposi, penso che questo sia davvero un metodo a prova di bomba per portare qualunque essere pensante a odiare qualsiasi opera, articolo, capitolo, poesia, romanzo, qualsiasi autore, nonostante la bellezza di uno scritto e l'inclinazione del ragazzo per la materia.

Per controllare i compiti per casa Perla passava tra i banchi e metteva una firma sul foglio con il riassunto che ci era stato assegnato. Nel giro di poco tempo, alcuni di noi, me compresa ovviamente, cominciarono a mettere come titolo delle versioni per casa: riassunto del capitolo "n" dei Promessi sposi. Perla leggeva solo il titolo e firmava, anche se la frase sotto iniziava con: Cesare avanzò con il suo esercito...

Poi, a ogni lezione chiedeva a una persona di leggere ad alta voce il proprio riassunto. La situazione si fece agitata e ridicola quando lo chiese a me. Declamai un veloce riassunto su wikipedia fingendo di leggere dal foglio della mia versione. Quando mi chiese di ripetere una frase appena pronunciata agii subito: presi una penna, cancellai qualcosa e dissi: "Ha ragione prof, questa frase non va bene, meglio rifarla."

Quanto impegno e sudore in meno avrei impiegato per fare davvero il riassunto? E quanto tempo per scrivere quella mezza paginetta? Forse cinque minuti? Eppure, mi sembrava una cosa così tediosa e inutile che la mia ostinazione a non farlo era smisurata.

Quanto si poteva prendere in giro Perla? Quanto si poteva tirare la corda?

Mi prendo il merito di averlo scoperto e di essere stata l'unica allieva in decenni a farla arrabbiare. Guadagnai un bell'urlo, meritatamente certo, ma da una come Perla non te lo aspetti mica.

Quel giorno mancava un insegnante all'ultima ora e dovevamo uscire prima. Perla stava passando tra i banchi per controllare che avessimo la firma sul libretto.

Il 15 novembre la classe VC uscirà alle 13.10.

Perla si accorse che molti di noi non avevano scritto l'anno e, a suo avviso, ovviamente ci si poteva confondere? Magari era un avviso riguardo a un'uscita tra due anni. E così dichiarò che quelli che non avevano scritto l'anno non potevano uscire prima. Stare in quell'inferno un'altra ora non era pensabile così, vedendo che era ancora a due banchi di distanza da me, afferrai la prima penna che mi capitò sotto mano e aggiunsi l'anno con tanto di freccia. La penna si rivelò essere di un colore diverso rispetto a quella con cui avevo scritto l'avviso, ma a quel punto Perla mi aveva raggiunto. Guardò il libretto, divenne viola e gridò con tutto il fiato che aveva: "Mi hai forse preso per una stupida?" Ebbi almeno il buonsenso di non rispondere a quella domanda. Mi spedì dalla preside. Per tutta risposta questa si fece una grossa risata e mi lasciò uscire prima.

Perla aveva poi un'altra mania: la calcolatrice. Quando interrogava faceva tre domande, metteva un voto a ogni risposta e poi faceva la media con la calcolatrice. A un'interrogazione di storia presi 6,7,8. Perla si mise a fare i calcoli e disse che veniva 6 e mezzo. Feci un respiro profondo e con tutta la gentilezza di cui ero capace, temo comunque sia sempre stata molto poca, dissi che forse, forse, il risultato era sbagliato.

Si arrabbiò di nuovo, ormai avevo creato una crepa nella pazienza di Perla, disse che il risultato lo aveva fornito la calcolatrice. Comunque, rifece i calcoli e ovviamente uscì 7. Mandandomi a posto continuò a guardarmi male finché non sbottò: "E comunque non permetterti mai più di contestare un voto." Ma come si poteva spiegare che stavo solo contestando le sue abilità matematiche?

Non mi credete, lo sento da qua. Non ci crederei neppure io se lo leggessi, ma non ho così tanta fantasia da inventare un personaggio del genere, né l'ardore di spararle tanto grosse. Insomma, se dovessi mentire, farei in modo che la bugia fosse qualcosa di verosimile. L'atterraggio di un ufo nel giardino della scuola lo sarebbe di più. L'unica volta che mio padre dubitò dei miei racconti fu proprio riguardo a Perla, pensava che fossero esagerazioni, racconti di ragazzi. O almeno, non ci credette finché non andò a colloquio.

Neanche il tempo di sedersi e di un buongiorno che Perla esordì:

"Lina è a posto con le dita."

"Come, scusi?"

"Sì, anche sulle dita siamo a posto."

"Continuo a non capire."

"Se contiamo sulle dita siamo a posto: Lina ha 7. 1, 2, 3, 4, 5, 6, 7. 7.

"Capisco"

"..."

"..."

"Quindi?"

"Quindi siamo a posto"

"..."

"..."

"Capisco, bene. Arrivederci"

Mio padre, che aveva interrotto la sua mattinata al lavoro per sentirsi dire solo questo, non andò mai più a un colloquio con Perla, in effetti sulle dita sono stata a posto tutto l'anno quindi che bisogno c'era? E non dubitò più delle perle raccontate a tavola.

Disse che quando aveva frequentato lui quel liceo, i professori erano persone di cultura, che scrivevano sui giornali, attivi nella vita della città; adesso di quella scuola rimaneva solo il nome e definì i miei professori dei mentecatti, come nel caso di Perla, o persone molto preparate ma tristi, frustate e disilluse come nel caso di Manticora.

Sempre storia. Perla ci raccontò di una battaglia mai avvenuta. Infatti, a causa della nebbia le navi non si erano viste e si erano passate accanto.

Ripetei la stessa cosa durante un'interrogazione (sì, era una scusa per studiare meno visto che se la battaglia non è avvenuta, c'è ben poco da dire) e lei mi chiese chi diavolo mi avesse riferito una tale fesseria.

"Lei."

"Non ho mai detto nulla del genere."

"Ma sì."

"Ma no."

Lei ha negato così tanto da instillarmi il dubbio che lo avessi sognato. Non è che a stare dentro questo circo ho perso la testa anche io?

FUORI DALLE DITA

Sulle dita ero a posto. Ma cosa contano poi le dita? Valgo quanto le dita? Fuori dalle dita era fuori di testa, una sorta di piccolo e malefico grillo che non si fermava un momento a pensare, forse si fermava solo per fingere di pensare, irrequieta, irriverente, che non sa nulla di sé e del mondo e che non si metterà di certo a porsi domande fuori dalle dita.

Troppo tempo. Troppo coraggio.

FUTURO

"Ieri ho inventato un gioco, ho scritto delle carte, ne peschi una e ti predice il futuro."

"Li! Questo hai fatto ieri pomeriggio?"

"No, no, alcune le ho scritte ieri mattina in classe."

"Li!"

"Dai Ali, pesca!"

"Non ti preoccupare per quella cosa che hai perso. Gli alieni te la riporteranno ma in cambio dovrai dargli un polmone e il tuo pancreas."

"Grazie Li, sentire questa idiozia era davvero necessario."

E poi sottoposi il gioco a chiunque mi capitasse a tiro.

PRESENTE

Ho davvero ritrovato quelle carte nel mio vecchio diario. Sono trenta. Questo per dire quanto impegno mettessi in cose assolutamente stupide e inutili. Gli esempi con protagonisti le carte ve le riporto solo come prova di quanto fossi fuori di testa e di quanta inventiva avessi ma solo per le cose sbagliate. Si noterà anche che traspare non poco odio per la scuola, per il greco e per i professori. Tanto odio dentro un visino così dolce è davvero sconcertante. Sappiate che sono estremamente stupidi, quindi avete tutto il diritto di saltarli.

1. Sposerai un gufo

2. L'Africa si schianterà con l'Europa e tutti i libri di greco si estingueranno

3. Forse i tuoi anni aumenteranno

4. Dopo la morte del tuo diario non ne vorrai più avere così smetterai di fare i compiti, però avrai molti righelli.

5. Finirai in prigione per un furto di cocomero

6. Tua moglie andrà a vivere sulla luna quando scoprirà che hai fatto il liceo classico

7. Il tuo cane si chiamerà Matita

8. Morirai investito da un camion che trasportava vocabolari di greco

9. Abiterai in un gabinetto

10. Migliorerai in inglese, ma ti dimenticherai chi sei così flirterai con Manticora

11. Un fulmine estinguerà i tuoi capelli

12. Morirai per un attacco di cuore perché tuo figlio vorrà studiare e poi insegnare greco

13. Una medusa si mangerà il tuo piede

14. Verrai espulso dalla NASA perché scopriranno che conosci Perla

15. Non diventerai una polpettina volante e non emigrerai su Venere

16. Di lavoro farai l'ammazza-Manticora

17. Una donna con la gonna a fiori entrerà nel bar dove stai mangiando e getterà a terra il tuo pasto

18. Il tuo ragazzo ti lascerà per Manticora.

19. Per qualche strana ragione ti sposerai sotto un tavolo

20. Avrai 7 mogli

21. Ehi, dico a te. Lo sappiamo tutti quello che hai fatto. Quindi sputa il rospo e poi scappa in Bangladesh

22. Andrai in campeggio e un giaguaro si mangerà i tuoi compiti e il tuo orologio preferito

23. Hai presente quella cosa che tanto desideri? Bé, non l'avrai

24. In India conoscerai Aioghtuzo, un commerciante di spezie che diventerà il tuo migliore amico

25. La tua ragazza ti lascerà per un giocatore di football con più capelli di te

26. Troverai un bel lavoro, la tua anima gemella, una bella casa... spero che tu non ci abbia creduto perché stavo scherzando. La vita sarà dura, bello

27. Una giraffa mangerà il tuo biglietto della lotteria che ti avrebbe fatto vincere un milione di euro

28. La giungla si estenderà e invaderà casa tua

29. Il marito della cognata del cugino della zia da parte di padre verrà a trovarti

Forse alcune erano più probabili di dove sono ora. E se guardo avanti non vedo assolutamente nulla. Ho imparato ad aspettarmi l'inaspettato da me, ne è la prova che oggi stia scrivendo queste parole mentre sono rinchiusa in camera durante una pandemia globale.

DISTURBI?

Entrai in classe un'ora dopo, era una di quelle bellissime mattine in cui avevo avuto una visita medica di buonora. Una scusa meravigliosa. Davvero, per qualunque altra motivazione ti guardavano male, alle medie una volta arrivai tardi per portare il gatto che si era rotto una zampa dal veterinario e mi presi un rimprovero. Ma quando si ha una visita medica, nessuno dice nulla. Non capirò mai poi perché mia madre le prenotasse sempre al mattino, pur avendo io tutti i pomeriggi liberi dalla scuola. Comunque, entrai rilassatissima per aver appena saltato un'ora di Manticora ma mi trovai di fronte alla classe raccolta intorno a Claudia con la faccia sconvolta.

Mi avvicinai e Sere disse: "Non sai che scena di sei persa."

In pratica Claudia era stata interrogata, quando iniziò a sbagliare Manticora si mise a urlare, cosa che non era da lei nella maniera più assoluta. Infatti, di solito si limitava a sguardi disgustati e commentini spregevoli. Non aveva alcun bisogno delle urla. A questo punto Claudia era scoppiata a piangere alla lavagna ed era stata mandata al posto. E qui la scena assurda: Manticora aveva iniziato a piangere a sua volta e si era scusata con Claudia dicendo che era ciclotimica.

"Ma è rimasto qualcuno di normale in questa giungla?" chiesi.

"Aspetta, non hai sentito tutta la storia" aggiunse Ludo. "Alla fine ha messo 4 a Claudia anche se l'aveva mandata a posto a metà interrogazione. Anzi 4 meno con incoraggiamento, ha detto proprio così, 4 meno con incoraggiamento. "

A questo punto Claudia si decise a parlare:"Che poi, cosa vuol dire con incoraggiamento? Cioè di incoraggiante non c'è proprio nulla visto che senza sarebbe stato 3."

SCIOPERO

“Allora domani niente scuola!”

“Veramente lo sciopero l’hanno annullato.”

“No, no, è stato indetto nuovamente, ma pare che solo metà dei professori scioperi.”

“E quindi che si fa? Ogni volta la stessa storia, non si capisce nulla sugli scioperi che indicono,”

“Ve lo dico io, nessuno di noi entra e siamo a posto. Diciamo che volevamo scioperare o che avevamo capito male e pensavamo che non si andasse a scuola,”

“Ogni anno la stessa storia: io non posso scioperare! I miei non vogliono, dicono che non ho uno stipendio, non sono una lavoratrice quindi non posso. E poi è solo una scusa per saltare scuola,”

“Mio padre penso che me lo lascerebbe fare, anche se lui dice che queste sono sciocchezze. Sapete lui ha fatto il ’68, quindi in confronto quello di domani sarà una passeggiata con i Teletubbies.”

“Comunque non è detto che sia solo per saltare scuola, noi studenti abbiamo dei diritti, quindi perché non possiamo scioperare?”

“Eccolo che riparte con i diritti,”

“Infatti, state calmi, io dicevo solo di organizzarsi per saltare scuola,”

“Guarda che è per colpa di quelli come te se poi dicono che non possiamo scioperare perché sembra che vogliamo saltare scuola. E chi ci rimette sono quelli che ci credono davvero.”

“Io non posso scioperare lo stesso.”

“Io non ho neppure capito perché si sciopera,”

"Ed ecco il genio del giorno."

"I tagli, si sciopera per protestare per i tagli alla scuola."

"Ma sbaglio o sono anni che è sempre per lo stesso motivo?"

"Infatti sono anni che fanno tagli alla scuola."

"Scioperano senza ottenere nulla, quindi."

"Solo perché non sono fatti come si deve. Se appunto fossimo uniti con i professori, se appunto anche i professori fossero uniti tra loro, forse si otterrebbe qualcosa."

"Non è vero. I professori possono scioperare perché senza di loro non si riparte, ma noi abbiamo la scuola d'obbligo quindi il giorno dopo dovremmo tornare tra i banchi."

"No invece, se tutti scioperassimo e nessuno rientrasse anche noi creeremmo disagi."

"Il punto è proprio questo. Visto che metà gente entrerà sarà inutile. Quindi se sarà inutile non vedo perché dovrei rimetterci io."

"Io ripeto che devo entrare o i miei mi ammazzano."

"Quindi domani si entra?"

"Perché dici?"

"Perché se anche solo uno di noi entra poi ci segnano come assenti. O tutti o nessuno. A metà è inutile."

"No, no anche a metà crea disagio."

"Metà professori forse, non metà studenti. Metà studenti perdono solo un giorno di scuola."

"Ma se non iniziamo noi, se diciamo *finché non sono tutti non lo faccio,* allora ovvio che non saremo mai tutti."

"Signore dei diritti, hai rotto!"

"Siete dei disillusi."

"No, siete dei guastafeste. Dai, si poteva fare un festino."

LE LISTE

Voteresti mai per un'oca o un porcello? NO?! Vote for the orange man and the blond ciccio!

"Io voto per loro."

"Li! Ma sei scema? Ma davvero vuoi due come loro per rappresentanti della scuola? Fanno i simpatici solo per attirare gente, ma in pratica hanno promesso solo il torneo di calcetto."

"Prendi fiato e calmati, stavo scherzando. Poi non capisco perché sempre e solo tornei di calcetto... perché non considerano altri sport?"

"Perché il calcio piace a più gente."

"Siamo in un liceo con una percentuale femminile dell'80%, fidati che ci sono sport più apprezzati."

"Sì, ma quasi tutti i rappresentanti sono quasi sempre dei ragazzi."

"Anche questo è strano."

"Il problema è che le ragazze nemmeno si candidano, guarda le liste: su cinque liste solo in una ci sono delle ragazze. Secondo me c'è ancora l'idea diffusa del potere in mano agli uomini, anche se nel subconscio."

"Marti, ti prego, non i discorsi femministi di prima mattina! Comunque, pensavo di votare per la lista delle ragazze, anche se il loro programma è molto lungo, non è che mi faresti un riassuntino?"

"Lì!"

"Va bene, va bene, non ti scaldare: lo leggo. Però quello del bamboccione mi rifiuto."

"Quello sei autorizzata a non farlo, dai, chi si candida in quinta ginnasio?"

"Bè, è stato coraggioso, però ha scritto un programma di quattro facciate con tanto di statua greca in prima pagina. E neppure a punti, è proprio un monologo. Chi diavolo lo leggerà è la vera domanda!"

"In realtà è un discorso lunghissimo in cui promette ben poco. Ah, no... Promette di mettere in chiostro un albero di Natale a sue spese."

"Sei seria? Vuole comprarci con un albero di Natale?"

Il povero bamboccione non venne eletto ma sappiate che ottenemmo lo stesso l'albero di Natale. Infatti Manticora voleva l'albero e lo mise alle strette, di certo nessuno avrebbe avuto il coraggio di opporsi a una sua richiesta.

ELEZIONI VERE

"Al comune avranno buttato via la tua tessera elettorale!"

"Mamma, non starai esagerando adesso?"

"Esagerando? Dovevi andarla a ritirare otto mesi fa!"

"Sì, ma non penso che la buttino se uno non va subito a prenderla."

"Otto mesi!"

"Ho capito... e comunque non ci sono state elezioni in questi mesi"

"Già, andiamo a prenderla tre giorni prima delle elezioni, immagino che se non ci fossero la tua scheda resterebbe lì per altri otto mesi."

"Che fai?"

"Finisco di leggere il programma delle liste."

"Tu sai vero che le elezioni sono oggi? Ti sei presa per tempo!"

"Direi di sì, mancano ancora cinque ore alla chiusura dei seggi!"

"Scusa, quando pensavi di andare?"

"Vado sulle nove e mezza, nove e quaranta, così non faccio fila."

"Mi pare ovvio, chi altro va di notte a votare?"

"Io direi serata, e comunque questo trucco lo usa pure mia madre."

"Siamo a posto allora."

GIORNO FELICE

Sono dieci anni che nella mia città non c'è una vera nevicata, ma solo un leggero nevischio. Quell'anno ci fu l'ultima grossa nevicata, così grossa che io e mio fratello facemmo un pupazzo di neve alto quanto me in giardino e poi giocammo a palle di neve con i vicini di casa.

Il mattino in cui ci risvegliammo con la città ricoperta di neve andai a scuola a piedi con gli scarponi da montagna.

Entrai in classe in anticipo, non c'era quasi nessuno. Ali c'era, come sempre. Non credo che in cinque anni si sia mai ammalata, dovrebbero darle un premio per il record di presenze a scuola.

Abitava fuori città eppure eccola in anticipo anche con la neve.

Incarnò un sopracciglio: "Che ci fai tu qua? Pensavo usassi la neve come scusa per stare a casa."

Mi tolsi cappotto e sciarpa ancora con le guance arrossate per il freddo, gli occhi che brillavano e un sorriso sospetto.

"Che è successo? Quando l'hai visto?"

"Come hai fatto a capirlo?"

"Li! Ormai direi che lo conosco quel sorriso... lo sfoderi ogni volta che parli di lui o che stai per farlo o che ti perdi via a pensarci... in pratica è il sorriso da Matte. Allora?!"

"Ma niente in realtà... Ieri ci siamo accordati per venire a scuola insieme. Siamo partiti presto, io avevo la macchina fotografica, tra l'altro ho fatto delle bellissime foto. Dopo te le mostro."

"In pratica avete solo fatto la strada insieme... non è successo nulla."

"Abbiamo chiacchierato."

"Come al solito."

"E camminato nella neve, e fatto foto."

Fu un giorno felice perché non sembrava di andare a scuola. Sembrava una gita. Una gita in mezzo alla neve, con il ragazzo che mi piaceva. Era mattina prestissimo, la città era deserta, ricoperta di neve, ed ero felice.

Perché ne ho scritto? Semplicemente perché essere felici di prima mattina andando a scuola era un avvenimento.

REGALO DI NATALE

Un regalo di Natale direttamente dalla terra Santa: Manticora inciampò in viaggio e si ruppe il malleolo. Così non venne a scuola per due mesi. Noi venerammo il malleolo come nostro nuovo dio. Il primo giorno nessuno ci credeva, il secondo ci concedemmo di sentire il clima di festa, il terzo giorno capimmo che i voti della supplente erano decisamente più larghi (non che ci volesse molto) e così iniziammo a offrirci volontari nelle interrogazioni ogni volta che potevamo. Ognuno alzò la propria media. Addirittura la supplente dovette iniziare a rifiutare di interrogarci perché doveva spiegare o perché aveva già tantissimi voti. Ci disse che non aveva mai visto una classe così volenterosa e così studiosa. Tutti, tutti volevamo essere interrogati da lei, nessuno escluso.

Esattamente come il Natale, esattamente come ogni cosa bella, finì anche questa supplenza. Manticora al suo ritorno per prima cosa aprì il registro, lesse i voti e fece un faccia schifata. Lo richiuse e disse: "Ovviamente dei voti della collega non si terrà conto."

DIARIO DI BORDO

Società

Che

Uccide

Ogni

Libero

Alunno

-40 giorni alla fine della scuola, ma tra quanto passa questo tempo?

TODAY

-12 giorni all'esame, ma dove sono finiti il resto dei giorni?

VIA

"Ali, andiamo insieme all'estero, sai tipo un paio di settimane per studiare inglese."

"Dici tipo le gita che organizzano alcuni prof in Inghilterra?"

"No, dico proprio io e te da sole. Senza nessun adulto che rompa o che ci controlli. Sono stufa, voglio andare via. Ovunque. A fine maggio compio 16 anni quindi posso prendere l'aereo da sola e faccio a te da accompagnatrice."

"Che ridere! Sei la metà di me, non ci crederà nessuno."

"Non ci lasceranno fare altri viaggi da sole perché siamo troppo piccole, però questo forse sì. Insomma, lì andremmo a scuola e staremmo in famiglia, ma in pratica ci andiamo da sole. Facciamo quel che ci va!"

"In pratica, l'inglese è solo una scusa."

"Bé anche... però sarebbe anche utile. Non saremmo con un enorme gruppo di italiani quindi lo parleremo sicuramente, soprattutto in famiglia."

"Questo lo dici solo per convincermi."

"Può essere, allora?"

"Sì va bene!"

"Ottimo, sta sera da te? Così iniziamo a organizzare."

"Ma perché, appena uno ti dice forse, parti subito in quarta? Dammi un attimo."

"Tu non hai detto forse, hai detto sì."

"Allora mi chiedo perché io ti dica di sì."

"Dai Ali, ci divertiamo!"

"Va bene, va bene, ma sei uno stress."

VACANZE DA VENTENNI

"Mia madre dice che questa volta non torniamo."

"Ali, tua madre lo dice sempre eppure siamo ancora qui."

"Sì , ok, però posso esprimere i miei dubbi sulle tue capacità organizzative? Soprattutto visti i precedenti."

"Quali precedenti, è sempre filato tutto liscio."

"Ma sei seria?"

"Sì, perché?"

"Hai la memoria di un pesce rosso!"

"Non mi sembra che sia mai successo nulla di che."

"Tanto per iniziare ogni aereo che ho preso con te lo abbiamo quasi perso, oltre a tutti i mezzi pubblici."

"Ma solo metà delle volte è stata colpa mia, e poi quasi, appunto."

"Sì ma non mi piace essere citata nell'ultima chiamata dell'altoparlante, non mi piace correre con la valigia, arrivare sudata e soprattutto superare le persone."

"Santa Alice Tozzi."

"Poi, in Spagna ad agosto, alle due di pomeriggio, con quaranta gradi all'ombra ci siamo fatte quel sentierino sterrato con la valigia, visto che l'ostello da te trovato era letteralmente sotto una cascata."

"Ah sì, bellissimo."

"Meraviglioso, soprattutto quando abbiamo scoperto che per visitare la città dovevamo rifare la salita."

"Bé, ma..."

"Mi sono trovata a dormire su materassi per terra, letti a castello a tre piani di dubbia stabilità, oh, e sempre in Spagna l'ostello senza aria condizionata, nella stanza da dieci senza finestra con la porta sempre spalancata?"

"Quello non potevo saperlo."

"Abbiamo passato una notte sul pullman e siamo state svegliate dalla polizia di frontiera ad Amburgo."

"Qui decisamente non c'entro."

"E quella volta che non ci siamo lavate per due giorni e siamo finite a chiedere un lavandino alle 7 di mattina?"

"Ma.."

"E quando abbiamo sbagliato treno e nella stazione in cui siamo finite non volevano farci uscire perché il biglietto era sbagliato?"

"Ma io..."

"E per non pagare l'ultima notte in ostello a Belfast siamo rimaste in pub fino all'una con le valige, per poi andare a passare il resto della notte in aeroporto. Ti ricordi come finì, vero? Si scoprì che l'aeroporto era chiuso, io avevo la birra in circolo e dovevo andare in bagno. In più all'entrata c'era quella terribile giostra che non si spegneva e che cantava lo stesso motivetto tutto il tempo. Mi è venuta l'emicrania. E in montagna? La casa prenotata che non esisteva dove diceva di essere ma era in cima al monte, in inverno, con la neve e un'unica strada strettissima fatta di tornanti per due sensi? E ovviamente guidavo io. Inoltre, al piano terra c'era la speckstube e la nostra camera sapeva di affumicato, noi sapevamo di affumicato! Non c'era l'acqua calda, ma in compenso c'erano i topi e il divano letto aveva l'abitudine di ritirarsi durante la notte. E queste sono solo le cose che mi vengono in mente, così, su due piedi!"

"Vedi, adesso hai un sacco di fantastici aneddoti."

"Li, non è questo il punto."

"Ho capito, ma questa volta controllo bene, giuro."

"Sì, soprattutto gli orari!"

"Comunque ti lamenti sempre."

"Anche tu ti lamenti."

"Di cosa?"

"Intanto del fatto che io mi lamento"

WALT DISNEY PRESENTA

Ultime due settimane di scuola e Perla propose di guardare film per tutte le ore restanti. Si alzò in piedi e iniziò a scrivere i titoli delle proposte: La carica dei 101, Balto, Happy feet, Spirit...

Si alzò una mano: "Scusi prof, non possiamo vedere un film? Non so, *La vita è bella*, magari? Oppure un altro film sulla seconda guerra mondiale?"

La risposta fu: "No ragazzi, a quella parte di storia non siamo ancora arrivati. Quindi non so se sappiate cosa è successo a quei poveretti degli ebrei ma non per questo noi dobbiamo avere gli incubi di notte." (Giuro che l'ha detto davvero e mentre lo scrivo sto inorridendo esattamente come allora. Forse con questi commentini acidi ci sto andando pesante, ma inizio a credere che quella donna soffrisse di qualche forma di autismo.)

Qualcun altro alzò nuovamente la mano: "Prof, ho visto che ha scritto Cars 1, magari potremmo vedere il 2. Quello non è uscito da molto quindi non l'abbiamo ancora visto, mentre il primo l'abbiamo già visto tutti."

Altra risposta sconcertante: "Purtroppo non ho ancora visto il 2, quindi non so se sia adatto a voi."

A quel punto mi arrivò una gomitata da parte di Ali che disse:"Piantala di fare quelle facce."

"Quali facce?" replicai, anche se sapevo benissimo a cosa si riferiva.

"Le tue solite facce, quelle schifate. Guarda che si vedono lontano un miglio! E poi vorrei ricordarti che in autogestione mi hai trascinato a vedere Alla ricerca di Nemo."

"Appunto, io ci sono andata per non fare cose impegnate ma in teoria lei è qui per farmele fare, non per darmi man forte nelle mie idiozie."

"Io temo che sia un'impresa impossibile quella di impedirti di fare idiozie. Pretendi troppo dagli insegnanti."

Uscendo dalla classe ci salutò dicendo: "Se riesco guardo Cars 2 nel pomeriggio così vedo se è adatto a voi. Ma non sono sicura di riuscire perché ho anche il corso di ricamo e di letteratura erotica."

"Ora però non puoi dirmi di non fare facce" dissi prima di accorgermi che Ali stava letteralmente nascondendo la faccia dentro lo zaino per non far vedere le risate.

Alla fine guardammo L'era glaciale 1, 2, 3 e Cars 1. E per decidere facemmo una votazione, insomma era una cosa seria.

Dal circo di Perla è tutto.

IDIOZIE

"Tutto pronto per questa sera: ho affittato *Come d'incanto*, comprato i marshmallow e costruito la tenda con le coperte."

"Tutto questo per le tue cuginette, giusto?"

"Sì, perché?"

"Mi sembri fin troppo entusiasta per essere una cosa che fai per gli altri."

"Ma no, vedrai che si divertiranno un sacco."

"Sì, ne sono certa ma penso anche che tu sarai quella che si divertirà di più. E poi hai affittato un film Disney per delle bambine che di solito guardano film splatter."

"Perché non vieni anche tu?"

"Dovrò dormire anche io nella tenda di coperte?"

"Sì, ma ti offro anche i marshmallow sul fuoco."

"Bé, allora va bene."

TANA LIBERA TUTTI?

La scuola era agli sgoccioli e tutti noi guardavamo al futuro con speranza poiché guardavamo a un mondo senza Manticora. Ma non avevamo fatto i conti con una situazione per noi inconcepibile: Manticora aveva dei sogni. Ebbene sì, forse ho esagerato a dipingerla come un essere spietato, in realtà aveva anche lei un cuore, un cuore che batteva per il suo sogno: noi.

O meglio, il suo sogno era quello di passare dal ginnasio al liceo e così fece richiesta alla preside dicendo che voleva seguirci al liceo perché si era TANTO affezionata a noi.

Era così affezionata da ricordarsi ben pochi nomi. Quando ci incontrava per i corridoi ci salutava dicendo: "Ciao Maria, ciao ragazzi." Maria era appunto la migliore della classe e non importava che fosse accompagnata da sole ragazze o che non ci fosse proprio nel gruppo, il saluto era sempre lo stesso: "Ciao Maria, ciao ragazzi". E così, scoprimmo che Manticora teneva a Maria e ai ragazzi.

Quando uno degli ultimi giorni di scuola ci disse della sua richiesta, ci mancò il respiro. Altri tre anni. Altri tre anni con quell'essere. A voi sembrerà nulla ma per noi era un'eternità, una condanna. Alcuni iniziarono a dire che avrebbero cambiato scuola, insomma scoppiò il panico generale.

Ho un ricordo molto vivido riguardo alla fine della scuola l'anno dopo. Nella mia città è tradizione andare in piazza e molti ragazzi si buttano nella fontana. Io fui buttata da due miei compagni solo il primo anno perché dall'anno dopo la polizia iniziò a mettere le barricate per impedirlo visto che qualcuno si faceva sempre male. Nel primo anno delle barricate vidi un ragazzo a petto nudo che si era arrampicato in cima con in mano una bottiglia di birra, ululando come un lupo. Tutti lo guardammo male, con disapprovazione, ma poi una ragazza vicino a noi ci spiegò: "Dovete capirlo, è stato il suo ultimo anno con Manticora."

Capimmo, capimmo eccome, e il nostro sguardo diventò immediatamente comprensivo e solidale.

Quindi, Manticora riuscirà a seguire Maria e i suoi ragazzi?

I fatti successivi mi furono riferiti in seguito, allora seppi solo a grandi linee cosa successe.

Mio padre quell'anno era stato incastrato a fare il rappresentante, così si recò dalla preside con una sola supplica: noi abbiamo patito abbastanza, ha già bocciato metà classe, dia questo fardello a qualcun altro.

"Certo" ci assicurò la preside e così tirammo un sospiro di sollievo... momentaneo.

Infatti, la signora preside decise che quello era proprio il momento giusto per dimostrarsi in linea con il resto della scuola e fare della propria intelligenza un vanto: a tre giorni dagli scrutini, ripeto, a tre giorni dagli scrutini disse a Manticora che non poteva andare al liceo perché noi non la volevamo. Disse che, se fosse dipeso solo da lei, lo avrebbe fatto ma noi ci eravamo opposti. In realtà non penso che la preside fosse stupida ma solo che avesse anche lei paura di Manticora, come chiunque. A tre giorni dagli scrutini, quindi, Manticora fu provocata.

Siamo venuti a conoscenza della conversazione che ebbe con la preside perché repentinamente scrisse una mail a mio padre, esigendo spiegazioni. Lei davvero non capiva cosa ci avesse fatto. Non so se fingesse o se davvero non fosse in grado di guardarsi allo specchio, ma questo fu ciò che fece. Così, mio padre mollò quel che stava facendo per incontrarla al bar dove le offrì la merenda. Merenda a parte, non ho mai saputo esattamente cosa si siano detti, so solo che lui fece ciò che gli riusciva meglio: l'avvocato. Rimasero in quel bar per più di un'ora e mio padre con la faccia di piombo negò, negò tutto fino alla morte. Disse anzi che noi la volevamo (qui Manticora commossa, Manticora ha un cuore? Manticora sa di avere un cuore? O Manticora mostra un cuore quando le fa comodo?) ma che probabilmente la preside voleva qualcuno di bravo come lei per preparare bene i ragazzi dei primi due anni. Sulla preparazione che ci ha dato, in effetti, non abbiamo mai avuto alcun dubbio: i tre anni successivi non ho mai riletto una sola regola di grammatica e non ho mai fatto una versione, vivevo, o meglio, sopravvivevo di rendita.

Infine mio padre accusò la preside di aver fatto lo scarica barile.

Sarà stato quel discorso, il troppo miele nel tè, ma nessuno fu bocciato. Ci furono cinque rimandati, comunque un terzo della classe, ma a settembre riuscirono tutti a passare gli esami di recupero.

TERZO ANNO

LICEO

Quell'anno fu l'ultimo con la separazione tra ginnasio e liceo. A me piaceva quella divisione, segnava la fine della grammatica e l'inizio della letteratura, segnava lo scoglio oltre il quale le materie sarebbero state più piacevoli e forse anche più facili, si iniziavano nuove materie e un nuovo approccio allo studio.

Con la riforma hanno cambiato la distribuzione negli anni delle materie scientifiche e, con l'occasione, hanno tolto il nome ginnasio e chiamato liceo tutte le classi. Il perché non si è mai capito. L'unico risultato di aver cambiato il nome fu la confusione per ordinare i libri scolastici ("Vecchio o nuovo ordinamento?"), per gli orari degli insegnanti visto che metà scuola era vecchio ordinamento e l'altra metà nuovo e per trovare la propria classe il primo giorno di scuola.

Infatti, ci ritrovammo a litigare con quelli del primo anno per l'aula, entrambi sostenendo di essere la prima C, e la prima ora fu usata per mandare alunni e professori nelle classi giuste. Siamo stata una classe sfigata. Sì, ho scritto la parola sfigata in un libro, che brutta parola. Ma è un libro su una ragazzina e lo sta scrivendo la stessa ragazzina che non è mai cresciuta, quindi mi prendo questa libertà. Dovevamo già capirlo all'inizio della quarta ginnasio: solo una persona aveva scelto la sezione C, tutti gli altri erano stati estratti, erano gli esclusi delle altre sezioni. Insomma, per ovvi motivi nessuno voleva capitare in questa sezione.

Nel passaggio dal ginnasio al liceo, visto il numero di persone bocciate o che hanno cambiato scuola, solitamente si smembra l'ultima sezione e si distribuiscono gli alunni nelle altre classi. In questo caso, almeno metà della sezione G sarebbe dovuta finire da noi, ma gli alunni andarono dalla preside minacciando di cambiare scuola se qualcuno di loro fosse finito nella C. I motivi erano ovvi: anche se ci eravamo sbarazzati di Manticora, ad attenderci c'era qualcuno di peggio.

Quindi, la classe G non venne smembrata e rimanemmo in 17 sfigati. Perché di sfigato avevamo anche il numero, anche se per poco. Infatti, qualcuno decise di non proseguire questo percorso di sfiga con noi, inventò che si era trovato male con i compagni e fu spostato di classe. Ci lasciò quindi in 16 sfigati.

Se ho passato i primi due anni a nascondermi nell'ultimo banco, gli ultimi tre anni, come ho accennato nel prologo, cambiai strategia e mi nascosi dietro il mio dolce e innocente faccino. Dico davvero, se poteste vedermi in questo momento non direste mai che non studio, che imbroglio, che sono acida e cinica, lo riterreste impossibile! E dietro la scusa della pigrizia nascosi la mia paura di fallire: trovavo più facile prendere un brutto voto dopo non aver studiato che dopo aver faticato. E dietro atteggiamenti di menefreghismo nascosi la mia voce.

Sarà che lo scoglio più grosso al ginnasio era superato e che, visti i pochi superstiti, eravamo una classe abbastanza unita, o costretta a essere unita, che trovai la miglior amica e miglior compagna di banco del mondo. Nonostante il mio nascondermi a scuola, un'altra parte di me acquistò sicurezza e purtroppo per tutti uscì la mia vera personalità.

Così iniziai a contribuire alla rovina della scuola: fui una pessima alunna sotto ogni punto di vista, divenni una spina nel fianco e, anche se quasi nessuno se ne accorse, ricambiai la scuola con la stessa medaglia. Tutti i professori incontrati finora mi avevano fatto odiare la scuola e così, con i miei comportamenti, divenni una della cause per cui i professori odiano la scuola, o meglio odiano i ragazzi. Avete presenti le lamentele stile noi non eravamo mica così, gioventù bruciata, ragazzini d'oggi irrispettosi? Ecco, ne fui causa alla grande.

Ho detto che quasi nessuno se ne accorse, in parte perché non facevo mai le mie marachelle troppo palesemente, in parte perché era appunto difficile da credere che ne fossi l'autrice o che le avessi combinate intenzionalmente.

Ero il cliché della ragazza intelligente che non si impegnava, che se la cavava, o meglio, sopravviveva con il minimo indispensabile... e per me questo minimo era pochissimo! Così quell'anno iniziai a non studiare, a essere in prima linea per qualsiasi tipo di imbroglio, ad arrampicarmi sugli specchi, a tirare la corda, a sperare nelle botte di sedere che in effetti ebbi molte volte.

INGHILTERRA

Ho degli amici che vivono a Londra e sono sempre rimasta colpita dai loro metodi: niente interrogazioni orali, solo test scritti; tantissimi lavori di gruppo perché ritengono che in questo modo le nozioni restino più impresse; tutti in divisa; molte scuole sono solo femminili o solo maschili perché generalmente ragazzi e ragazze hanno tempi di maturazione diverse; tra le varie scuole c'è molta concorrenza e il preside ha quindi facoltà di licenziare un insegnante se svolge male il proprio lavoro e il suo compito è quello di cercare di avere gli insegnanti migliori, di fare meglio delle altre scuole insomma; i ragazzi vengono messi subito in competizione tra loro; gli argomenti di storia, letteratura e arte non seguono un ordine cronologico ma solo tematiche, come per esempio tutte le guerre, tutte le carestie, tutti gli artisti che dipingevano la natura, tutte le depressioni, come se tutti questi argomenti non fossero strettamente legati alla storia o tra loro. In più, le classi sono divise per livelli; se hai difficoltà in matematica seguirai le lezioni al livello base, se sei bravissimo in letteratura seguirai il corso avanzato. Hanno solo quattro anni di superiori, all'inizio cominciano già a togliere materie e gli ultimi due anni ne seguono solo quattro. È un percorso che non ti dà la possibilità di fare marcia indietro, in base alle materie scelte potai frequentare certe facoltà, mentre altre no. Confrontandomi con loro, che sono stati comunque in ottime scuole, mi sono resa conto che sanno poco di cultura generale, sanno molto poco pure rispetto a me che non sono di certo un esempio da prendere per la costanza nello studio.

La scuola inglese, come la nostra e tutte le altre, ha i suoi pro e i suoi contro, forse non sarebbe male dare potere ai presidi o almeno istituire una forma di controllo su docenti altrimenti intoccabili. Nel mio percorso scolastico ho avuto a che fare con l'incompetenza fatta a persona o con dei veri casi da psichiatria. Però, non tutto è da buttare nel nostro sistema scolastico, infatti la nostra preparazione è invidiata in tutto il mondo.

Un sistema completamente diverso, quindi, sotto ogni punto di vista. Ma la cosa che più mi meravigliò fu scoprire l'opposta reazione agli imbrogli: qui, chi non ti lascia copiare viene additato come rompipalle, egoista, o epiteti peggiori, e spesso viene escluso dal resto della classe. Lì, forse perché spinti alla competizione, sono gli imbrogli a essere considerati una vergogna e forse sarebbe anche giusto così. Ed è chi bara, chi copia, a essere additato.

Mi sono sempre chiesta quanto conti la disonestà a scuola. Se si inizia da lì poi si è disonesti anche nella vita vera? Spesso non è così, a volte sì, quindi non conta poi molto, ma forse è questo il problema. Viviamo male la scuola, come una costrizione o come un gioco, come se non fosse parte della vita vera, come se non contasse poi molto e la prova è che la maturità di fatto non conta nulla.

Quindi è come se ci fossimo tutti accordati: va bene imbrogliare nei giochi da tavolo, è sbagliato una volta finito il gioco. Ma la scuola è da considerare un gioco anche oltre i dieci anni di età?

CAMPANELLA

Iniziamo quindi l'opera di distruzione di qualsiasi regola con la prima: l'orario di arrivo. Ecco, per me non esisteva.

Ho avuto un intervallo di puntualità durata un paio di mesi, ma solo perché mi ero innamorata del mio vicino di casa, che frequentava la mia stessa scuola, così facevamo la strada insieme. Durò poco, non la storia, ma le mie alzatacce per vederlo.

In poco tempo ricominciai a sfrecciare con la mia bicicletta a tutta velocità. I miei ritardi variavano di 5-10 minuti in base al colore dei semafori che incontravo. Una volta fui quasi investita da un professore in macchina, anche se temo che fosse perché anche lui sfrecciava come un pazzo.

Andavo così veloce che all'andata ci mettevo un terzo del tempo rispetto al ritorno. Arrivavo accaldata, con il fiatone, gettavo la bicicletta contro la grondaia accanto alla porta, al posto che nelle rastrelliere dieci metri più avanti, ma ogni metro, ogni minuto, erano di vitale importanza, spesso non la legavo neppure, facevo le scale due gradini alla volta e mi fiondavo in classe senza neppure bussare.

I miei ritardi non avevano neppure delle valide motivazioni: la sveglia suonava e semplicemente io mi trattenevo a letto perché stavo bene sotto le coperte.

I professori all'inizio si mostrarono seccati, ma più passavano le settimane e più erano solamente sfiniti, così tanto che, quando facevano l'appello, cominciarono a saltarmi, convinti che prima o poi sarei arrivata. Smisero di segnarmi assente all'appello e smisero quindi di segnare i miei ritardi. Avevano perso ogni voglia e, in fondo, come dargli torto?

Entravo quindi con i miei soliti 5/10 minuti di ritardo e andavo al mio posto senza dire nulla, senza che mi fosse chiesto nulla, in una sorta di tacito accordo.

Contribuii a fare della scuola un circo la volta che feci il bucatino in classe. Con il fatto che mi alzavo dal letto all'ultimo minuto, ero costretta dalle mie pessime scelte a prendere la bici con qualsiasi condizione atmosferica, nebbia, pioggia, neve o grandine. Va bene, la grandine non mi è mai capitata ma la neve sì e quella volta rischiai davvero di ammazzarmi, o comunque più del solito. Sfrecciare come una pazza all'ora di punta sappiate che non è consigliabile.

Oltre a sfrecciare a tutta velocità, spesso tenevo pure in mano cose, l'ombrello o a volte avevo anche dei biscotti che avevo in tasca, visto che saltavo la colazione e li mangiavo pedalando. Quella volta non avevo neppure l'ombrello (il tempo a disposizione per cercarne uno per casa era ovviamente limitato), entrai quindi fradicia ma mi ricordai di aver lasciato un cambio di vestiti per l'ora di ginnastica nell'armadio, quello dove dovrebbero esserci solo i libri. Così, sempre nel bel mezzo della lezione, senza dire una parola, aprii l'armadio, presi il sacco con i vestiti e uscii dall'aula per cambiarmi in bagno. Quando rientrai misi pantaloni, calzini e scarpe ad asciugare sul termosifone accanto alla cattedra e tornai al mio posto. Neppure ricordo chi fosse il professore di quell'ora perché non mi fu detto nulla, ma decisamente offrii il mio impegno per farci odiare dai professori. Se fossi stata al posto del professore, la voglia di bocciarmi o di prendermi a schiaffi mi sarebbe sicuramente venuta.

Come dicevo quasi nessuno si accorse dell'insieme dei miei comportamenti, oppure il corpo docente scelse di non badarci troppo, non saprei. Quasi nessuno tranne Lei, la professoressa di italiano, che capì tutto e si imputò.

Era un'ottima insegnante ma io ormai ero accecata dall'odio per la scuola e neppure mi accorsi di aver incontrato qualcuno di valido, qualcuno con ancora un briciolo di passione. Così, restituì anche a lei tutta la rabbia che avevo.

"Dove abiti?" mi chiese dopo aver notato qualche ritardo mentre mi avviavo al posto senza aver detto nulla.

"Attenta a quel che rispondi" pensai "Non puoi dirle che abiti a dieci minuti di bici, dille che abiti lontano... no, non puoi farlo: e se dopo controlla? Forse puoi dirle che hai cambiato casa ma l'indirizzo che ha la scuola non è aggiornato; no, poi così ti chiederà il nuovo indirizzo...Magari una via di mezzo, non troppo vicino ma non dire esattamente dove; ok adesso

però devi dire qualcosa, qualsiasi cosa, sei in silenzio da troppo tempo."
"Lina! Ti ho fatto una domanda... anzi lascia stare, ho già capito: sono sempre quelli che abitano più vicino ad arrivare in ritardo!"

In effetti, Lei si impuntò così tanto che io iniziai ad arrivare puntuale, o comunque a pelo all'esatto suono della campanella come mi fece notare, in anticipo mai, al venerdì: l'unico giorno in cui c'era Lei alla prima ora. In genere in anticipo arrivavo solo quando avevo interrogazione alla prima ora per incontrare alle sette e quaranta quei compagni che arrivavano da lontano con il bus: mi facevo dare schemi e appunti e studiavo, non ripassavo, studiavo proprio, cercando di immagazzinare tutti gli argomenti in venti minuti. Questo non accadeva se l'interrogazione o il compito erano nelle ore successive alla prima, in quel caso studiavo durante le lezioni precedenti senza ascoltare una sola parola pronunciata dai professori. Non accadeva neppure quando dovevo copiare i compiti per casa, o forse solo all'inizio, ma poi scoprii la rivoluzione: la fotocopiatrice.

Potevo benissimo passare a casa di qualche compagno o farmeli dettare per telefono il giorno prima (fino ai 18 anni ho avuto il Nokia in bianco e nero, quello con il gioco snake, quindi non potevano mandarmi le foto). Da pessima alunna solo una cosa non ho mai fatto: copiare con il cellulare o usarlo in classe, solo questo però. E forse solo perché odiavo usare il cellulare, quindi non lo usavo neppure fuori da scuola provocando la solita lamentela da parte di miei genitori o dei miei amici: "Non rispondi mai!"

Comunque, con la scoperta della fotocopiatrice rivoluzionai i miei metodi di copiatura. Certo, se qualcuno avesse guardato da dove leggevo la versione tradotta, sarebbe stato un problema ma nessuno controllò mai. Non avevo neppure la voglia di copiare, ero proprio da prendere a schiaffi. E così, in un gesto di sfida prendevo il quaderno della mia compagna di banco e, mentre il professore stava per entrare in classe, facevo una corsa alla fotocopiatrice. La compagna in quei momenti mi odiava con tutto il suo cuore perché la lasciavo senza quaderno mentre stava per iniziare la lezione.

GRILLO PARLANTE

"Li, ho preso i biglietti del treno per Milano, poi il ritorno lo prendiamo direttamente in stazione."

"Va bene, anche se ancora devo capire perché sto venendo anche io."

"Te l'ho già detto: mia mamma non mi lascia andare da sola a Milano."

"E ancora non ci credo che ci hai messo tre ore di tempo solo per dirmi che ti piace questo ragazzo."

"Senti chi parla! E poi non sono abituata, non ho mai avuto un ragazzo di cui parlare, o meglio, un'amica con cui poter parlare di queste cose."

"Io comunque l'avevo capito prima che me lo dicessi."

"Va bene, brava."

"Questa volta non ridere quando ti bacia."

"Li, parla piano!"

"A proposito comunque, ho bisogno di un consiglio."

"Invece no, non ti darò l'ennesimo consiglio che ignorerai come al solito."

"Giuro che questa volta lo seguo."

"Ma se non segui mai i miei consigli! E poi ti lamenti e poi me ne chiedi altri."

"Pensa che ascolto più te di tutti gli altri messi insieme."

"Siamo messi bene allora."

"Sei praticamente la mia coscienza."

"Coscienza che ignori! Comunque già lo sai, se è per Matte scrivigli e basta, chiedendogli di uscire."

"Io ti ignoro ma tu mi dai sempre lo stesso consiglio."

"Perché è un consiglio valido... non ne avrai altri e non insisterò oltre, abbiamo già fatto la lotta a terra per il tuo cellulare e sai... l'ultima volta che avevo fatto la lotta avevo sette anni!"

"Per caso con Claudia?"

"Si, le nostre mamme non volevano mai che giocassimo insieme infatti."

"Sei tu la rissosa allora!"

OGGI

Ci tornerei a quelle prime uscite al liceo. Questi sono stati gli ultimi primi appuntamenti che Ali si è beccata: uno che le ha chiesto con quanti ragazzi era stata a letto, uno che aveva iniziato a chiamarla Cenerentola dopo cinque minuti, quello che aveva cercato di rifilarle sua sorella di dieci anni arrivando anche a incastrarla per un incontro, e un altro, il peggiore, quello che si rifiutava di uscire dalla sua macchina.

A me è andata meglio in fondo ho beccato solo un ex di Ali che ci ha provato con me più volte nonostante numerosi rifiuti, e uno che ha deciso di accarezzarmi la testa neanche fossi un cane.

Ma invecchiando peggioriamo tutti? Usciti dalla scuola il mondo è forse uno zoo più di prima?

Un po' mi mancano quegli adolescenti impacciati e quegli inviti solo per dei gelati.

IL MIO TALENTO

Questi anni inaugurarono anche la mia fase più creativa: le firme false. A inizio anno fui mandata dalla preside per il sospetto di una firma falsa, peccato che la firma fosse vera.

Anche qui riuscii a far arrabbiare un professore che non pensavamo neppure sapesse cos'è la rabbia. Ho alle spalle una tradizione di rabbia in posti inaspettati e libretti. Comunque, come confermò mia madre per telefono alla preside, la firma era sua. Il problema era che mia madre firmava ogni volta in modo diverso, quella volta in particolare sembrava uno scarabocchio e in più aveva messo prima il cognome e poi il nome.

Considerando oltre a ciò il numero di volte che le lasciavo il libretto da firmare, diceva di averlo fatto, io scema non controllavo e arrivavo a scuola senza firma, decisi di arrangiarmi. Mio padre era molto più spesso fuori casa per questo chiedevo quasi solo a lei.

Dal giorno in cui fui ingiustamente accusata di aver falsificato la firma, e per tutti e due gli anni a venire, non comparve mai più una firma vera sul mio libretto. Scoprii che in effetti ero più brava di mia madre a fare la sua firma, tanto che nessun professore lo sospettò mai, inoltre, avendo tutte le firme false sul libretto, anche se qualcuno le avesse confrontate, non avrebbe notato differenze. Insomma erano identiche tra loro, false, ma identiche.

All'epoca non c'erano i registri elettronici e mi capitò anche di non dover portare nessuna giustificazione per assenze o ritardi: nel registro cartaceo, passata la settimana e girata la pagina, i professori si dimenticavano di guardare indietro. La leggenda narra che a fine anno qualcuno dovesse controllare questo registro cartaceo per verificare che fosse tutto a posto, ma posso assicurare che fosse solo una leggenda: nessuno infatti venne mai a chiedermi le giustificazioni mai portate.

CONSTITUTIO DE BANCHIS

Articolo 1

1) La classe IC è una classe fondata sul cambiamento dei banchi.

2) I banchi si dovranno cambiare ogni due mesi con o senza cambiamento di coppia.

3) Il primo giorno dell'anno scolastico, chi prima arriva meglio alloggia.

Articolo 2

1) Il cambiamento dei banchi avviene mediante estrazione casuale.

2) L'estrazione non si discute e non si può cambiare a meno che entrambe le coppie interessate siano a favore del cambiamento.

3) Le coppie decise non si discutono .

Articolo 3

1) È FONDAMENTALE che una persona qualsiasi non debba stare tre volte consecutive in primo banco: se ciò accadesse l'estrazione si rifa'.

Articolo 4

1) I suddetti articoli non potranno essere cambiati a meno che tutti i firmatari siano d'accordo.

2) L'articolo 1, 3 e suddetto sono immutabili.

Articolo 5

1) In caso di problemi si discute democraticamente e con maturità.

Abbiamo davvero scritto una costituzione per il cambiamento dei banchi. Forse stare in quel circo ci aveva dato alla testa, anche perché, essendo una classe di sedici persone, nella fila centrale le file di banchi erano due. Due! Quindi potevi finire in primo o in secondo banco, insomma in una classe così piccola non c'era modo di nascondersi in alcun modo. I professori ti vedevano benissimo ovunque ti mettessi. Eravamo anche stati relegati nell'aula più piccola della scuola.

Le assemblee di classe che facevamo una volta al mese (avevamo diritto a un'assemblea al mese e ce le prendevamo tutte per saltare ore di lezione) riguardavano soprattutto il cambiamento dei banchi, ci lamentavamo di tutti e di tutto e poi concludevamo con qualche imitazione dei professori.

FIGURACCE

Gita in una villa. Ero l'ultima a uscire da una stanza, a parte Grazia che era di spalle e stava finendo di scrivere degli appunti. Mi avvicinai e le tirai una sonora pacca sulla schiena proclamando: "Ma cosa fai? Cosa ti importa di sta' roba?"

Si voltò inorridita: non era Grazia, era Lei, la professoressa di italiano. Ci fissammo in silenzio e, quando fu chiaro che nessuna delle due avrebbe detto nulla, mi girai e me ne andai.

Davvero grandioso come certe volte me le andassi a cercare.

FESTA

Halloween: festa da Cecilia

Chi diavolo era Cecilia?

PAUSA

Per un breve, ma magico, periodo di tre mesi le mie imprese passarono in secondo piano. Avete capito bene, c'è chi è riuscito a superarmi. In confronto si notò meno quello che io stavo combinando. Si unì infatti a noi un ragazzo cinese che aveva fatto i primi due anni di liceo a Imola e che si era appena trasferito nella nostra città. Ora, non so come fossero i licei a Imola, ma nella nostra classe non resistette a lungo.

Il primo giorno pensammo tutti che si fosse perso, invece no, avevamo davvero un nuovo compagno le cui imprese sono ancora argomento delle cene di classe.

Lui in realtà non era un ragazzo, ma una battaglia socio culturale. Così almeno era stato definito da un professore. La cosa strana di questa battaglia è che nessuno l'ha mai combattuta. Nonostante fosse rimasto con noi tre mesi, nessuno aveva capito quale fosse il suo nome e quale il cognome, sul registro erano stati scritti al contrario e ce ne rendemmo conto solo quando, una volta che smise di presentarsi a scuola, senza avvertire nessuno, chiamammo a casa sua e chiedendo di lui ci fu passato il padre. Insomma, noi compagni lo avevamo sempre chiamato per cognome mentre i professori per nome. Addirittura la professoressa di educazione fisica lo chiamava Mattia, perché lui le aveva detto che era il suo nome italiano. Questa cosa del nome italiano non siamo mai riusciti a capirla.

Ma non pensate che il destino sia stato troppo crudele con lui, c'era un motivo se non fu aiutato, lui era, con più precisione, una battaglia socio culturale già persa in partenza. Così fu definito una volta che si ritirò da scuola. Sicuramente non era facile entrare in contatto con lui visto che veniva da un mondo così lontano. Ci disse subito che il greco per lui era facilissimo, insomma, solo ventiquattro lettere, mentre il cinese ne aveva più di tremila. Dopo questa presentazione prese 2 nella prima versione che fece. Alcuni tra i più bravi, e soprattutto volenterosi, della classe gli chiesero se voleva una mano e qui ci lasciò di stucco con la sua seconda dichiarazione: lui aveva sempre fatto così, prendeva 2, 3 e 4 nel primo quadrimestre che non serviva per la promozione e poi studiava solo nel secondo e recuperava tutto. Non riuscimmo mai a vedere questo miracolo perché se ne andò prima.

Passò la maggior parte delle lezioni a bere coca cola e a leggere fumetti senza che nessuno avesse voglia di riprenderlo.

Abbiamo fatto fatica anche noi a cercare di includerlo: fu invitato al compleanno di un compagno, gli fu anche dato un passaggio ma una volta tra noi, nonostante l'enorme banchetto preparato dal mio compagno appassionato di cucina, non volle toccare cibo. Si illuminò solo quando arrivò il risotto. Fu inutile cercare di spiegargli che non era il riso che intendeva lui, si riempì un piatto colmo, assaggiò, fece una faccia schifata e lasciò lì tutto il piatto.

Comunque fu così gentile da ricambiare l'invito: chiamò Tancredi alle 11 di sera di un giorno in mezzo alla settimana e lo invitò a raggiungerlo verso mezzanotte sotto la stazione con altri suoi amici cinesi. E così: "Scusa, è che domani abbiamo scuola, stavo andando a letto, altrimenti non mi sarei perso per nulla al mondo un incontro in stazione nel cuore della notte."

L'unica battaglia che avvenne fu con il professore di Arte. Il problema è che la battaglia riguardò il Tibet e quindi penso di avervi detto già tutto.

Questo professore finora non è stato nominato perché non si può, non si può dire nulla senza conseguenze. Si impegnava anche, facevamo sempre lezione in Aula Computer perché così potevamo vedere le immagini delle opere. L'unica grossa pecca è questa: avevamo tre libri da studiare in tre anni, il primo lo abbiamo terminato in due anni e poi al terzo anno abbiamo frettolosamente affrontato l'ultimo libro. Ora, sono la prima a dire che non bisogna fissarsi solo con i programmi, che la scuola è anche altro, e che troppo spesso i programmi sono fin troppo vasti ed è davvero impossibile fare tutto. D'altro canto, però, noi siamo usciti dal liceo classico saltando un intero libro, quello relativo a tutti i più grandi artisti italiani. Per quel che mi riguarda quindi

Michelangelo, Donatello, Raffaello e Leonardo potrebbero benissimo essere le tartarughe ninja.

Di Lui, come vi dicevo, non posso lamentarmi troppo perché sarebbe pericoloso. Lui ha sempre ragione, su tutto, su tutti, anche su ciò che non è di sua competenza, anche su chi non conosce. Solo una regola era nota a tutti i ragazzi del liceo: se tieni cara alla vita, ricorda che Lui ha sempre ragione. Marti, dopo aver preso l'insufficienza in un compito, andò a chiedergli se aveva visto anche il retro dell'ultimo foglio. In effetti, lei di solito andava bene in tutte le materie, in quel compito aveva risposto a tutte le domande e scritto più di tutti e sul retro del foglio non c'era nessun segno che lasciasse intendere che il professore l'avesse letto. Chiese quindi se per caso gli fosse sfuggito. Non l'avesse mai fatto! Lui alzò la voce, il succo di tutta la predica fu che Lui aveva più di una laurea. Lui era un laureato. Nessuno si doveva permettere di contestare nulla. Lui scriveva. Lui teneva tantissimi corsi. Lui era richiesto da tutti. Lui ci faceva lezione in aula informatica perché era avanti. E di nuovo: Lui era laureato. Non sapevo che chi avesse una laurea fosse immune agli errori e soprattutto avesse il super potere di non farsi sfuggire nulla. Non abbiamo mai saputo se avesse letto quell'ultimo pagina perché era troppo impegnato a urlare che era laureato.

Ora, immaginate tutto questo suo immenso spirito scagliato alla prima lezione contro il nostro nuovo compagno che di questa regola ancora non sapeva nulla.

Passarono tutta la lezione a litigare sulla libertà del Tibet, con il nostro compagno che sosteneva che era sempre appartenuto alla Cina. Non fu un dibattito costruttivo che ci insegnò qualcosa ma una vera e propria litigata, come capitava a chiunque contraddicesse quel professore. A fine lezione il nostro compagno fu incaricato di svolgere delle ricerche sull'argomento al solo fine di dimostrare che Lui aveva ragione.

Alla lezione successiva si presentò con la ricerca svolta, scritta in cinese e con informazioni rilasciate dal governo cinese. Il litigio quindi continuò e si concluse con il professore che urlava che gli avevano fatto il lavaggio del cervello (si sa, è il metodo migliore per argomentare la propria tesi) e con l'alunno che rispondeva che un professore come lui in Cina sarebbe già stato ucciso.

Nessuno di noi ha mai fiatato, ma dovete capirci, non si può proprio, non si può contraddire quel professore. Mai. Una volta, visto che non eravamo abbastanza indietro con il programma, ci fece una lezione di storia solo per dimostrarci che un altro nostro professore si stava sbagliando.

Comunque, visto che arte quell'anno era alla prima ora, da quel giorno il nostro compagno entrò sempre alla seconda per saltarla, e nei tre mesi che restò con noi non si presentò mai più.

Prima di lasciarci, comunque, ci regalò un ultimo ricordo indelebile.

Dopo aver corretto la verifica in classe la professoressa chiese a Marti di raccogliere i compiti; Marti, dopo essere passata tra i banchi, si avvicinò timorosa alla cattedra e consegnò tutti i compiti tranne uno che teneva saldamente in mano. Mostrò quindi alla professoressa che di un compito ne rimaneva solo metà.

"Dov'è l'altra metà del compito?"

"Ce l'ho io", rispose il compagno cinese. "L'ho tagliato a metà."

"Perché?"

"Pensavo che bastasse metà."

La prof decise di non questionare ulteriormente: la conversazione era già troppo surreale. Il compito fu semplicemente attaccato con lo scotch.

Le sue avventure terminano qua. Smise semplicemente di venire a scuola, ma la notizia che si fose ritirato arrivò molto più tardi. Magari sarebbe finita lo stesso in questo modo, ma nessuno provò a capire il suo mondo, a venirgli incontro.

Lui non era un ragazzo, era un ragazzo già perso ancor prima di iniziare. Era entrato perso e la scuola lo ha lasciato così.

Era quello che era già successo con tutte le bocciature nella nostra classe, ma forse si può cercare di giustificare dicendo che all'inizio eravamo tanti, troppi, e che comunque partivamo tutti con pari opportunità.

Qui, invece, c'era un unico ragazzo che si aggiunse ad anno iniziato in una classe esigua, così esigua che il giro di interrogazioni veniva finito in massimo cinque giorni. Quindi le scuse iniziali crollano. Ma lui era straniero, di lingua straniera, già indietro. Ah, ecco il punto, già indietro e proprio per questo lasciato indietro perché in quella scuola non c'erano alunni migliorabili, ma solo chi stava a galla e chi invece affondava.

In teoria, visto lo svantaggio con cui partiva, bisogna pensare che a maggior ragione andasse aiutato, invece in quella scuola pensavano tutti che a maggior ragione andasse lasciato indietro. Insomma, nella nostra scuola gli zoppi non li volevano.

Quando si capirà che il compito della scuola è proprio questo? Quello di salvare i ragazzi, soprattutto da se stessi. Quando si capirà che ogni volta che si perde qualcuno è proprio una perdita per la scuola? E anzi, è proprio un fallimento della scuola.

NON TI GRATTARE

Lanciai una penna ad Ali sussurrando tra i denti: "Non ti grattare."

"Basta, ogni volta mi fai male!"

"Tua mamma mi ha incaricato di controllare che non ti gratti, stai facendo le cure per la pelle proprio per questo!"

"Ho fame comunque e siamo solo alla seconda ora."

"Tu hai sempre fame."

"Oggi ho più fame, quindi evita di fare la tua solita faccia da cucciolo abbandonato per scroccarmi un pezzo di merenda... E si può sapere tu che diavolo stai facendo invece?"

"Ho dimenticato il quaderno, prendo appunti sulle pagine estive del diario."

"E ci sta tutto?"

"Per quel che scrivo io."

"Stai scrivendo solo uno parola ogni tanto! Non ha alcun senso, non farlo a questo punto!"

"No no, così mi fingo indaffarata... e basta grattarti!"

RITORNO ALLE ORIGINI

Come si fa a parlare della propria esperienza al liceo classico senza nominare le difficoltà con le versioni? Ovviamente non basta dirlo all'inizio, no, bisogna ripeterlo per ogni anno che vi racconto. Perché in effetti è questo che ci caratterizza.

Quando diciamo a qualcuno che facciamo il liceo Classico riceviamo in risposta tre tipi di reazione, la prima principalmente da parte degli adulti che ti dicono: "Dura eh? Bravo, bravo, fai bene a studiare." Questa cosa del fatto che è dura non l'ho mai capita: è dura quando si hanno insegnanti esigenti, è facile se l'insegnante pretende poco e penso che valga per qualunque materia. E poi questa storia che ci guardano ammirati? Ma non conta di più come faccio la scuola rispetto a quale faccio? E se ti avessi detto la versione non edulcorata? Della serie: sai, faccio il liceo Classico ma non studio nulla, passo le mattine a sperare di non essere interrogata e i pomeriggi a ingannare il tempo? Oppure: sai, faccio il liceo Classico ma vengo bocciata un anno sì e uno no.

La seconda categoria di persone, di solito più giovani, si limitano a uno sguardo esterrefatto o schifato, i più coraggiosi proveranno anche a chiederti perché. E qui di solito o ci si lascia andare a uno sfogo dicendo che non sapevi quello che stavi facendo, davvero non hai idea perché per cinque anni stai sputando sangue su delle lingue morte che cercherai di dimenticare appena uscito ma che continueranno a essere il tuo incubo e parole come ablativo assoluto, aoristo, ottativo, paradigmi, fero fers tuli latum ferre sbucheranno nella tua mente nei momenti più assurdi. Se pronunciate innanzi a mio padre la parola "fero", lui scatterà in piedi come se fosse interrogato e, pur essendo passati cinquant'anni dal liceo, saprà completare quel paradigma. Ottimo. Grazie, utilissimo.

Meglio quindi evitare di rispondere sinceramente, le lamentele sarebbero più lunghe dell'Odissea e il tuo interlocutore è già abbastanza schifato. Meglio cercare di cavarsela con la solita frase: il liceo Classico apre la mente. Mai capita quella frase, ma nessuno chiede mai spiegazioni perché è quello che dicono tutti, quello che ti dicono fin da quando metti piedi in quel liceo o forse prima quando stai facendo la tua scelta. E te lo ripetono fino alla fine, fino alla nausea... ma perché? Nessuno mai che te lo spieghi, al massimo si limitano a un: "Una volta studiato questo, potete studiare tutto". E gli altri? Quelli che non hanno fatto greco non possono studiare? Non sanno studiare? Faranno più fatica a studiare?

Forse sto esagerando, ma questa cosa del greco che ti rende una sorta di elitario non ha di certo aiutato la mia avversione per la materia. Infatti ci sono quelli che si considerano migliori proprio per il greco, sono pochi, una sorta di ulteriore élite dentro l'élite, e poi ci sono quelli come me che non hanno capito bene che ci fanno lì. Quindi non mi sentivo parte proprio di nessuna élite, nonostante facessi greco, mi sentivo comunque tagliata fuori, mai abbastanza.

Infatti la terza categoria è costituita da persone che hanno intrapreso il tuo stesso percorso e, in quel caso, si lasciano sfuggire con uno sguardo sconsolato: "Anche tu?"

Quell'anno la professoressa di greco fu competente, preparata, umana, disponibile, in effetti in quel caso il problema fui io e la novità introdotta ossia le versioni in un'ora. Secondo la professoressa erano fattibili. Non per me, a quanto pare. In greco scritto presi un solo sei meno in tutto l'anno. La fortuna era che con l'orale si riusciva recuperare visto che veniva chiesta solo letteratura.

Ogni volta che c'era una versione io dovevo scegliere se prendere 3 perché avevo tradotto solo 4 righe su 12 o su 15 se era una versione lunga, o se prendere 3 perché avevo tradotto 8 o 9 righe ma nella fretta avevo sbagliato quasi tutto. Arduo dilemma. Di solito alternavo per cambiare un po'.

Facevo la versione che ero già depressa perché sapevo come sarebbe andata a finire mentre vedevo davanti a me quel genio di Tommaso che traduceva entrambi i compiti (c'era una versione per la fila A e uno per la fila B) in un'ora, sfogliando pigramente il vocabolario solo di rado. Lui faceva due versioni senza troppo impegno, mentre io consegnavo quattro righe scarabocchiate. Infatti, visto che non avevo neppure il tempo di respirare, figuriamoci se perdevo tempo a ricopiare in bella copia, consegnavo quelle poche righe composte principalmente da scarabocchi, asterischi e frecce.

AVVOLTOI

"Ciao Ali, mia madre è sconvolta."

"Perché?"

"Non capisce come facciamo a vederci per 5 o 6 ore a scuola, tornare a casa e stare al telefono altre due ore... si chiede che altro abbiamo da dirci"

"Ma come? Non sa quante cose possono accadere nel tragitto verso casa?"

“Che poi in realtà ci sono anche molti momenti morti nelle nostre telefonate.”

“A me piacciono anche quelli, mi fai compagnia mentre finisco i compiti.”

“Ah io no, in quei momenti scarabocchio.”

“Non avevo dubbi, mica pensavo che studiassi.”

“Questa sera andiamo al cinema?”

“Non mi pareva ci fosse molto da vedere, magari possiamo vederci un film a casa.”

“No, allora mangiamo qualcosa fuori, io devo uscire.”

“Perché questo improvviso desiderio di uscire?”

“Mia madre vuole che esca, dice che non sono un’adolescente normale.”

“Anche su questo nessuno aveva dubbi.”

“Che poi, scusa, cosa fanno le ragazze normali?”

“Discoteca?”

“Detesto le discoteche.”

“Shopping anche.”

“Detesto anche quello.”

“Vedi, per questo dice che sei strana: detesti quello che piace quasi a tutti. Forse potresti rassicurarla tornando a casa con un tatuaggio.”

“O con un motociclista.”

“Brava, stai già entrando nella mentalità giusta!”

“Sai che ci chiama gli avvoltoi?”

“Tua madre, dici? E perché?”

“Dai! Gli avvoltoi del libro della giungla, quelli che non sanno mai cosa fare e passano il tempo appollaiati sull’albero a chiedersi cosa fare.”

“Ma noi sappiamo cosa fare, è che a lei non va bene.”

“Tranne quella volta.”

“Quale volta?”

“Quella volta che è entrata in casa mentre noi eravamo distese a fissare il soffitto.”

“Bé, ma quello era un momento di meditazione.”

“Sì, vaglielo a spiegare.”

“Quindi lei vorrebbe che tu uscissi per andare a bere e ballare?”

“No, penso che a quel punto non le andrebbe bene neppure quello ma per altri motivi.”

“C’è qualcosa che le vada bene? Comunque per questa sera dille che esci e poi vieni da me... ci vediamo un film a casa.”

SCUOLA D’ARTE

Visto che mi sono precedentemente lamentata di aver avuto solo insegnanti privi di inventiva forse dovrei raccontarvi anche delle doti artistiche di altri. Abbiamo infatti avuto anche professori geniali che hanno stimolato la nostra fantasia, peccato che insegnassero scienze o matematica.

Biologia in effetti diventò un vero e proprio laboratorio d'arte: durante la prima lezioni ci dividemmo in tre gruppi, a ogni gruppo venne assegnata una cellula. Il compito era quella di fare un cartellone con disegnata quella cellula e devo dire che ci ingegnammo anche parecchio: qualcuno fece alcune parti in 3D, ricordo ancora i plasmodesmi fatti con i cheerios (sì, sto parlando dei cereali al miele tondi incollati sul cartellone) e c'è chi arrivò addirittura a fare un plastico della cellula in cartone.

Questi però non erano i compiti per casa, erano le lezioni! Abbiamo passato settimane a colorare, ritagliare e incollare in perfetto stile Art Attack.

Il gruppo con i disegni più belli prendeva il voto più alto. I miei genitori si convinsero che fossi una sorta di genio della biologia, ma purtroppo non ero neppure la degna aiutante di Giovanni Muciaccia, ero solo in gruppo con Ali che è sempre stata bravissima a disegnare. Io coloravo dentro i bordi per settimane, solo questo, ho colorato dentro i bordi come stava facendo mia cugina che all'epoca aveva tre anni. Una volta finito il progetto ogni gruppo lo presentò al resto della classe, ovviamente leggendo dal libro le varie funzioni della cellula e dei suoi componenti.

Il secondo quadrimestre abbiamo fatto la stessa cosa ma con gli apparati del corpo umano, con la differenza che, al posto che unire tutti i banchi e colorare e chiacchierare allegramente per un'ora, decidemmo di fare a casa quei progetti e iniziammo a studiare altre materie. Finché davanti a noi c'erano dei fogli e alcune matite la professoressa non ci diceva nulla.

Per quei lavoretti ci sentivamo dire bravi e certo, dopo le violenze verbali e psicologiche subite era piacevole, ma forse avremmo voluto sentirci bravi veramente, non perché sapevamo colorare dentro i bordi.

Poi scoprimmo che il suo "bravi" probabilmente si riferiva al nostro comportamento in classe. Attaccavamo i banchi e chiacchieravamo tutta l'ora, è vero, ma sempre senza fare troppa confusione, senza andare in giro e senza rifiutarci di fare i lavori che ci assegnava. A quanto pare in altre classi si erano rifiutati di fare i compiti assegnati, e da un certo punto di vista li capivi, e in moltissimi andavano in giro per la scuola invece di restare in classe, in più insegnava anche in un altro istituto e lì, tra il suo poco polso e ragazzi meno propensi all'ascolto, ebbe dei seri problemi a mantenere l'ordine in classe, tanto che l'anno dopo si prese una pausa e non tornò a scuola a causa di un esaurimento nervoso.

Ci fece fare un solo compito in tutto l'anno, peccato che lo fece prima in un altra classe dove lasciò i testi incustoditi durante la ricreazione. I ragazzi di quella classe li lessero e cercarono velocemente le risposte che non sapevano per poi inviarci la foto. Ci organizzammo in modo da fare sbagli variegati e non destare sospetti; nessuno doveva fare tutto giusto, ci mettemmo d'accordo in modo da far prendere 9 ai più bravi, 8 alle persone nella media e 7 a quelli che arrancavano (nelle altre materie). Lei si disse contentissima, tutti bravissimi, nessuna insufficienza, si vedeva che i suoi metodi funzionavano.

Sì, certo.

Questa poco severa professoressa, però, fu surclassata in fatto di creatività. Infatti si potrebbe pensare che la matematica sia una materia fredda, asettica, rigida ma il nostro professore era ben più avanti. Infatti tutti gli esercizi che svolgeva alla lavagna avevano un risultato diverso rispetto a quello riportato sul libro di testo. Ogni volta la motivazione era sempre che il libro sbagliava. Sappiatelo: la matematica è un'opinione.

Noi, comunque, eravamo sempre avanti con il programma, facevamo quattro argomenti all'anno ma eravamo sempre avanti a sentire lui. Infatti, eravamo così avanti che spesso il professore leggeva il giornale e ci lasciava fare quello che volevamo. Insegnava anche fisica ma tutto quel che ricordo è che fisica viene dal greco φύσις che significa natura e infatti la fisica è lo studio della natura. Qualsiasi interrogazione iniziava così, a lui piaceva tanto. Portavi una sola legge e poi parlavi liberamente. Io di fisica mi ricordo solo quella frase, dal greco φύσις. Nelle sue materia avevamo tutti 9 e 10, dei geni anche in questo caso. Comunque, bisogna dargliene atto, era sempre determinato e soprattutto sempre fiducioso: continuava a tentare di risolvere gli esercizi e ogni volta che arrivava a un risultato diverso da quello del libro ci rimaneva di sasso. Al solito accusava il libro di sbagliare e ci riprovava da capo a seguire.

Durante le lezioni io mi disconnettevo completamente. Un paio di volte, ricollegando il cervello nel bel mezzo della lezione, fui catturata dalle sue sagge parole:

- I draghi marini esistono

- Ragazzi non salite mai sui letti a castello, se cadete da lì morite. Sì, non ridete, basta ridere, non è uno scherzo: si muore.

e la più importante

- Nei test a crocette, quando alla lettera E c'è scritto nessuna delle precedenti non è mai quella la risposta. Solo un idiota sceglierebbe la E.

La sua creatività risvegliò la nostra, quasi nessuno lo ascoltava, visto che era inutile vederlo sbagliare gli esercizi, ma giocavamo a battaglia navale, a carte, nome cosa e città o a impiccato con il nostro compagno di banco.

Una volta ero così presa e concentrata su uno di questi giochi da pensare che stessi facendo matematica, nonostante non la facesse neppure lui, e mi chiese il risultato dell'esercizio. Ora, questa conversazione mi fu riferita in seguito perché io proprio non lo sentii. E qui, con un'altra dimostrazione di fantasia iniziò a chiamarmi California. L'ho avuto per cinque anni ma non ha mai imparato mezzo nome. Comunque, chiamò più volte California che era la scritta sulla mia maglietta e io, stranamente, non risposi a un nome di uno stato al posto del mio. Alla fine si arrese e disse: "Niente, si vede che è troppo assorbita dalla matematica".

Mi risvegliai solo a questo punto con mezza classe che rideva sguaiatamente.

Dimostrò il suo lato artistico anche nei due o tre compiti in classe che provammo a fare. Me ne ricordo uno in particolare: inventò i tre esercizi visto che non si sentiva compreso dal libro. Così, la prima equazione non era verificata e quando glielo facemmo notare disse di eliminare quell'esercizio dal compito. Passammo al secondo: non era risolvibile, quindi annullò anche quello.

Il terzo e ultimo era la semplice applicazione del teorema di Pitagora, livello da quinta elementare, compito finito in cinque minuti.

Nonostante ciò, si copiava. Forse eravamo troppo pigri per imparare anche solo un teorema e devo dire che non ci impegnavamo neppure a copiare bene: Tancredi si alzava in piedi e attraversava l'aula facendo finta di dover buttare qualcosa nel cestino proprio in quel momento. In realtà passeggiava con enormi fogli protocollo, proprio nel suo stile, con gli esercizi svolti e li distribuiva. Tanto i compiti erano così corti che riusciva a riscriverli anche dieci volte. Oppure c'era chi chiedeva di usare la calcolatrice sul telefono. E così i risultati li avevi direttamente su WhatsApp. Lui guardava, certo, ci vedeva, ma faceva finta di nulla. In effetti era lui che ci diceva che non è che non dovessimo copiare ma dovevamo copiare senza farci beccare: "Insomma, siate furbi!". Anche prima della maturità ci disse: "Mi raccomando, copiate bene".

Uno dei modi più creativi di copiare ce lo suggerì proprio lui: un compagno uscì prima dall'aula perché aveva finito il compito e visto che avevamo la porta a vetri ci schiacciò contro il cellulare in modo che la compagna con il banco accanto alla porta potesse leggere.

Comunque, uno dei colpi di genio più brillanti di questo professore fu il gesso: ogni tanto, probabilmente preso dal panico per l'esercizio che stava svolgendo, gli compariva un'improvvisa allergia, infatti iniziava a gridare guardandosi le mani che agitava a mulinello: "Sono allergico al gesso, sono allergico al gesso" e usciva dalla classe a tutta velocità. Non lo rivedevamo più fino alle lezione successiva.

Inoltre, quando una sua lezione precedeva l'intervallo, gli chiedevamo, se proprio doveva spiegare, di finire prima e il tempo in più lo usavamo per fare la lista per la spesa: ognuno scriveva il panino o la pizzetta che voleva, raccoglievamo i soldi e una persona andava per tutti giù, sotto la tromba delle scale, a prenderli così da evitare la coda e da accaparrarci i panini migliori che di solito finivano subito.

STALKER?

"Dove stai andando? Dai che se escono tutti se ne accorge."

"Intanto sono solo la seconda persona che esce e poi, certo che se ne accorge, ma non dirà nulla come al solito."

"Resta qui e basta."

"Scusa, Marti è uscita con tanto di banco e sedia e si è messa a studiare greco sotto le scale e io devo restare qui?"

"Appunto! Lei sta studiando perché dopo verrà interrogata e con noi che chiacchieriamo si distrae. Tu stai andando a cazzeggiare. E poi, visto che si è portata fuori anche banco e sedia non noterà un banco vuoto."

"Per uscire devo portarmi il banco, quindi?"

"No, non dovresti uscire, potresti così guardarti qualche esercizio di matematica."

"Nemmeno tu lo fai."

"Ci provo ad ascoltarlo... per un po' almeno, fino a quando non inizia a sbagliare."

"Senti se proprio chiede digli che sono in bagno e poi mi mandi un messaggio così rientro, se no sto fuori."

"Vuoi stare fuori tutta l'ora? Non puoi startene apatica con la testa sopra il banco come al solito? Ma si può sapere dove vuoi andare?"

"Ho scoperto una cosa"

"Cosa?"

"A quest'ora lui ha religione solo che ha scelto di non frequentarla, quindi è nell'aula al piano di sotto."

"Ah! Ma ti sei studiata i suoi orari"

"Potrei fingere di andare alla macchinetta lì accanto e poi fermarmi a chiacchierare."

"In pratica tu a quest'ora non ci sarai mai più per il resto dell'anno."

"Sicuramente è una fortuna che abbia religione quando noi abbiamo matematica."

"Almeno però concludi qualcosa, non so, un appuntamento, un incontro, qualsiasi cosa, sono mesi che vi parlate e basta per ore. E tu sei sempre a caccia di scuse, idiote per di più."

"Non so di che parli."

"Scherzi vero? Sbaglio o hai finto di chiuderti fuori casa per andare a casa sua? E hai finto di dimenticare il vocabolario a scuola per andare a chiederglielo in prestito? E su quel tuo diario non ci sono solo i nostri orari ma anche segnato quando esce alle nostre stesse ore... e sbaglio o stai arrivando puntuale per cercare di incrociarlo venendo a scuola?"

"Ecco, vedi? Non sono scuse idiote, sembrano proprio coincidenze. Se sa chi abbiamo di matematica sa che non si fa nulla... questa volta potrei dirgli che io esco sempre a farmi dei giri durante le sue ore."

"Oppure potresti lasciar perdere le scuse e chiedergli di uscire... così la facciamo finita. Tanto lo sappiamo bene che gli piaci."

"Dici? Da cosa?"

"Non farmelo dire, lo sai."

"No, dai dai, dimmi!"

"Uff, ma da come ti guarda e poi nessun altro ti sopporterebbe per tutte quelle ore in cui hai parlato a macchinetta e basta."

"Non so, magari è solo gentile."

"Che due palle, non potete continuare così, soprattutto con te che riempi me di pare mentali."

"Bé, vado prima che arrivi il prof."

"Li, solo dieci minuti dai!"

"Vedo, buona matematica."

DIARIO DI UN INCUBO

Attenzione, racconti non adatti ai bambini.

Vi ricordate, vero, che vi avevo anticipato che non c'è fine al peggio? Che ci fu qualcuno capace di far sì che nessuno volesse finire nella nostra classe? Che ci avrebbe fatto rimpiangere Manticora? Ecco, è stato il professore di storia e filosofia degli ultimi tre anni, lo chiameremo Bestia di Satana.

Bestia di Satana entrava ogni giorno di pessimo umore, non salutava, sbatteva la porta facendo calare un silenzio di tomba, lanciava la borsa sulla cattedra e senza dir nulla iniziava la lezione. Questo era il suo ingresso, ma lui soffriva anche di forti sbalzi d'umore. Infatti, quando usciva, anche se era stata una pessima lezione, anche se ci aveva appena gridato di tutto, sfoderava il suo più inquietante sorriso e diceva con il tono di voce di chi si rivolge ad un bambino di tre anni: "Arrivederci!" oppure "Buona pappa!" se era l'ultima ora, oppure, si avvicinava a qualcuno, lo fissava da dietro degli enormi occhiali da talpa e faceva esclamazioni tipo "Ma che bel maglione", "Ma che bella collana" "Ma che bel diario".

Ho parlato delle grida in classe che riprenderò con divertentissimi aneddoti. Comunque, questo cambio totale di personalità, che farebbe un baffo a Dr. Jekill e Mr. Hyde, lo dimostrava anche con gli adulti. Infatti, ai colloqui con i genitori si trasformava in un agnellino, mansueto, sorridente, addirittura incavato nella sedia. Nessuno avrebbe mai potuto pensare che quello era l'uomo delle nostre descrizioni. Per fortuna tutti i suoi alunni presenti e passati denunciavano o avevano denunciato ricorrentemente i suoi maltrattamenti e spesso le sue urla si sentivano per tutta la scuola. Quindi, dato che gli altri insegnanti e la preside ne erano a conoscenza, almeno non fummo presi per bugiardi patologici. Tra l'altro, un anno dopo che lasciammo la scuola, ci giunse voce che fosse stato spostato di sezione perché aveva ricevuto due denunce per aggressione verbale. Devo dire che quella classe escogitò un ottimo modo per liberarsene.

A questo proposito, un genitore che andò a colloquio e che di lavoro faceva lo psichiatra, tornò a casa dicendo che sembrava proprio uno dei suoi pazienti.

Un'altra caratteristica di Bestia di Satana era il fumo, ne era dipendente in modo maniacale, tanto che aveva sempre, sempre, in mano o in bocca la sigaretta elettronica. Mentre spiegava alternava un paio di frasi a un tiro, mentre interrogava la teneva perennemente in bocca e appena aveva cinque minuti si precipitava in cortile per fumare sigarette normali. Credo di non aver mai passato neppure una ricreazione in cortile sia perché in quel minuscolo spiazzo era come entrare in una nuvola di fumo, ma soprattutto per non incontrarlo più del dovuto.

Durante l'ultimo anno entrò in vigore la legge che vietava le sigarette elettroniche in classe e le sigarette normali nei cortili della scuola. Ovviamente lo fecero per disincentivare il fumo tra i giovani e nessuno pensò che chi ne avrebbe sofferto più sarebbe stato un professore. Da quando smise di fumare in classe cominciò ad avere degli sfoghi rossi sul collo, si allargava in continuazione il colletto della camicia come se stesse soffocando, le mani tremavano ed era molto più nervoso e bipolare del solito. Forse, per la nostra salvezza, avrebbero dovuto fare un'eccezione per lui, tipo sussidio di invalidità: per lui sussidio in sigarette essendo un professore con speciali necessità.

Veniamo ai motivi delle sue urla: qualunque cosa. Lui urlava sia quando interrogava e non sapevi qualcosa, sia quando spiegava e non sapevi qualcosa del nuovo argomento di cui appunto non conoscevamo ancora nulla, sia quando tossivi, starnutivi, facevi rumore, quando ti cadeva un libro o un astuccio. Sul serio, lui mentre spiegava non doveva mai essere interrotto. Se dovevi andare in bagno era vietato chiedere, dovevi alzarti ed uscire il più silenziosamente possibile, se avevi la tosse al primo colpo ti guardava male e al secondo di diceva di uscire finché non avessi finito di tossire.

Mi ricorderò sempre di quella volta che mi venne il singhiozzo, tra l'altro un singhiozzo abbastanza rumoroso, per quanto provassi a soffocarlo. Al terzo colpo mi urlò di non stare lì impalata di uscire e fare qualcosa per quel casino. Io uscii e le provai tutte: trattenere il fiato, bere, respiri profondi ma senza risultati. Dopo dieci minuti di tentavi ebbi la brillante idea di rientrare. Appena mi scappò un altro singhiozzo si mise a urlare che era colpa mia se lui era costretto ad alzare la voce perché stavo disturbando, senza neppure impegnarmi a non distrarre tutti e aggiunse: "Quindi se non vi vanno bene le mie urla non prendetevela con me, ma con lei, con Lina Marzari." E così proseguì il resto dell'ora spiegando con un volume di voce spropositato. E se ne andò sbattendo la porta senza neppure il suo arrivederci accompagnato del solito cambio d'umore.

Ali era asmatica e così nel periodo delle allergie, quando le venivano degli attacchi di forti colpi di tosse, quasi soffocava nel tentativo di trattenerli e passava metà della lezione fuori dall'aula. In più, lui si rifiutava di interrogare chiunque fosse raffreddato o avesse poca voce, ti guardava e ti diceva: "No, tu non sei pronto per essere interrogato". Al che cominciavi a balbettare: “Sì, giuro di aver studiato” e lui: “In queste condizioni io non ti posso ascoltare. Vedi di fartelo passare in fretta.” Certo, perché noi ci divertiamo un mondo a essere ammalati o a essere asmatici, in effetti lo facevamo apposta. Insomma, creò un clima caldo e confortevole in classe.

Un’altra volta, mentre stavo sfogliando il quaderno, lui si interruppe e chiese guardando nella mia direzione: “Cos’è questo casino?” ed io subito: “Mi scusi, mi scusi, stavo cercando gli appunti della scorsa volta”. “Ovviamente non mi riferivo a te che sfogli il quaderno ma a un rumore che veniva da fuori.” Ovviamente un corno, non si poteva neppure starnutire. Lui odiava in particolar modo le persone che avevano gli starnuti rumorosi, Tancredi era addirittura accusato di farlo apposta.

Esempi schizofrenici di urla

Entrò in classe, solito sbattere della porta e lancio della cartella, si sedette e guardando un unico foglio lasciato sulla cattedra urlò: “Cos’è sta roba?” Tancredi rispose:”La circolare che è arrivata l’ora prima, si saranno dimenticati di metterla nel cassetto.” Bestia di Satana tacque. Non si mosse, non fece nulla a parte fissarci, ma noi conoscevamo bene quel tipo di silenzio. Era quello che di solito precedeva una sfuriata. Così Tancredi, nella speranza di anticiparlo ed evitare altre urla, si alzò e ripose il foglio nel cassetto sotto la cattedra nonostante quel cassetto fosse proprio accanto alla sedia del professore. Purtroppo, durante questa sua nobile azione, si lasciò sfuggire un “Va beh!” Al che scoppiò la bomba:”Va beh? Va beh? Vedremo se dirai va beh anche quando avrai la maturità, vedremo se dirai va beh quando ti boceremo per un solo punto. Vedremo se dirai ancora va beh!”

Tutto questo per un unico foglio appoggiato sulla cattedra.

Qualcuno in particolar modo prese male le sue urla. Marti, infatti, quell’anno stava affrontando il divorzio dei suoi genitori. Quando Bestia di Satana si mise a urlare come al solito, in segno di protesta, girò la

sedia verso il muro che aveva alle spalle e si mise a fissarlo con le braccia incrociate. All'inizio il professore la ignorò per non interrompersi, ma poi si decise a chiedere: "Ma insomma, si può sapere che problema c'è?" E qui Marti esplose, e credo che fu l'unica volta in cui qualcuno provò ad affrontarlo dicendo che il problema erano le sue urla.
"Io urlo perché voi dovete ascoltarmi e non guardare il muro."
"Io guardo il muro perché lei urla."
"Stai alzando la voce con me."
"Ne ho abbastanza di urla a casa, non mi servono anche qui."
"Piantala di urlare con me."
"Se lei urla, allora urlo anche io."
E su queste ultime parole si alzò, uscì e andò in bagno che era accanto alla nostra aula. Bestia di Satana decise di seguirla e così la lite continuò nel bagno delle ragazze. Noi ci mettemmo sull'uscio della porta ad ascoltare non sapendo bene cosa fare. Si affacciarono anche dei professori dalle classi del nostro corridoio per capire cosa diavolo stesse succedendo. Ora, io non ricordo come si concluse questa vicenda delle urla, ma sicuramente lui non cambiò approccio con noi studenti o forse lo fece al massimo per due giorni. In effetti, come scoprimmo in seguito, i suoi buoni propositi duravano due giorni al massimo. Tutte le volte che ci lamentavano con la preside per i maltrattamenti, lui veniva richiamato, stava buono e calmo per un paio di giorni e infine esplodeva e ricominciava da capo. Poi, definiamo la parola buono: io forse preferivo quando urlava a squarciagola, infatti, in quei due giorni che seguivano un richiamo cercava di trattenersi, ti puntava il dito tremante, il collo diventava viola, e ti parlava quasi sibilando tra i denti. Per me erano meglio le urla, almeno dopo lo sfogo in genere sembrava stare meglio.

Decisamente non era una persona che stava bene di testa.

Quando interrogava ci faceva sedere accanto alla cattedra, quel posto fu soprannominato la sedia del pianto. Praticamente tutti si erano fatti un piantino su quella sedia, cosa che non faceva altro che aumentare le sue urla. E più lui urlava, più uno piangeva, più uno piangeva e più lui urlava infastidito dal nostro comportamento. Pure io, una sola volta, versai una lacrima nonostante fossi ancora anestetizzata e mi piacesse dire che della scuola non mi importava molto. Non sono sicura se fingessi che non me ne importasse o se fosse davvero così, forse non mi importava di quella scuola con quei specifici professori. Nell'unica volta in cui versai una lacrima lui neppure urlò: mi trovò impreparata in filosofia, infatti lui interrogava seguendo l'ordine di voto ma in un'altra classe scoprì che lo avevamo capito e per coglierci di sorpresa quell'unica volta cambiò l'ordine delle interrogazioni. Mi mise 4 senza neppure commentare. Diciamo quindi che fu una lacrima d'ansia: io ero lì che aspettavo la condanna, ma le urla non arrivarono mai.

Comunque, ognuno di noi quelle urla le ha vissute a modo proprio: quando entrava sbattendo la porta molti dicevano di sentire ansia anche se doveva solo spiegare, alcuni piangevano. Io, col mio solito modo di affrontare le circostanze in quel periodo, decisi di ignorare le grida. Devo anche dire che alcune sfuriate erano talmente spropositate da sembrare ridicole. E anche alcune degli esempi che usava più spesso mi facevano ridere. Quando non ci ricordavamo qualcosa ci gridava: "Siete come le falene, non fate in tempo a imparare qualcosa che morite, vivete, morite, vivete, morite, vivete, morite e non imparate nulla", oppure "Cosa fate i pomeriggi? Andate a coltivare cocomeri?", "Voi siete come quel muro e la mia voce rimbalza su di voi come una pallina da ping pong"...

Questi almeno erano gli epiteti più divertenti, ma spesso si rivolgeva a noi anche con delle parolacce. Avete presente il film Full Metal Jacket? Non hanno affatto esagerato, persone così purtroppo esistono davvero.

Durante un'interrogazione che ero intenta a seguire, bloccò la mia compagna, mi guardò e chiese: "Lina, cosa stai facendo?"

"Ascolto l'interrogazione" risposi tranquillamente.

"Senti un po', se tu non ascolti l'interrogato e contemporaneamente guardi gli appunti, tu.... MUORI!

"Ah."

Parlando quindi di queste sue uscite davvero ridicole, mentre per lui erano serie, una volta durante filosofia partì con le sue solite urla e arrivò anche a chiedere a Matilde: "Ma ti pare che la terra giri intorno al sole?" Lei rispose "Sì" con aria di sfida. A parte il discorso astronomico dopo quella risposta iniziò un crescendo di urla che trovai particolarmente ridicolo, troppo ridicolo. Finché non arrivò a gridare come un pazzo:"il CESAROPAPISMO!" Ora, a mia discolpa c'è da dire che di tutte le parole del mondo da gridare cesaropapismo è la più ridicola. Davvero, vi sfido a cercare una parola che, gridata con tutto il fiato che avete, faccia più ridere. Quindi fissai il banco cercando di non ridere, non potevo neppure uscire perché c'era già Marco fuori e la regola era di uscire senza chiedere, ma solo una alla volta.

Così tirai fuori un fazzoletto e me lo misi davanti al naso cercando di soffocare le risate e nascondermi la faccia. Provando a trattenermi il più possibile iniziarono a uscirmi delle lacrime. Ormai ero piegata su me stessa, aggrappata al fazzoletto e stavo piangendo.

Lui a quel punto, notandomi, si interruppe, si inginocchiò al mio fianco e chiese con quel tono da cambio di personalità: "Ma stai piangendo?" Ormai non ce la facevo più, abbassai il fazzoletto, lo guardai e dissi:"Sì, dal ridere" e mi abbandonai a una fragorosa risata che quasi mi fece cadere dalla sedia. La mia risata scatenò tutta la classe; il professore si alzò, tornò dietro la cattedra e aspettò che le risate si spegnessero. Attese senza dir nulla e, nel momento in cui calò il silenzio, arrivò la tensione, un cambio di atmosfera repentino. Invece, contro ogni aspettativa, sorrise come un bambino e si disse contento che la prendessi in quel modo. Non siamo mai arrivati a capirlo: ci urlava dietro perché facevamo domande in classe, per uno starnuto o per un foglio bianco ma se gli ridevo in faccia, letteralmente, la prendeva bene. Reparto psichiatrico stiamo arrivando.

Quella volta gli risi proprio in faccia ma capitò altre volte che ebbi problemi a controllarmi: quando uno ti urla così si hanno solo due scelte, o prendi sul serio quel che ti sta dicendo, ti senti offeso e piangi o lasci perdere e ti fai una risata, e ormai quello era il mio modo di sopravvivere, quasi una filosofia. Ludo essendo seduto davanti a me, sentiva i miei sbuffi che in realtà erano risate soffocate e così doveva trattenersi. Le sue lezioni avevano un'altra particolarità: nonostante ogni anno sulle liste dei libri da prendere ci fossero ovviamente quelli di storia e filosofia, noi in tre anni non li abbiamo mai aperti. Infatti, Bestia di Satana era convinto che i libri sbagliassero. Ce li faceva comprare ogni anno e noi li lasciavamo a prendere polvere. Lui usava solo i suoi appunti battuti a macchina. Le lezioni di storia erano semplicemente una lettura alla massima velocità di quegli appunti e la storia era messa solo in ordine cronologico: date, nomi, eventi listati come un elenco della spesa. Noi dovevamo scrivere tutto come degli amanuensi. Provammo a chiedere di fotocopiare i suoi appunti o almeno dargli un'occhiata. Disse no. No, e basta. In effetti si comportava come se quei fogli battuti a macchina non esistessero ed era proprio questo il motivo per cui inseriva sempre i libri nelle liste a inizio anno: per fingere di farceli usare. Se la preside entrava durante le sue lezioni, lui li riponeva velocemente nella borsa lasciata appositamente aperta sulla cattedra. Non abbiamo mai capito perché li nascondesse, ma con lui avevamo già abbastanza problemi senza metterci pure a indagare.

Quindi, non solo dovevamo scrivere per tutta l'ora come se fosse un dettato, ma se veniva fuori in interrogazione che non avevamo capito qualcosa partivano le urla, e se provavamo a chiedere durante la lezione di ripetere o di chiarirci qualcosa partivano urla allo stesso modo perché avevamo interrotto e non capivamo mai nulla. In pratica dovevamo solo scegliere per cosa prenderci le urla.

Era importantissimo scrivere tutto perché ogni tot di pagine cominciavano le interrogazioni: il primo che andava alla sedia del pianto doveva ripetere parola per parola le prime 3, 4 o 5 pagine, dipendeva dalla velocità con cui parlava, il secondo doveva riprendere esattamente da dove si era fermato il compagno precedente e così via. Poi, a pagine esaurite, ripartivano le lezioni. Quando qualcuno durante l'interrogazione parlava troppo velocemente, iniziavamo a fargli dei segnali per dirgli di rallentare, perché voleva dire che quello dopo sapeva solo fino a una certa pagina. C'era la lotta per sedersi per primi su quella sedia perché allora si sapeva con certezza quali pagine sarebbero state chieste. Più interrogati c'erano prima di te, più erano incerte le pagine che sarebbero state chieste e saperne quindici a memoria come l'Ave Maria non era facile, oltre che completamente inutile. Non si poteva fare una sintesi o dire le cose nell'ordine che si preferiva. No, parola per parola andava ripetuto tutto a memoria. Celebri furono le due pagine che erano solo l'elenco di tutti i dogi di Venezia con data di inizio e fine carriera; Marti ebbe pure il coraggio di chiedere, sbuffando, a cosa servisse sapere i nomi di tutti i dogi e la risposta fu: "A nulla, scrivete adesso."

Per darvi un'idea di tutto ciò, quando Tamara fu interrogata in filosofia, a un certo punto disse: "Tommaso Campanella, detto u' pazz." Al che il professore stupito le disse che quella era solo una frase che aveva detto lui per farci capire il concetto, e che non era necessario ripeterla, soprattutto in dialetto. Quindi noi scrivevamo parola per parola e ripetevamo parola per parola fino allo sfinimento. Quella volta dichiarò che "u' pazz" era un suo inciso personale, ma vi assicuro che di solito quando si saltava qualcosa, qualsiasi cosa, partivano le urla, poi parlava lui al posto tuo, non c'era verso di riprendere parola e a fine interrogazione ti diceva che aveva parlato solo lui e ti metteva 4. Tancredi una volta provò a suggerire un timido "Se mi lasciasse parlare...", ma allora il professore si impuntò come solo i bambini sanno fare: "Va bene. Allora io me ne starò zitto e, se tu non saprai andare avanti, staremo zitti in due tutta l'ora e, se sbaglierai qualcosa, io non dirò nulla ma lascerò che ti impicchi con la tua stessa corda. Accomodati. Impiccati. Impiccati pure." Gentile come al solito.

Il grosso problema delle spiegazioni era quindi che dettava troppo veloce e anche le poche volte che chiedevamo di andare più piano lui rallentava per un paio di righe ma poi ritornava alla sua solita velocità. Io rinunciai presto al tentativo di scrivere tutto, ogni lezione ci provavo ma riuscivo a farcela solo i primi cinque minuti. Ali ci provava imperterrita, saltando delle parole come facevano molti: scrivevano, infatti, lasciando dei buchi e poi si confrontavano con i compagni cercando di riempire gli spazi vuoti. Presto, però, arrivò la svolta: i ragazzi più grandi iniziarono a darci i loro appunti dell'anno precedente, così smettemmo di scrivere. Seguivamo la lezione con le fotocopie degli altri sotto e

Bestia di Satana leggeva e leggeva, ed era tutto identico, parola per parola. Insomma con gli appunti sotto smettemmo anche di stare attenti, eravamo assopiti per la maggior parte del tempo, cosa che ci procurò non poche urla. Infatti, quell'uomo ogni tanto si fermava e chiedeva: "Sì o sì?" Ma noi eravamo persi nei nostri pensieri e spesso nessuno rispondeva, così lui prendeva un grosso respiro e gridava: "Ou! Vi ho chiesto sì o sì?" Allora ci risvegliavamo dal nostro torpore e qualcuno mugugnava: "Sì!"

"Più forte, non vi sento!"

"Sì!" rispondevamo allora più forte e lui poteva proseguire la sua lettura.

La volta che stava leggendo una parte relativa a un referendum disse:"E così il popolo fu chiamato a votare SI o NO?" Lo disse marcando la fine della domanda e così, senza aver sentito la prima parte, ci destammo in automatico e, mai come quella volta, gridammo "Sì!" tanto forte e all'unisono da lasciarlo interdetto per un paio di minuti buoni. Ecco un'altra volta in cui avrebbe avuto tutte le ragioni per arrabbiarsi, visto che quell'urlo era stata la prova che non stavamo minimamente ascoltando, e invece ridacchiò sotto i baffi e proseguì la lezione.

Con questo suo metodo di insegnamento io ricordo solo cose totalmente insignificanti, tipo: quando è stata presentata la prima bandiera italiana? Alle cinque di pomeriggio, non so di che anno, di che mese ma so che erano le cinque perché lui lesse: "Esattamente alle 17 punto 00." Oppure in filosofia vi dirò cosa mi ricordo di Hegel, filosofo su cui siamo rimasti cinque mesi. Di solito in filosofia interrogava a fine autore, quindi a volte ci metteva due giorni, altre, come nel caso di Hegel, cinque mesi. Nella bacheca di Facebook abbiamo ancora il post con l'evento della fine spiegazione di quel filosofo. Si potrebbe pensare che io sappia tutto di Hegel, e invece non ricordo assolutamente nulla a parte il fatto che non ha visto nascere il figlio perché doveva accogliere un filosofo italiano all'università e da questo evento rimase traumatizzato. Non so neppure se sia vero, ma per Bestia di Satana lo era. Quindi, potrei dirvi di che colore erano i lacci delle scarpe di Hegel, ma della sua filosofia non so assolutamente nulla. Cinque mesi sprecati.

APPUNTI DI GRECO

χέξω

1) attivo andare di corpo, evacuare, volg. Cacare

es. χεσάντων επὶ τῶν δίφρων

dopo aver sporcato di escrementi i seggi

τὸν σοι σησαμοῦντα χεσεῖν ποιήσω

gli farò cacare la focaccia di sesamo

χέσαιντο ει μαχέσαιτο

se combattesse se la farebbe addosso

συ ει πέλεθοσ αρτίως κεχεσμένοσ

sterco appena evacuato

"Guarda il verbo che ho trovato ieri sul vocabolario!"

"Li! Dovevi scrivere i paradigmi. non le parolacce in greco! Ci avresti messo lo stesso tempo!"

AUTOSABOTAGGIO

Mio padre ha raccontato spesso le sue malefatte a scuola, dalla volta in cui portò un maiale in classe (sì, il maiale era vivo), a quando l'ultimo anno vendette il libro di arte e saltò le lezioni della materia per andare a fumare in chiostro, finché non gli fu detto che rischiava la maturità se non si fosse fatto interrogare. Così ricomprò il libro e studiò l'intero programma in una settimana.

In questo caso: tale padre, tale figlia. Avrei voluto essere come lui in un milione di altre cose, e invece lo sono stata nelle opzioni peggiori.

Ed esattamente come lui me ne pentii. Forse è il destino di chi non si impegna a scuola, se ne pentono tutti prima o poi. Ed è inutile che gli adulti lo dicano ai ragazzi, anche a loro era stato detto ma erano stati sordi. E così la storia si ripete all'infinito. Io lo sto dicendo a voi, e voi probabilmente avrete chiuso questo libro. Con il banale e alquanto prevedile "senno di poi" mi ritrovo a pentirmene: sto leggendo per la prima volta tutti i testi che ci avevano affidato a scuola, mi ritrovo a desiderare quelle spiegazioni in classe senza le quali, ne sono certa, sto capendo un quarto dei contenuti e infine ne sto ricomprando alcuni che avevo venduto a fine anno. Ciò di cui più mi rammarico è di non aver ascoltato la professoressa di italiano del triennio, l'unica che si accorse del mio disimpegno, quasi l'unica professoressa ancora competente e appassionata che avevo, che però decisamente non seppe prendermi per il verso giusto, e non dico assolutamente che fosse facile prendermi per il verso giusto. Probabilmente si impuntò nel modo sbagliato, tanto che la nostra divenne una vera e propria lotta: lei decise di interrogarmi finché non avessi preso 8, facendomi arrivare ad avere venti interrogazioni in un quadrimestre e io, testarda all'inverosimile, solo per ripicca, in una sorta di insensata protesta adolescenziale, mi rifiutavo di studiare e leggevo tantissimi libri, TRANNE quelli da lei assegnati.

Più che continuare a interrogarmi finché non avessi preso 8, lei decise che avrebbe messo 5 a qualunque mia interrogazione che non fosse stata da 8. Quando tornai a casa dicendo "sapete, mi ha messo 5 ma in realtà era un 6 e mezzo", i miei genitori mi accusarono di mentire.

Al terzo 5 mio padre andò al colloquio, tornò e disse solo: " È tutto vero, dice che le tue interrogazioni sono da 6 e mezzo, 6/7 come al solito ma che, fino a quando non ti meriterai 8, ti metterà 5." Non aggiunse altro, non protestò con la professoressa, né disse a me di studiare di più.

Nonostante la minaccia del 5, per partito preso continuavo a non studiare. Questa circostanza forse avrà irritato anche il resto della classe perché ogni volta contribuivo a mettere l'insegnante di cattivo umore e facevo perdere tempo a tutti con la mia ennesima interrogazione. Infatti, alla fine mi arrivò un invito trappola da parte di una compagna: mi chiese di andare a pranzo a casa sua dopo la scuola ma, appena finito di mangiare, si rinchiuse insieme a me e al libro di italiano nel seminterrato. Fui letteralmente sequestrata: "Adesso non esci di qui finché non hai finito di studiare" furono le sue parole. Studiammo da dopo pranzo fino alla sera tardi e, per velocizzare il processo, visto che il materiale che avevo accumulato era davvero parecchio, mi fece usare i suoi schemi e i suoi riassunti, mi spiegò alcuni argomenti da capo sapendo bene che a lezione non ascoltavo. Uscii da quella seduta con la testa pesante e ci trovammo anche al mattino presto per ripetere prima di entrare a scuola.

Presi 8 e il commento della prof fu che si sentiva sfinita.

Presi 8 e per fortuna, perché la mia gentilissima compagna, per aiutare me, non studiò latino né fece la versione per casa, prese 4, cercò di giustificarsi dicendo che non aveva avuto tempo perché aveva aiutato suo fratello in inglese (mentre era per stare dietro alla qui presente deficiente), infine scoppiò in lacrime e io mi sentii tremendamente in colpa. Dopo questa tragedia greca stabilii di impegnarmi almeno nella sua materia? Ovviamente no, decisi solo di stare un po' più attenta con lei in classe e rilessi forse qualcosa in più rispetto alle altre materie. Questo tuttavia non aiutò il nostro rapporto. Io me le cercavo ma fui anche sfortunata. Mi capitò per esempio di uscire troppo tardi da scuola per un corso, avevano chiuso il cancello e per non lasciare a scuola la bicicletta ebbi la brillante idea di usare la porta delle emergenze per rientrare a scuola con la bici in mano, attraversare i corridoi, una rampa di scale, il chiostro e sbucare dalla portineria, sempre con la bici. Bene, nell'unica volta in cinque anni in cui avevo deciso di fare il giro della scuola in bicicletta, beccai lei a metà rampa di scale. Mi guardò spazientita si lasciò sfuggire un "sempre tu!" Lei, d'altro canto, non fece che accrescere il mio odio per la sua materia anche se le sue ore, per non ripetere quella tragedia delle venti interrogazioni, erano le uniche che seguivo. Durante una lezione stavo tranquillamente prendendo appunti quando mi urlò che gli appunti non si prendono sul libro ma sul quaderno. Ovviamente in quel momento si sentii il fruscio dei fogli di tutti i compagni che stavano passando in fretta dal libro al quaderno. Liliana, innamorata della sua materia, arrivò a dire che adorava la professoressa e le sue lezioni tranne quando si rivolgeva a me. In effetti cambiava completamente tono di voce. Era ormai guerra aperta, e certo anche io ebbi la mia responsabilità per essermi fatta odiare.

Ormai i miei voti erano sul sette e mezzo ma, appena capiva che avevo studiato, smetteva di farmi domande, a fine interrogazione non diceva nulla, io ovviamente non chiedevo perché nella mia testa chiedere equivaleva a darle vinta la battaglia, quindi il voto mi veniva gridato quando, con lo zaino in spalla, avevo già un piede sull'uscio, e con tanto commento annesso: "Si vede che non te ne importa nulla."

L'unico libro da lei assegnato che lessi fu *Jack Frusciante è uscito dal gruppo*". Odiai quel libro e decisi che avrei odiato anche gli altri che ci aveva assegnato, e così non li lessi. Di quel libro odiai anche la discussione in classe: i due protagonisti decidono di non avere una storia d'amore perché quel che provano è qualcosa di più forte di una banale storia d'amore adolescenziale, ebbene lei scelse di farci leggere quel libro per spiegarci l'importanza dell'amore platonico. Peccato che il protagonista vada a letto con un'altra di cui gli importava poco, evviva l'amore platonico quindi. Molto sensato. A detta sua ce lo aveva assegnato anche per dare la precedenza a temi adolescenziali, piuttosto che a grossi mattoni culturali, ma io ero ribelle sia a scuola sia con la mia adolescenza, ero atipica, evitavo alcol, fumo, droghe, feste, discoteche, trucchi, shopping, sesso e quel libro, e quei due adolescenti io non li capii.

Per gli altri libri che non aprii mai, per non destare sospetti, partecipavo attivamente alle discussioni in classe dopo essermi letta riassunti e commenti vari su internet.

Quando un tema in classe fu su *Vita di Galileo*, che tra l'altro oggi è uno dei miei libri preferiti, lessi un capitolo del libro direttamente nella prima ora del tema, visto che potevamo tenerlo sottomano per fare citazioni, e per le restanti due ore feci il tema commentando quel capitolo.

In realtà lessi anche un altro suo libro, probabilmente perché era corto e io ero annoiata: *Come un romanzo*. Ecco, l'ultima cosa di cui avevo bisogno era di un libro che mi dicesse che avevo il diritto di non leggere. Perfetto. Odiai la professoressa anche quando mi mise 8 sul lavoro di gruppo su Shakespeare. Ero in coppia con Marti e ci dividemmo il lavoro a metà. Lei, essendo più brava di me, mi diede qualche dritta, soprattutto sui collegamenti da fare. Eseguii la mia parte, feci gli schemi per la classe e studiai la mia presentazione. Il risultato arrivò perché mi impegnai più del solito: un conto era rischiare un brutto voto per me solo, un altro mettere in mezzo Marti sapendo quanto ci tenesse, dunque non volevo farle abbassare la media per colpa mia. La professoressa disse che si vedeva che il lavoro non l'avevo svolto io, che ci metteva 8 ma che il mio era tra parentesi.

La odiai quando disse a Tancredi, che leggeva più di tutti, anche i libri facoltativi, il cui nome era infatti l'unico a comparire ogni settimana nel registro della biblioteca della scuola, di smetterla di leggere i libri che non capiva.

Lei mi odiò quando dissi di essere d'accordo con Machiavelli solo per darle fastidio, quando dopo tre mesi di scuola ancora non avevo capito cosa fosse il volgare (e del cul fece trombetta, sappiatelo). Mi detestò anche quando proclamai di credere che il conte Ugolino avesse mangiato i suoi figli anche se ci aveva fatto una testa enorme insistendo che per lei era impossibile che se li fosse mangiati, quando asserii che ci fosse stata una diga commentando l'invettiva contro i pisani con l'augurio che il fiume straripasse e anche quando dissi che nel mattatoio ci stavano i matti. Io la odiai quando ci costrinse a fare un'adozione a distanza a nome della classe, certo, bellissimo gesto ma aborrivo essere costretta a fare qualcosa. Era lo stesso principio per cui in realtà amavo i libri ma odiavo quelli che ci assegnava solo perché venivamo obbligati a leggerli. Sembrerò antisemita ma odiavo anche che ci parlasse in continuazione degli ebrei dacché lei, per tre anni, aveva collegato alla Shoah qualsiasi argomento. Pure mio padre ogni volta che andava a colloquio (con lei i colloqui furono numerosi) tornava dicendo: "Mi ha parlato di te e della Shoah."

Durante le lezioni dell'unica materia insegnata per più di un anno da qualcuno di salvabile, io profusi solo odio e autodistruzione.

SCADENZE

"Li! La scadenza è oggi a mezzanotte!"

"Infatti ho ancora sei ore di tempo."

"Perché diavolo ti sei iscritta al giornalino della scuola se non hai voglia di scrivere?"

"Bé, da qualche parte devo prenderlo il credito in più, no?"

"C'erano cose meno faticose o potevi scegliere qualcosa che ti interessasse davvero. Hai fatto pure una presenza in meno di quelle minime."

"Eh lo so, ho fatto male i conti. Però ho chiesto, la prof ha detto che solo per una riunione in meno chiude un occhio. Il credito me lo dà lo stesso, anche perché ho fatto un articolo per tutti i numeri usciti."

"Se consegni in tempo quello di oggi."

"E poi quelle riunioni non servono a nulla, io non ho mai fatto nulla durante le riunioni."

"In teoria servono per discutere delle idee e dividersi i compiti. Quindi è per te che è inutile: ti limiti a dire che non ci hai ancora pensato, fai schizzare male i redattori che fino al giorno prima non sanno se riusciranno a riempire il tuo spazio, butti giù qualcosa all'ultimo e poi ti lamenti pure perché ti assegnano sempre le recensioni dei film. Visto che questa volta ti sei superata in pigrizia decidendo di fare l'articolo con me, in modo da scriverne solo metà, vorrei che fosse decente: c'è anche il mio nome lì sotto."

"Ho sempre fatto in tempo e sono sempre venuti decenti, stai tranquilla."

Il realtà per scrivere il primo articolo mi impegnai, scelsi un argomento che mi piaceva, fui soddisfatta del risultato e mi presi anche i complimenti dalla professoressa di greco. Così presi una decisione audace e lo feci leggere a mio padre: quella fu l'ultima volta che lesse un mio articolo o qualunque altra cosa uscita dalla mia penna. Lo lesse senza commentare, così lo incalzai chiedendo cosa ne pensasse. Mi sembrò annoiato, come se gli avessi sottoposto un testo di scarsa importanza e forse lo era. Disse che c'erano dei problemini ma che non era male. Non disse nulla di cattivo ma lo conoscevo abbastanza da sapere che era stato vago per non esprimere apertamente quel che pensava. Cominciai così a disimpegnarmi anche riguardo al giornalino come facevo ogni volta che annusavo l'inizio di un fallimento. E mio padre non ha mai saputo che la sua opinione, per me, pesava più di tutto il mondo.

COMPLEANNO A FINE MAGGIO

Tanti auguri Li! Sei uno stress ma ti voglio bene lo stesso... e i gufi che ti disegno non sono grassi!!! Ali

"Che hai in quel sacchetto?"

"Un cappello da pirata, uno da Babbo Natale, un basco francese e un cappello di paglia: so per certo che qualcuno si sarà dimenticato il cappello per la foto di classe. Ne ho portati in più"

"Vedo che per le cavolate hai sempre voglia"

"Ho proposto io di fare la foto con i cappelli pazzi, quindi mi assicuro che ne abbiano tutti uno. E poi, dopo una settimana così, c'è bisogno di cavolate"

"Io avrò dormito quattro ore a notte, ma perché ogni anno mettono tutte le verifiche possibili l'ultima settimana di maggio?"

"Perché a nessuno piace il mio compleanno...e perché ci sono i recuperi supremi!"

"Infatti è risaputo che, se uno ha delle insufficienze, recupererà tutto la settimana con cinque interrogazioni e cinque verifiche!"

"Tanto non rimandano nessuno"

"In latino ci sarebbe da rimandare...."

"L'hai sentito: ha detto chiaro e tondo che non rimanda perché non ha voglia né di fare i corsi di recupero, né di venire a scuola ad agosto per fare i recuperi"

"Credevo scherzasse!"

"Temo di no...è più pigro di me"

Il MITO DI MORFEO

Il professore del terzo anno di latino e per gli ultimi due anni per latino e greco, non rimandò mai nessuno e il motivo fu la poca voglia. Ogni anno chiedeva il sabato come giorno libero e, quando non gli veniva accordato, si lamentava con noi ogni dannato sabato per tutto l'anno: del fatto che lavorava di sabato, di noi studenti, di noi giovani piaga della società, delle macchine moderne, dei cellulari ("quelle trappole mortali"), del poco rispetto per i professori, delle gite, dei nostri vestiti (per i ragazzi non era possibile andare a scuola in pantaloni corti, per noi ragazze le gonne dovevano arrivare al ginocchio, guai se si vedeva una spalla scoperta, e anche i leggins non poteva vederli), eccetera eccetera. Per mesi andò avanti a lagnarsi dei capelli di Grazia che li aveva tinti di rosso. Quando interrogava, organizzavamo dei turni di volontari così da non dover studiare ogni volta. Funzionavano a partire dalla seconda ondata perché per la prima, per qualche strana ragione, voleva sempre interrogare Ali o meglio, voleva interrogarla sempre. Lei, infatti, rischiava un infarto ogni volta che l'insegnate la chiamava per poi accorgersi deluso di averla già sentita: se avesse potuto avrebbe interrogato sempre lei e non perché fosse la più brava, ma perché era la più responsabile e così lui aveva la certezza assoluta che fosse sempre preparata. Iniziò anche a chiamarla la piccola Alice Tozzi di sant'Agata lupi di Sorania. Non sappiamo perché, iniziò un giorno senza alcun motivo e da allora la chiamò sempre così. Quando Liliana Monti si unì alla classe, iniziò a chiamarla Liliana Tozzi o Alice Monti.
Non organizzavamo interrogazioni neppure il sabato. Il sabato scoppiava la guerra: nessuno voleva mai offrirsi di sabato, litigavamo su questo e mentivamo a noi stessi per convincere qualcuno ad offrirsi: "Dai, la valutazione non può cambiare tanto perché è sabato rispetto a un altro giorno!" E invece cambiava, e anche tanto. Resterà nella storia il sabato in cui mise 2 a quattro persone perché erano andate in bagno al cambio dell'ora ed erano rientrate due minuti dopo di lui. Lo abbiamo avuto al terzo anno per latino e gli ultimi due per latino e greco, infatti

i rarissimi professori competenti, piccoli barlumi di speranza, per qualche nostra ricorrente sfortuna non sono mai riusciti a farci compagnia per più di un anno. Così le agonie delle versioni in un'ora finirono, ma persi anche una delle poche insegnanti valide.
Questo professore in realtà non è che non fosse valido, al contrario di molti altri era molto preparato, solo che aveva perso l'entusiasmo e da un certo punto di vista mi trovavo anche a capirlo: era deluso dalla scuola, come lo ero io, anche se per motivi diversi. Mi sono sempre chiesta se prima o poi diventiamo tutti così invecchiando, senza sogni, senza speranza, senza voglia e restiamo solo con le nostre lamentele e le nostre delusioni. Forse non c'è scampo, forse ci accorgiamo che la via sta finendo, che non abbiamo poi fatto molto o che non valeva molto, o che il mondo, in questo caso la scuola, fa schifo lo stesso.
Era come se si fosse reso conto che le sue parole erano gettate al vento. Era chiamato Morfeo perché era di una noia mortale. Durante le sue lezioni io dormivo e basta, più del solito intendo, e non riuscivo neppure a fare altro. La sua lezione iniziava con frasi tipo: "Nel 1989, un mio alunno, un certo Mezzoni, disse che..." Aveva una memoria di ferro, si ricordava di tutti, di tutte le cose dette, dell'anno in cui erano state dette e ce le ripeteva. Lui non spiegava gli autori latini, ma quello che i suoi ex alunni avevano detto su quegli autori. Pure le battute che faceva erano sempre le stesse, in effetti spesso le completavamo noi. "Se il professor Melaccia faceva andare in bagno solo le ragazze, così farò io" doveva dirlo ogni volta che qualcuno chiedeva di andare in bagno; "Ma sebbene: se il mio maestro diceva ma sebbene posso farlo anche io"; "E poi, non venitemi a dirmi..." ,"...che signorina non ho capito" completavamo in coro e questo lo diceva alla fine di ogni lezione. Oppure parlava della sua passione, le auto d'epoca, altro argomento che mi faceva calare la palpebra.
Pure le interrogazioni erano noiose da morire, persino per l'interrogato: versione tradotta a casa, paradigmi dei verbi incontrati e parlare liberamente dell'ultimo autore spiegato, e poi di nuovo versione, paradigmi, autore... Addirittura una volta mi offrii come volontaria anche se non avevo studiato, in fondo quello era il mio turno previsto quindi non potevo deludere i miei compagni e la colpa, se non mi ero preparata,

pur sapendo di dovermi offrire, era solo mia. Copiai la versione, la imparai a memoria insieme ai paradigmi quindici minuti prima di entrare in classe usando tantissimo la memoria a breve termine che cancellava tutto a trenta secondi esatti dalla fine del"interrogazione. E per letteratura mi lessi velocemente una pagina degli schemi di Ali. Tanto, quando sia arrivava a letteratura, Morfeo smetteva di ascoltarti, fissava a bocca aperta i vuoto e ti lasciava parlare. Il massimo che potesse capitare era che una volta finito di parlare lui ti dicesse: "Tutto qua? Hai già finito?" E allora tu aggiungevi un altro paio di frasi e lui era contento.
Chiudevo gli occhi nel momento in cui iniziava con lo stesso tono piatto e inespressivo di sempre a dire "nell'88 un mio alunno..." e mi risvegliamo a "che signorina non ho capito."
Di citazioni ripetute all'infinito ce ne sono molte altre, i miei compagni loro sicuramente le ricordano ancora, ma io ero la prima a spegnere il cervello quando partiva, quindi non mi sono rimaste impresse. In effetti a scuola devo aver passato tre quarti del tempo a dormire e il restante a fare cavolate.
La prova che il suo problema era la delusione l'abbiamo avuta scoprendo che una mia conoscente era stata sua alunna dieci anni prima. A detta sua era un professore bravissimo, che ci teneva tantissimo, pieno di voglia di fare, anche se molto esigente e severo.
Severo? Esigente? L'unica cosa che si avvicinava vagamente a queste definizioni era il suo malumore del sabato. Dalle descrizioni non sembrava neppure la stessa persona: a quanto pare, dieci anni prima rimandava, in interrogazione chiedeva qualunque paradigma e regola di grammatica e non solo quelli della versione fatta per casa, chiedeva qualunque autore affrontato e non solo l'ultimo, non accettava volontari, passava ogni giorno tra i banchi a controllare i quaderni. Ogni giorno c'era una nuova versione da tradurre e bisognava fare anche la trascrizione dei paradigmi e di tutte le regole grammaticali.
Ecco, forse questa è la cosa che più mi ha sconvolto: il quaderno.
Se lo avesse fatto con noi, si sarebbe reso conto che io non avevo neppure un quaderno. Avevo qualche foglio volante in cui avevo ricopiato la versione per casa (in effetti le uniche versioni che feci negli ultimi tre anni di liceo furono i compiti in classe) e che perdevo o buttavo dopo

un paio di giorni. O, qualche volta, avevo direttamente la versione fotocopiata o, se non facevo in tempo a fotocopiare, anche nulla. Speravo non chiedesse a me di tradurre e, quando capitò, feci mettere il quaderno della mia compagna di banco in mezzo. Se doveva interrogare neppure mi preoccupavo, la versione l'avrebbe chiesta solo all'interrogato, e io non mi prendevo neanche il disturbo di fingere di avere una versione.

Nei compiti in classe facevo delle vere meraviglie, riuscivo a passare dal 3 all'8, a seconda se capivo o meno la versione. Poi, quando le consegnava, lui metteva le versioni in ordine di voto, dal più basso al più alto, solo perché il suo vecchio professore lo faceva ovviamente, e decantava i voti consegnandoli.

Non me la presi mai davanti a un brutto voto, ormai dopo il ginnasio seminato dagli 1 (se chiedete a Terry si ricorda ancora oggi che il 24 maggio in quinta ginnasio prese in un solo giorno con Manticora 0 e 3 e mezzo) e dalle frecciatine, e il liceo seminato dalle urla, un 4 non mi faceva neppure il solletico. Andavo avanti, pensavo di recuperare, accantonavo il problema e non me ne preoccupavo.

Comunque, come scoprimmo, Morfeo un tempo controllava sempre i quaderni di tutti, ma ormai di quel professore era rimasto un solo guscio vuoto. Temo che a deluderlo di più furono proprio gli alunni, e sì, se guardate me come dargli torto, ma più che altro lui era deluso dalle nuove generazioni. Era così ancorato al passato che non le capiva. Le incomprensioni che avevamo con certi professori sono le stesse che troviamo fuori dalla scuola tra due generazioni troppo distanti, che non riescono a capirsi a vicenda.

QUARTO ANNO

BENTORNATI

Bestia di Satana entrò, sbatté prima la porta e poi la cartella sulla cattedra, si sedette e domandò bruscamente: "Dove eravamo arrivati?"

Erano tre mesi che non ci vedevamo, eppure lui non chiese come stavamo, non un buongiorno, non diede segno di accorgersi che c'era una persona in meno (infatti Maria si era trasferita a Milano a fine estate), ma ci fece solo quella domanda come se ci fossimo salutati il giorno precedente. Lui iniziava l'anno così, sempre, in tutte le classi. Credo che l'unica volta che mi chiese come stavo fu quando mi presentai a scuola con un occhio nero. Tranquilli, me lo procurai da sola grazie alla mia fantastica coordinazione: mi tirai una ginocchiata sull'occhio. Vi assicuro che ci si può riuscire. Stavo facendo salto in alto, mi diedi molto più slancio del solito, anche perché in quel momento dovevo saltate la mia altezza che forse per gli altri non è molto ma per me sì, quando atterrai sulla schiena cercai subito di rialzarmi, ma le gambe erano ancora in movimento così, mentre alzavo la testa, le mie ginocchia stavano proseguendo nella direzione contraria e un ginocchio si schiantò sul mio occhio a tutta velocità. Per tornare alla domanda che ci fece a inizio anno, nessuno era in grado di rispondere: i tre mesi estivi servivano appunto per cancellare dalla memoria tutte le nozioni. Quindi, già dalla sua prima ora partirono le urla: ci accusò di essere andati ad arare i campi invece di ripassare, poi passò a dire che non potevamo essere così stupidi, che per forza lo facevamo di proposito e infine si impuntò e affermò che sarebbe rimasto zitto a braccia incrociate senza fare nulla finché a uno di noi non fosse venuto in mente dove fossimo arrivati. Dopo dieci minuti di silenzio e agonia, ricominciò con la predica fino al suono della campanella. Insomma, un rientro idilliaco.

Questo fu l'inizio regalato da Bestia di Satana.

Quindi, visto che qualcosa dalla scuola avevo imparato e che questi professori dovevano essere il nostro esempio, continuavo a restituire ciò che mi dava la scuola e in questo caso replicai con un inizio spettacolare: mi presentai il primo giorno senza nulla in mano, letteralmente. Avevo solo le chiavi di casa e della bici in tasca, non uno zaino, non un foglio, non una penna.

Certo, non sapendo le materie del primo giorno, non si sa mai cosa portare, però in genere in ogni zaino ci sono astuccio e diario per segnare il nuovo orario così come c'è un quaderno generico per i primi appunti; Ali nella sua agitazione cercava anche di ficcare in zaino tutti i compiti svolti durante l'estate. Gli ultimi esercizi estivi che avevo fatto io (escludendo l'anno in cui ero stata rimandata) erano quelli di prima media, e all'epoca neppure mi presi la briga di copiarli per tempo. Iniziai a copiarli ad anno iniziato, mano a mano che ci veniva chiesto di portarli.

LE PENE DELLA SCUOLA

Alla prima ora ho sonno

Alla seconda ho fame

Alla terza penso già alla ricreazione

Alla quarta penso ancora alla ricreazione

Alla quinta sono distrutta

Alla sesta sono in coma

BONACCIA

Questo fu l'anno in cui studiai meno ma anche in cui ebbi la media più alta (7,9). Certo, i 9 collezionati nelle materie scientifiche che di scientifico avevano ben poco contribuirono molto, ma questo non fece altro che aumentare la mia falsa autostima e la mia idea di cavarmela con poco in tutto.

Almeno posso dire di non aver passato a casa tutto il tempo: quell'anno avevo almeno un impegno extrascolastico al giorno. Facevo tennis due volta a settimana, mi iscrissi al corso di step a scuola che si teneva sempre due volte a settimana, feci un corso di inglese pomeridiano, feci l'animatrice all'Acr che, oltre al sabato pomeriggio, prevedeva anche una riunione serale a settimana e infine facevo parte del gruppo giovani in parrocchia che si riuniva un'altra sera. In parrocchia facemmo anche una settimana di convivenza: in pratica abbiamo dormito per terra, nei sacchi a pelo, nelle aule di catechismo. Al mattino si andava a scuola, poi si tornava in parrocchia per il pranzo, si studiava (30 ragazzi tra i 15 e i 17 anni, vi lascio immaginare quanto abbiamo studiato), sport, doccia, cena e attività serale o film. Quando più di qualcuno tornò da scuola con un 3, gli animatori ebbero pure l'ingenuità di chiedere come mai, come fosse possibile. Anche se avessimo studiato davvero, dopo una settimana passata a dormire per terra tre ore a notte, chiunque avrebbe fatto fatica a capire un compito di matematica o una versione.

Ricordo ancora molto bene come andai alla convivenza... in bici. Neppure provai a chiedere un passaggio. Monica passò a prendermi e insieme pedalammo a passo di lumaca fino alla parrocchia. Avevamo tutti i libri di scuola di una settimana con vocabolari inclusi, vestiti, compresi quelli per fare sport e pigiama, sacco a pelo e cuscino, prodotti per l'igiene, scarpe da palestra e da tennis, e racchetta da tennis. E no, la mia bici non aveva neppure un cestino. Avevo un mega zaino in spalla a cui avevo legato il sacco a pelo e dei sacchetti pesantissimi appesi al manubrio della bici che non mi facevano mantenere l'equilibrio. Avevo appeso la racchetta al collo e le scarpe al portapacchi. Abbiamo zigzagato così per le strade. Sembravamo zingare. Siamo arrivate senza cadere neppure una volta per non so quale miracolo.

Vissi comunque a metà anche attività parrocchiali, grest, camposcuola estivo e invernale, gruppo giovani, ACR e addirittura un paio di musical. Era come se l'esistenza mi stesse passando accanto, la percepivo solo come una lieve carezza e non rischiai mai di sentire di più. Nonostante tanto gravitato attorno a una chiesa non mi fermai mai a pormi questioni fondamentali, del tipo, per esempio: Dio esiste?

Evitavo domande che facevano paura, evitavo di riflettere, evitavo crisi esistenziali, evitavo di sentire, andavo avanti e basta per non pensare, credendo così di risparmiarmi del dolore, credendo di essere forte non mostrando dolore o non provando dolore, quando in realtà sarebbe solo arrivato più tardi. Ringrazio che alla fine sia arrivato, le crisi esistenziali se affrontate sono un modo per arrivare alla nostra verità. Anche il dolore fa bene, a modo suo. Possiamo passare accanto alla vita evitando tutto, anche l'incontro con noi stessi, o possiamo scegliere di sentire appieno e questo fa paura perché vuol dire accogliere tutto nella vita. Grandi slanci che possono portare anche ad ammaccature.

Non c'è da stupirsi, in fondo. Era come perpetrare i disastri e gli imbrogli scolastici anche in tutto il resto.

In particolar modo, ricordo quando la parrocchia ci fece organizzare una vendita di torte per autofinanziarci il camposcuola a Roma di quell'anno. Io e Monica nemmeno provammo a fare dei dolci. E, come se non bastasse, comprammo delle buste di preparati a 3 euro a torta, poi vendemmo i dolci a 3 euro a fetta. Considerato che da ogni torta ricavavamo otto fette, in pratica abbiamo aumentato il valore dell'investimento in modo esponenziale. Povere quelle anziane signore truffate! Abbiamo infatti venduto le porzioni subito dopo la messa, quindi praticamente sono state comprate da delle dolci nonnine. Abbiamo pure intaccato le torte in alcuni punti perché sembrassero più genuine. In parrocchia, inoltre, avevo gli stessi problemi con l'autorità che avevo ovunque. Odiavo quando mi costringevano a fare cose, anche se erano attività che avrei scelto di fare in ogni caso. Mi lamentavo a più non posso soprattutto quando ci trascinavano a fare delle attività con la diocesi. Io e Monica (sì, era sempre lei la mia compagna di guai in parrocchia) intonavamo coretti di "bu!" e "basta!" rivolta agli animatori che indossavano magliette arancioni fosforescenti, mentre i nostri accompagnatori tentavano invano di controllarci.

"Questa sera hanno messo in programma altre prove del musical, è la seconda volta questa settimana. Io odio la Bea."

"Tu odi chiunque ti costringa a fare qualcosa."

"A te voglio bene!"

"Grazie, ma io non ci riesco mica."

IGNORARE COME FILOSOFIA DI VITA

"Marzari leggi."

"..."

"Marzari!"

"..."

"Marzari, please!"

"..."

"Ti sto pregando."

"..."

"Ho capito, Tancredi vai avanti tu."

"Li, ti farebbe poi tanto male accontentarla e leggere?"

"Si!"

Il motivo per cui era così impuntata, oltre che per la poca voglia, era che con questa professoressa di inglese leggevamo e basta. Ascoltavamo una cassetta, poi leggeva lei, poi leggeva uno di noi, poi un altro di noi, finché non finiva l'ora. Le interrogazioni o i compiti vertevano su tre, massimo quattro pagine; quando provava ad assegnarne qualcuna in più cominciavamo a lamentarci, a dire che era troppo e alla fine lei sospirava come al solito e toglieva il presunto eccesso. Quindi, attribuivo il mio non fare al suo poco polso, insomma davo la colpa agli insegnanti così se non studiavo, ma mi lamentavo quando mi costringevano a farlo... ero davvero una lagna continua! A volte capisco anche quanto sia difficile lavorare con noi, e ve lo sta dicendo una ex alunna che ha frequentato un liceo classico con studenti molto tranquilli e rispettosi in confronto ad altre scuole, e che faceva parte di una classe composta da persone buone come il pane. In effetti, nella nostra classe si dava retta pure alla squinternata che ci faceva colorare.

Comunque, non ero l'unica ad avere problemi con la lettura: io fissavo il libro non rispondendo quando mi chiamava, ma Serena leggeva una parola e poi scoppiava a ridere e faceva così per tre o quattro volte finché la professoressa si arrendeva e faceva leggere qualcun altro. Approfittai del suo poco polso anche con le interrogazioni: rimandavo più che potevo e, ogni volta che voleva interrogarmi, rispondevo: "No, no, prof, facciamo la prossima volta". Lei, come al solito, poverina, sospirava tristemente e basta. Continuavo così fino a quando mancavo solo io per finire il giro ed eravamo a due giorni dalla chiusura del quadrimestre. Questo accadde nel primo quadrimestre, perché nel secondo rimandai così tanto che mi ritrovai a dover essere interrogata l'ultima settimana di giugno, il penultimo giorno di scuola, all'ultima ora di inglese di quell'anno. Non mi presentai.

Avevo appena compiuto diciotto anni e decisi di bruciare: mi feci una gita a Venezia con il mio ragazzo che convinsi a saltare scuola insieme a me (lo so, sono stata pure un'istigatrice), feci la mia prima firma sul libretto, o meglio, la prima firma con il mio nome visto che erano ormai due anni che firmavo io al posto di mia madre.

CE LA FARANNO I NOSTRI EROI?

A ottobre arrivarono due nuovi compagni di classe, un ragazzo e una ragazza, così tornammo a essere in diciassette, il numero sfigato. Vi anticipo subito, ma visto l'andamento delle nostra classe so che non avevate dubbi al riguardo, che il ragazzo durò solo due mesi, poi cambiò scuola e si iscrisse al liceo sportivo. Poco tempo dopo ci comunicò che il peggiore di noi avrebbe probabilmente avuto 9 senza studiare nella sua nuova classe. Non lo volevamo sapere. Decisamente non fa piacere, se stai studiando come un pazzo con pochi risultati, scoprire che c'è chi è peggio di te ma ha risultati migliori.

Invece, contro ogni prognostico, Liliana, la ragazza nuova, arrivò alla maturità insieme a noi. Un vero miracolo, non ci sperava nessuno.

Il suo arrivo non fu dei più facili, ovviamente: passò la prima ora nell'ufficio della preside che voleva spiegarle alcune cose, o meglio, cercò di spiegarle, anche se nessuno c'era mai riuscito, la natura di Bestia di Satana. Le disse infatti di non esserne spaventata, era solo un uomo un po' particolare, con dei modi un po' bruschi ma non c'era nulla da temere.

Se è la stessa preside che ti mette in guardia, capisci subito che c'è qualcosa che non va. Tra l'altro, per telefono, la preside aveva fatto la vaga e la sostenuta, dicendo che non sapeva se ci fosse posto nella nostra scuola per lei, che avrebbe dovuto controllare e, quando diede il via libera all'inserimento di Liliana, commentò dicendo che si era trattato proprio dell'ultimo buco. Quando Liliana entrò in una classe di 17 persone, lei compresa, si sentì presa in giro. Probabilmente la preside puntava a che la nuova arrivata non avanzasse pretese per la sezione, sapendo che nessuno sano di mente avrebbe scelto la nostra, per metterla nella C senza tante storie. Liliana fece capolino in aula accompagnata dalla preside alla seconda ora e caso volle che fosse proprio la lezione di Bestia di Satana. La preside presentò la nuova alunna, disse di essere accoglienti e di aiutarla, e se ne andò. Bestia di Satana riprese la lezione senza chiederle nulla, in fondo era già stato inutilmente interrotto. Bé, non ditemi che a questo punto vi aspettavate qualcosa di diverso: non aveva salutato noi dopo le vacanze, quindi perché avrebbe dovuto salutare Liliana. Ciliegina sulla torta: il professore a fine lezione annunciò di aver finito quella parte di storia e che quindi dalla lezione dopo sarebbero iniziate le interrogazioni. Panico totale. Appena uscì dall'aula scoppiò il putiferio: gente che si lamentava perché in effetti non sapevamo mai quanto mancasse alla fine del suo plico battuto a macchina e quindi quanto mancasse all'inizio delle interrogazioni. Tancredi gettò gli appunti a terra nel suo solito isterismo, Sere scoppiò a piangere, qualcuno urlò che quell'uomo gli stava rovinando la vita, qualcun altro che quell'uomo era il motivo per cui andava dallo psicologo, Terry disse che aveva bisogno di ansiolitici, e infine Grazia si rivolse a Liliana: "Scappa, tu che sei in tempo, scappa! Cosa ci fai qui? È un manicomio!" Un perfetto benvenuto alla nuova compagna; almeno Liliana si rese subito conto di dove fosse finita. In tutto questo io ero morta coma al solito, morta dentro, guardavo i miei compagni schizzare male per l'infausta notizia, tranquilla al mio banco con la testa appoggiata sulle braccia. Per il momento non mi preoccupavo e ignorai la situazione e anche la nuova compagna, anche perché poco dopo lo sfogo generale aveva già la calca intorno solo perché era una novità. Ho sempre detestato la calca e le troppe persone. Scelsi di starmene in disparte.

A ricreazione mi resi conto che Ali non era in classe o, comunque non era con me e non sapevo dove fosse. Rientrò proprio al suono della campanella.

"Ma dov'eri?"

"Ero con Liliana, le ho fatto fare un giro per mostrarle la scuola."

"Ah!"

"Ecco, a questo proposito, potresti essere gentile?"

"Non ho fatto nulla."

"Non le hai rivolto la parola e la stai fissando male. Avrai anche il faccino dolce, ma quando fissi male tieni tutti alla larga."

"Va bene, va bene, ci parlerò ma potrebbe anche essere antipatica."

"Hai già dimenticato la parte della gentilezza? È pure appena arrivata. E poi a me è sembrata simpatica."

"Sarò gentile, ho capito..."

Ali lo negherà, ma per fortuna ogni tanto le do retta. Ammetto che all'inizio Liliana non mi piacque, non lei di per sé, quanto la circostanza che Ali volesse passarci del tempo insieme. Sì, provai una gelosia insensata, che ovviamente mi affrettai a nascondere, per quella che era e doveva assolutamente restare la mia migliore amica. Così, all'inizio uscii con Liliana solo per far contenta Ali e, in fondo, anche per non essere tagliata fuori. Poi, una volta superato il problema del soprannome "Li", infatti entrambe odiammo avere lo stesso, stringemmo amicizia piuttosto velocemente. E passammo ad amare il fatto di essere chiamate entrambe Li, come quando si ama il nome di qualcuno che ci piace e si odia il nome di chi ci sta antipatico; facevamo la lotta per chi fosse Li alla prima e Li alla seconda, ci piaceva parlare al plurale di noi esordendo con:"Le Li hanno sempre ragione, le Li sono telepatiche..."

La gentilezza è forse la caratteristica più sottovalutata al mondo, Ali ne ha tantissima, così tanta che ogni tanto me la presta: Li divenne nostra amica e ancora oggi è una delle nostre migliori amiche. Ci portò tante avventure, tanti sorrisi, tanti viaggi insieme, tanta dolcezza e tanti consigli. Ogni tanto penso che dovrei dare retta più spesso ad Ali.

SUL SERIO

"Li, ci sentiamo nel pomeriggio?"

"No, oggi sono occupata."

"Cosa devi fare?"

"Nulla."

"Dai, che hai da fare di così misterioso?"

"Studio."

"Sul serio, Li?"

"Certo."

"Disse con voce acuta e occhi sgranati."

"Nulla di che, ti dico."

"Ecco appunto, conoscendoti sarà una cavolata."

"Vado con Monica al maneggio dove fa lezione mio fratello."

"A fare?"

"Bé, vogliamo conoscere la ragazza che gli piace, vogliamo dirle che siamo le sue sorelle gemelle e che lui finge di avere solo una sorella perché si vergogna."

"Solo una domanda: perché?!"

"Siamo curiose di vederla."

"No, perché la storia delle gemelle?"

"Dici che non ci casca? In fondo ci assomigliamo!"

"Li!"

"Dai, lo facciamo per divertirci un po', per metterlo in imbarazzo, nulla di troppo grave."

"Ma poveretto!"

"A me fa ridere"

"Eh infatti, vedrai come riderà anche lui."

BATTESIMO DI SANGUE

Il vero battesimo in classe nostra era sedersi sulla sedia del pianto ed essere interrogati da Bestia di Satana. Prima di allora non eri veramente uno di noi, non ci si poteva capire fino in fondo. E credo che quello di Li fu il più terribile di tutti, probabilmente la volta in cui ci furono più urla. L'avevamo avvisata in tutti i modi: "Devi memorizzare gli appunti come l'Ave Maria, ripeterli parola per parola, non saltare nulla, dilli esattamente nell'ordine in cui sono scritti e cerca di non bloccarti, se no lui interviene, partono le urla e per te è finita." Lei imparò a memoria, in effetti, si sedette e cominciò a recitare, ma commise un gravissimo errore: a un certo punto degli appunti-dettato, c'era una parte su una moneta (il professore era appunto un collezionista di monete) e lei la saltò. Forse non eravamo stati abbastanza chiari sul fatto che bisognava imparare tutto, ma proprio tutto, a memoria, oppure lei pensò che noi fossimo degli esagerati e che la parte sulla moneta fosse solo una parentesi digressiva. Così il professore la interruppe e le disse di tornare indietro perché aveva saltato il paragrafo in cui ci aveva parlato della moneta. Forse le urla avrebbero avuto lo stesso volume del solito se solo lei non si fosse data la zappa sui piedi dicendo: "Scusi professore, ma a me le monete non interessano." Ecco, così firmò la sua condanna. Quando non si sapeva qualcosa durante l'interrogazione, la tattica giusta era non dire nulla, partiva qualche urlo, ma il tutto si concludeva amichevolmente, a volte anche con un voto positivo.

Lei, non solo si era giustificata, ma aveva pure offeso le amatissime monete del professore, così partirono urla mai sentite a quel volume: le gridò che era una maleducata, che doveva studiare quello che lui diceva e non mettersi a questionare, che non capiva nulla visto che non sapeva quali fossero le cose veramente importanti e tanto altro che neppure ricordo. Li scoppiò a piangere e lui ovviamente aumentò la dose. Li, non potendone più, si alzò e si diresse verso la porta mentre lui ancora stava gridando, ma cambiò idea a metà strada, si girò e tra i singhiozzi si rivolse a noi: "Ragazzi, per favore, qualcuno dica qualcosa." Probabilmente pensava che quello fosse un evento poco comune e che noi avessimo davvero il potere di opporci. In quei momenti di crisi schizofrenica del professore, ogni parola, ogni movimento, ogni starnuto, poteva solo peggiorare la situazione. Così, facemmo la cosa che avrebbe avuto meno conseguenze: cominciammo a gridare a lei. Le gridammo di uscire dall'aula. Insomma, la classe era in totale tumulto: il professore, viola in faccia, continuava a urlare a una Liliana in singhiozzi mentre noi gridavano in coro: "Li! Esci! Esci dall'aula! Vai fuori!" Lei se ne stava davanti alla porta a singhiozzare tra mille grida e si decise a uscire solo quando aggiungemmo: "Ci pensiamo noi, tu intanto esci!" Ora, non credo che qualcuno avesse in mente davvero di fare qualcosa, o comunque non in quel momento, quando il professore era decisamente instabile. Appena Liliana uscì, lui tirò fuori i suoi appunti battuti a macchina e cominciò il dettato come se non fosse successo nulla. E noi lo lasciammo fare. Purtroppo la tragedia della moneta non finì qua. Infatti Li, una volta uscita, decise di andare in chiostro per calmarsi e prendere una boccata d'aria fresca. In chiostro incontrò il professore d'arte, colui di cui non si può parlare perché ha sempre ragione. Appena la vide capì subito e chiese: "E' stato lui, vero?" Li, ancora in lacrime, riuscì solo ad annuire, poi fu presa per un braccio e portata a forza nello studio della preside. Infatti, l'intento del professore di arte non era certo quello di consolare Li o di aiutarla, la trascinò letteralmente dalla preside come una prova, senza nemmeno capire cosa fosse successo; a Lui importava solo che ci fosse lo zampino di Bestia di Satana. Tra questi due professori, infatti, era guerra aperta: si odiavano e non erano poche le volte che si prendevano a male parole lungo i corridoi. Forse i suoi intenti erano anche buoni perché sapeva come Bestia di Satana trattava gli studenti, però i metodi utilizzati per opporsi a Bestia di Satana erano decisamente discutibili. Infatti, affrontarlo di petto e alzare la voce ovviamente non faceva altro che scatenare le sue urla e non si arrivava a risolvere nulla, anzi contribuiva solo a metterlo di pessimo umore. Inoltre, Lui non sceglieva un argomento alla volta su cui concentrarsi, ma lo affrontava direttamente su tutti i fronti, visto che di Bestia di Satana non gli andava bene nulla, neppure le nozioni che ci dava, ritenute da Lui sbagliate.

Ora, Li, buttata nello studio della preside ancora singhiozzante, non disse nulla. Appena entrati Lui esordì: "Lo vede? Lo vede signora preside cosa fa agli studenti? È di nuovo lui, bisogna fermarlo, bisogna fare qualcosa." A Li fu solo chiesto conferma che fosse stato Bestia di Satana, e lei annuì e basta. Poi la preside le disse di tornare in classe e che l'avrebbe raggiunta a breve. Così ebbe modo di calmare Lui delirante promettendo che se ne sarebbe occupata lei. Li rientrò in classe silenziosamente, ma Bestia di Satana le si avvicinò subito per parlarle faccia a faccia: le disse che la sua interrogazione, tra l'altro la prima che la poveretta faceva nella nuova scuola, era da 4 e che sarebbe rimasto 4 tutto l'anno perché lui non aveva alcuna intenzione di interrogarla di nuovo per tutto il resto dell'anno.
A quel punto entrò la preside e la trasformazione del professore fu repentina. Sfoderò infatti uno dei suoi sorrisi più inquietanti e disse: "Signora preside, stavo appunto dicendo a Liliana di non preoccuparsi, di non piangere solo perché la prima interrogazione è andata male e che quando si sentirà pronta sono disponibile a risentirla. Lei è tanto una brava ragazza, sono certo che questa è solo una difficoltà iniziale." Allora la preside si rivolse a Liliana:"Tutto a posto quindi?" Questa preside non brillava certo per furbizia: non si fece mai raccontare l'accaduto dai testimoni e fece una domanda del genere con il professore presente. Cosa avrebbe potuto rispondere? Il professore è bipolare? Mi ha appena detto il contrario prima che lei entrasse? In fondo lui l'aveva appena fatta passare per una ragazzina che piange solo per un 4. Comunque, non sapendo bene come gestire la situazione, Li rispose solo: "A posto." In ogni caso la preside se ne andò e il professore tornò a essere mister Hyde, puntò il dito con fare minaccioso contro Li e le disse: "Tu per

me sei MORTA."

Noi cercammo di spiegarle che a Bestia di Satana l'arrabbiatura sarebbe passata in due giorni, visto che gridava e litigava con tutti non poteva ricordarsi ogni controversia. Tempo un paio di giornate e sarebbe stato impegnato a portare rancore a qualcun altro. Se davvero se le fosse legate tutte al dito, avrebbe dovuto bocciare tutte le classi che aveva. Bestia di Satana alla fine dimenticava sempre tutto, pure i rimproveri che riceveva dalla preside che lo esortava a non urlare: anche in quel caso smetteva di urlare per al massimo due giorni, poi non ce la faceva più, scoppiava ed eravamo punto a capo. Nonostante le nostre rassicurazioni, e questo mi fu detto solo molto tempo dopo, Li passò il pomeriggio a piangere e a prendere seriamente in considerazione l'idea di cambiare di nuovo scuola dopo appena un paio di settimane. E come darle torto: sedici anni, ambiente nuovo, compagni nuovi, un 4, urla e un professore che ti dice che per lui sei morta.

Li comunque resistette. Il giorno dopo Bestia di Satana la chiamò alla cattedra e, porgendole la mano, disse: "Facciamo pace." Li, tutta contenta, la strinse ma, appena lo fece, sentì qualcosa di pesante tra i loro palmi: un'enorme moneta. Il professore la porse dicendo: "Vedi Liliana? Adesso capisci perché mi preme tanto?" "Sì professore, ha ragione, è bellissima moneta."

Tutta questa tragedia greca solo per un paragrafo su una moneta saltato. Adesso capite perché ho descritto la scuola come un circo? Anche se in questo caso forse assomigliava più a un manicomio. All'epoca c'era da piangere, ma oggi è un aneddoto che ci fa piangere dal ridere.

Per quanto so bene che ci sono in giro ottimi insegnanti che fanno il loro lavoro con passione e che bisognerebbe parlare anche di loro e prenderli come esempio per cambiare le cose in meglio, quando si parla di riforme per migliorare la scuola purtroppo il primo che mi viene in mente è questo: perizia psichiatrica a tutti quelli che insegnano. Forse esagero? È come la storia dei maestri d'asilo che alzano le mani sui bambini, sono una bassissima percentuale, di certo non dovremmo accanirci con i maestri d'asilo, ma quando capita a tuo figlio non arrivi forse a pretendere dei controlli? Non ti trovi, forse, a non avere più fiducia? Come più volte evidenziato all'epoca non avevo né fiducia né stima di nessun insegnante tanto che in un tema scrissi proprio che la scuola non serve di certo a educare o a far crescere, solo la famiglia può farlo e che, dove la famiglia manca, la scuola è condannata a fallire. Questo, ovviamente, provocò una discussione accesa con la professoressa di italiano che non la pensava come me e che probabilmente interpretò il tutto come l'ennesimo gesto di sfida nei suoi confronti. Ma questo era ciò che pensavo veramente perché in fondo quella era la mia esperienza. Perché pretende una perizia psichiatrica per gli insegnanti? Forse perché gestiscono parte della crescita dei loro alunni, hanno un ruolo fondamentale, hanno a che fare con ragazzi ancora in cerca della propria voce, in una fase delicata, che non sanno difendersi. Non pretendo di avere ragione o che altri la vedano come me, però, quando ti capita un professore che sicuramente soffre di un qualche disturbo e che ha fatto letteralmente venire l'ansia a molti studenti, arrivi a chiederti se non sia necessario.

La volta che Bestia di Satana dimenticò di avere supplenza con noi, arrivammo a spegnere le luci e a nasconderci sotto i banchi visto che eravamo al piano terra e che per uscire sarebbe dovuto passare proprio davanti alle finestre della nostra aula. Un'ora in più con lui era una tortura, un'ora in meno la salvezza.

Le giornate peggiori erano quelle in cui avevamo arte prima della lezione di Bestia di Satana, ovviamente Lui finiva sempre la sua lezione in ritardo e noi poi dovevamo spostarci dall'aula computer alla nostra classe. Lui si rifiutava di lasciarci uscire due minuti prima, così finiva sempre che Bestia di Satana veniva a prenderci marciando, sbraitando contro il professore di Arte che gli rispondeva a tono, e ci riconduceva in classe urlando di muoverci. Ogni singola volta. Almeno la professoressa di ginnastica, per evitare questi litigi, aveva il buonsenso di terminare la lezione cinque minuti prima del suono della campanella.

ETERNA LOTTA

“Si gela qui dentro.”

“Fino a due minuti fa c’erano le finestre spalancate.”

“Tommaso?”

“Chi altri?”

“Parlate di me? Neanche il tempo di spalancare tutte le finestre che le stavate già richiudendo.”

“Tommi, si gela fuori, te ne rendi conto?”

“Non è questo il punto, bisogna far circolare l’aria, abbiamo bisogno di ossigeno per pensare, lo sforzo mentale ci fa accaldare.”

“Togliti la felpa e non rompere, non vogliamo ibernare!”

Con l’arrivo di novembre aveva inizio la lotta, che si protraeva fino a metà marzo, per le finestre aperte. Già i riscaldamenti nella scuola pubblica non sono i migliori, poi noi eravamo come al solito i più sfortunati: infatti, essendo solo in sedici, ci avevano rifilato un’aula proprio davanti all’entrata, ideale per i miei ritardi, che forse una volta usavano come sgabuzzino. Solo la nostra classe, che aveva il secondo banco come ultimo della fila, poteva starci dentro. Nonostante fosse minuscola, la stanza aveva ben cinque finestre distribuite su due lati. Inoltre, il lato della porta era in realtà una vetrata e la stessa porta era una porta di vetro (non poche volte abbiamo pensato che sarebbe andata in frantumi dopo aver pericolosamente ondeggiato per essere stata sbattuta da Bestia di Satana). In pratica, c’era un solo muro non interrotto da vetri e dunque non tratteneva molto calore. Non sono poche le giornate che abbiamo passato facendo lezione in giacca o le ricreazioni trascorse accalcandoci attorno ai due termosifoni. Un anno anche i professori si lamentarono così tanto che ci fu concessa una stufa elettrica. Cercavamo di metterla al centro della stanza, ma poi chi soffriva di più per il freddo afferrava la presa e cercava di tirarla lentamente verso di sé senza che nessuno se ne accorgesse. A ricreazione cercavamo calore lungo i corridori, mentre al cambio dell'ora ci mettevamo in cerchio attorno alla stufetta e tornavamo malvolentieri a posto solo dopo un paio di richiami da parte del professore di turno. Nonostante questo, Tommaso si ostinava ad aprire le finestre ogni volta che poteva, qualcuno dietro di lui le richiudeva una a una inseguendolo, e qualcun altro lo insultava pesantemente avvolto nella propria giacca. Ali, con le sue stranezze, preferiva stare senza giacca ma con i guanti, salvo poi lamentarsi di far fatica a scrivere. Inoltre, un lato delle finestre non si affacciava sul cortile ma sui bagni, così a mezzo metro di distanza c'erano le finestre delle toilette. La struttura era alquanto strana e senza senso: perché mettere altre finestre anche su quel lato del muro se aprendole ci si trovava di fronte a un altro muro? E perché il muro della nostra classe non era confinante con quello del bagno? Perché quella sorta di inutile corridoio aperto che li separava? Architettura a parte, il risultato era che, ogni volta che si aprivano quelle finestre, entravano spiacevoli odori dal bagno che le aveva sempre spalancate (era forse l'unico posto a scuola più freddo della nostra classe tanto che d'inverno ci andavo solo se strettamente necessario), oppure venivamo inondati dal fumo, a quanto pare era pieno di persone che pensavano che fumare in bagno fosse una brillante idea.

Grazia si lamentava sempre perché i bagni erano caratterizzati dalla scarsa pulizia e dalla mancanza di specchi. Erano stati tolti di proposito perché non li rompessimo. Mi sono sempre chiesta perché qualcuno dovrebbe romperli, ma poi i ragazzi mi hanno raccontato che nei loro bagni quasi tutte le porte erano danneggiate in più punti: era pratica comune tra i maschi tirare pugni o calci alle porte del bagno quando erano arrabbiati, e durante una giornata al liceo capitava non di rado.

CARAMELLE

Il titolo indica solo che sospenderò le mie mille lagne e lamentele per raccontare qualcosa di bello, quindi non si può non parlare di educazione fisica. Eravamo la peggior classe possibile in questa materia, delle vere patate: scoordinati, maldestri, incapaci in qualunque sport.

Durante i giri di corsa di riscaldamento sembravamo delle lumache, spesso, quando arrivavamo nell'angolo della palestra dove non eravamo visti dalla professoressa, passavamo dalla corsa alla camminata per poi ricominciare a correre a ridosso della postazione della cattedra.

Abbiamo fatto per cinque anni principalmente pallavolo, qualche balletto rock and roll, e qualche rara prova di atletica. Rara perché spesso venivano annullate da quanto eravamo incapaci e in quelle che alla fine venivano valutate ci veniva dato un grosso aiuto. Infatti la professoressa alzava tantissimo la soglia della sufficienza per venirci incontro.

La mamma di Ali era estremamente gentile, del resto Ali da qualcuno avrà pur preso, e andava a colloquio con tutti gli insegnanti, religione compresa, per non dare per scontato nessuno. La professoressa di educazione fisica le disse allora che la figlia rischiava di essere rimandata in ginnastica. La professoressa ci aiutava in tutti i modi, ma in effetti chi schiva la palla non è proprio valutabile in pallavolo. Io ne fui contenta, non tanto perché Ali andava male in ginnastica, ma perché la circostanza mi fornì l'occasione di restituirle un minimo di aiuto a scuola, anche se il mio contributo non sarebbe stato lontanamente paragonabile a quello che mi aveva sempre fornito lei con tutti gli schemi, gli appunti, i compiti e i suggerimenti che mi passava. In effetti, riuscii ad aiutarla solo in tre ambiti: in chimica, per una volta ero io a passarle gli schemi e a spiegarle ciò che non capiva, in italiano, quando durante i compiti in classe mi chiedeva quante doppie avessero alcune parole, non ho mai capito perché proprio le doppie costituissero un suo grande dubbio (ancora oggi è convinta che caraffa si scriva con due r) e, come dicevo, in educazione fisica. Le diedi infatti ripetizioni di pallavolo e, dopo un'oretta di greco insieme, passammo un intero pomeriggio a palleggiare. Ancora oggi mi rimprovera di averle attaccato dei righelli con lo scotch alle braccia per insegnarle a non piegarle quando faceva il bagher. A mia discolpa, fu necessario: le provai tutte ma non c'era verso, fu drastico, ma funzionò. Non solo iniziò a colpire la palla anche a scuola e poté essere valutata, ma da quel pomeriggio non piegò mai più le braccia facendo il bagher, magari faceva altri errori, magari mancava pure la palla, ma le braccia non le piegò più. Quando finalmente iniziò a toccare la palla, iniziammo a passargliela in continuazione, gridando il suo nome per intero: "Prendi, Alice Tozzi!" Il suo nome e cognome erano così corti e suonavano così bene insieme, che iniziai a chiamarla sempre con nome e cognome contagiando tutti, pure i suoi genitori.

Ali a parte, le ore di ginnastica erano un sollievo per la classe nonostante fossimo davvero poco portati. La professoressa ci teneva a noi. Eravamo pessimi, ma non ci ha mai fatto sentire tali, anzi ci diceva sempre che potevamo farcela. Dopo l'appello passavamo i primi dieci minuti a parlare con lei o meglio a lamentarci. Infatti, non ci mettemmo molto a capire che il suo "come va?" non era quello formale, ma era veramente interessata, quindi ci ascoltava attentamente e ci dava dei consigli. Provò comunque fino all'ultimo a coinvolgerci nella sua materia: l'anno in cui avemmo educazione fisica alle prime due ore ci portò alcune volte a correre in piazza. Secondo lei,infatti, non ci piaceva correre solo perché lo facevamo in palestra e quindi era noioso. In più, voleva insegnarci a correre perché, a suo dire, si può correre ovunque, non serve pagare nessuna palestra, quindi in futuro, ovunque saremmo finiti, per fare sport ci sarebbe bastato solo un paio di scarpe. Si sbagliava: odiammo correre anche in centro e riuscimmo a malapena a fare un giro della piazza. Ogni anno, poi, ci portò a fare un mese di sport fuori dalla scuola e a nostra scelta: facemmo tennis, squash e arrampicata. L'arrampicata costituiva un'alternativa allo squash principalmente per me visto che soffrivo di vertigini e nessuno voleva replicare l'episodio del quadro svedese quando, nonostante negli sport me la cavassi, diedi prova anche io della mia goffaggine, giusto per essere in linea con il resto della classe. Finché ci fu da salire non incontrai problemi perché guardavo in su, il difficile fu scendere. Arrivata, quindi,

al quarto quadrato mi bloccai. Quando iniziano a venirmi le vertigini non riesco a controllare il mio corpo e le braccia mi tremano. I richiami della prof. e dei compagni furono inutili, penso che rimasi lì appesa, incapace di muovermi, stretta alla sbarra di legno come una cozza, per almeno venti minuti. Poi l'insegnante e un mio compagno salirono e lentamente mi aiutarono a mollare la presa e a scendere. Patrizia, invece, si ruppe la caviglia facendo la cavallina: insomma anche a ginnastica erano le comiche ma questa volta perché eravamo noi gli incapaci. La differenza fu che avevamo una professoressa che teneva davvero a noi e non ci fece sentire inadatti. E questa è la prova che per andare d'accordo con un professore non bisogna per forza amare o andare bene nella sua materia, insomma, anche se si è poco interessati alle nozioni trasmesse un professore ha comunque il potere di insegnare qualcosa, l'educazione per esempio e di accompagnare la crescita dei ragazzi. Lo so cosa starete pensando: bell'affare, andavate d'accordo con quella di ginnastica. Già, era solo la professoressa di ginnastica. Professoressa che ci rimproverava tuttavia quando, mentre palleggiavamo o correvamo, ripetevamo ad alta voce la lezione dell'ora dopo, declinando parole, coniugando verbi, ripetendo date. "Fare sport serve a sfogarsi, a stare bene fisicamente, certo, ma anche a staccare la mente dai problemi della vita. Oggi può essere un'interrogazione ma domani saranno responsabilità più grosse. Dovete imparare ora a non lasciarvi appesantire dalla vita."; la professoressa ci diceva di non preoccuparci dei voti, di non studiare per quel fine dacché i voti sono solo numeri e poi, in fondo, si dimenticano. Ci fece notare che, ogni volta che diceva che avrebbe valutato le prove, un esercizio che fino a due minuti prima era venuto bene, diventava un disastro. "Finché vi importa solo del voto, anche nelle altre materie, rischiate di fare male solo per l'agitazione."
Forse sembreranno riflessioni banali, in effetti avrei voluto attribuirle l'insegnamento di chissà quale perla di saggezza, ma fu anche l'unica a pensare queste cose e a dircele. Sarà anche solo ginnastica, sottovalutata da tutti gli altri professori, ma nel clima di quella scuola e in particolare della nostra sezione, non fu poco. Forse è l'unica professoressa a cui davo retta, la sua materia era l'unica a scola in cui mi impegnavo e che forse prendevo anche troppo seriamente. Quando ci valutò in calcetto,

mi feci aiutare dai miei vicini di casa, anche se devo ammettere che quella fu una scusa molto articolata per vedere il ragazzo che mi piaceva. Quell'anno fu organizzato anche il torneo di pallavolo della scuola, la nostra era l'unica classe senza qualcuno che giocasse a pallavolo. Una o due persone nelle altre classi praticavano pallavolo a livello agonistico, in una c'era pure una ragazza che militava in serie C. La professoressa ci convinse a iscriverci e formammo una squadra di otto persone, ovvero metà classe. In realtà solo sette persone giocarono, l'ottava era solo per formalità perché otto era il numero minimo di partecipanti per squadra richiesti per iscriversi, dunque restò in panchina. Gli altri compagni vennero comunque a fare il tifo.

Nelle ore di educazione fisica praticavamo quasi sempre solo pallavolo viste le nostre scarse abilità e devo dire che in quattro anni almeno un po' migliorammo. Se il primo anno la palla non arrivava mai dall'altra parte della rete, e devo dire proprio mai, col tempo riuscimmo a fare qualche passaggio, addirittura qualche azione completa di ricezione, alzata e attacco. Se ci aveste visti il primo anno vi assicuro che non l'avreste creduto possibile. C'erano persone che cadevano, che si schiantavano a rete, Ali che scappava dalla palla. Tancredi, invece, non aveva la misura della sua forza e la colpiva così forte da percuotere il soffitto; a volte a qualcuno si incastrava la palla tra le braccia quando faceva il bagher; ci fu anche chi fece male a un compagno colpendolo con la palla o colpendolo proprio al posto della palla. Comunque, questo accadeva quando la squadra era costituita da tutti i compagni presenti, nella squadra iscritta al torneo c'erano i sette che se la cavavano meglio ma, anche se riuscivamo a far superare la rete alla palla e a completare delle azioni, rimanevamo la compagine peggiore della scuola. Li fu un ottimo acquisto: aveva fatto pallavolo come me fino alle medie, e divenne la mia compagna per tutti gli esercizi in coppia. Bastava buttarci un occhio per capire che facevamo schifo: il nome della nostra squadra era "I porcicotteri" e avevamo il blu come colore, peccato che ognuno prese quello che trovò a casa, così le nostre magliette andavano dall'azzurro pastello al blu notte e Marco addirittura si mise una maglietta verde scuro perché non aveva trovato maglie del colore giusto, mentre io ero l'unica con i calzini a righe fino alle ginocchia visto che nessuno aveva preso seriamente questa mia proposta. Contro ogni previsione arrivammo secondi. Infatti, negli altri team le due persone super dotate a pallavolo volevano fare tutto loro. Quando erano alla battuta o quando riuscivano a schiacciare neppure vedevamo la palla, ma poi, nella loro mania di protagonismo e forse nel loro desiderio di non essere battuti da degli sfigati come noi, cercavano di coprire anche le zone in cui c'erano altri compagni, arrivando a rubare le loro palle ma lasciando in questo modo molti buchi in campo. Insomma, battemmo le altre classi solo perché noi avevamo spirito di squadra, in classe nostra non c'era nessun fenomeno, eravamo omogenei, ci organizzammo bene, ci supportammo e vincemmo una partita dietro l'altra. Perdemmo la finale contro la sezione della ragazza in serie C, ma demmo all'avversario filo da torcere. Il giorno dopo la finale del torneo, quando entrammo in classe, trovammo la nostra professoressa di ginnastica e quella dell'altra sezione con un enorme cesto di cibo. Ai primi classificati non arrivò niente, era solo per noi, non avevamo vinto ma ricevemmo un premio per il nostro spirito di squadra, per aver stupito tutti, gli studenti delle altre classi e anche i professori che non avrebbero scommesso un soldo su di noi, e per esserci messi in gioco.

BIGLIETTINO

Ecco una busta carica di simpatia per la Li dalla LI

Le pallavoliste, LI(na) polla + Li(liana) pera = compagne di banco più simpatiche e scansafatiche (pigre-sfaccendate) del mondo!

"Ciao Li" "Ciao Li" hahaha mi piace troppo.

Una delle prime cose che buttavo nel cassonetto a fine anno erano i libretti scolastici. Li associavo ai brutti ricordi, erano pieni di brutti voti, firme false e così tanti ritardi da aver quasi riempito lo spazio apposito. L'altra cosa che facevo era cercare di vendere tutti i libri e, come ho accennato, me ne sono pentita: non sapete cosa darei per sfogliare adesso quelle pagine con le mie sottolineature, i miei appunti o, più che altro, gli scarabocchi annoiati a margine. Tenni però tutti i diari, anche se sospetto che se ci avessi guadagnato qualcosa non ci avrei pensato due volte a venderli; i voti, quindi, ce li ho solo perché me li appuntavo nelle ultime pagine sotto l'ironico titolo: "le meraviglie di Lina". Quei diari sono pieni di bigliettini, disegni, dediche dei compagni e dei miei pensieri. Bigliettini per cui ovviamente venivamo rimproverati, ma che sono un sanissimo processo scolastico, una delle poche cose belle della scuola per me. Ne sfoglio alcuni alcuni brevissimi tipo "ma quanto spacchi?" (in effetti l'autrice non aveva tutti i torti), "Li, sei tostissima, non cambiare mai!", "Sei la più divertente, sentiamoci in estate". Voi li avrete letti di fretta, forse annoiati, giudicandoli banalità. Se lo faccio io mi provocano una fitta al cuore, a me, sempre indaffarata a mostrare meno sentimenti possibili agli altri.

Tommaso, il genio che traduceva a occhio, un vero secchione anche se è termine che non mi piace, fu la persona più generosa della classe, sempre pronto ad aiutare chiunque: quando c'era da preparare l'interrogazione di greco o di latino ci faceva individuare sempre, ma proprio sempre, per tutti e cinque gli anni, gli errori nella mostra versione confrontandola con la sua e ci dava dritte sulle regole grammaticali da rispolverare. In effetti, chi andava male in greco e in latino riusciva almeno a risollevarsi in po' con l'orale avendo come riferimento la sua traduzione. Eravamo uniti anche quando mentivamo al professore sul fatto che non c'era nessuna versione da fare per casa (sì, queste cose con i registri elettronici voi non potete più farle). Era la nostra parola contro quella del professore: "No, professore, si sbaglia, non ci ha mai assegnato questa versione per casa."
Ricordo ancora quell'unica volta in cui Tommaso non fece i compiti per casa, praticamente di notte ci fu una riunione della classe per telefono, io dormivo, ovviamente, decidendo come al solito di preoccuparmene il giorno seguente, e tramite vari passaparola gli altri cercarono di confrontare le proprie traduzioni. Venne una versione da schifo: quando il primo compagno sbagliò, il professore provò a farla correg-

gere dal secondo che però aveva commesso gli stessi identici, e ci terrei ad aggiungere terribili, errori.

IL MIO CONTRIBUTO

"Li, volevo controllare i compiti."

"Da me li controlli?"

"Pensavo che almeno li scrivessi, questa settimana non hai scritto nulla."

"Non è vero: su mercoledì ho scritto chiedi i compiti alla Ali."

"Ah bé, allora perfetto."

NATALE

"Ciao Li."

"Mmm..."

"Che hai?"

"Sono già partite le prime irritanti canzoncine natalizie, le detesto. Detesto anche il Natale in realtà."

"Che umorino, c'è qualcosa che non detesti?"

"Non di prima mattina."

"Tirati su, ti ho fatto un disegnino ieri."

"Che è?"

"Ma come, non lo riconosci? È il foulard di Matte."

"Oddio, hai visto che ce l'ha anche oggi? Perché? Sembra un cowboy."

"Pure rosso, molto natalizio devo dire. Si vede che è il ragazzo per te."

"Dovevi proprio ritirare fuori il Natale? A questo punto era meglio il cowboy."

"Addirittura... comunque deve piacerti proprio tanto se non hai cambiato idea vedendolo così."

"E tu non l'hai ancora visto oggi."

"Non può essere peggio di ieri."

"Invece sì, e se lo dico io che non so vestirmi e non guardo mai i vestiti degli altri: in combinazione con il foulard rosso al collo ha un bellissimo pile da montagna verde acido."

"A ricreazione passiamo per la sua classe, devo assolutamente aggiornare il disegnino che ti ho fatto."

"Dai, piantala."

"Li, fidati quel ragazzo è avanti, i foulard torneranno di moda. E poi magari aveva freddo poverino."

PEGGIO DEL NATALE

Ebbene sì, detesto il capodanno più del Natale. Almeno io, l'aliena, l'anormale a cui non piace stare in mezzo a troppe persone, a cui non piace ubriacarsi, andare in discoteca e i ragazzi che ci provano con lei. Gli ultimi anni del liceo ho tentato di comportarmi in modo normale: al terzo anno, per la serata di capodanno, trascinai Ali a casa di un mio amico dove ognuno si era portato dietro una persona. In pratica eravamo una decina di persone sconosciute. Da bere avevamo solo il prosecco per il brindisi e ci dimenticammo pure di aprirlo.

L'ultimo anno, invece, andai a casa di un'amica di un amico di Matte. Una ventina di persone che non si conoscevano, di nuovo, unite solo dal fatto di non sapere cosa fare a capodanno e che non si rividero mai più. A mezzanotte uscimmo per vedere i fuochi in piazza e ci perdemmo, finimmo separati in gruppetti di due o tre persone, e ci ritrovammo solo quando fu il momento di salutarsi.

In quegli anni a dicembre, come se per me non fosse già una tortura l'inizio di quelle terribili canzoncine, iniziava anche la litania:"Che facciamo a capodanno?"

Dopo le superiori partecipai a un altro paio di altre terribili feste, una fu a Bologna, conobbi e parlai con un sacco di gente, peccato che scoprii che quelle persone io non le sopportavo, come non sopportavo il 99% del genere umano. Infine mi arresi, ascoltai l'altra parte di me, e così la domanda che ci facevamo io e Ali a dicembre diventò: "Dove scappiamo a capodanno?"

Riuscii a passare infatti un capodanno meraviglioso che, per essere tale, non aveva nulla a che fare con il capodanno. Lo trascorsi in montagna. La sera del 31 ci fu la passeggiata in baita, con Ali che mi sussurrava: *se incontriamo un orso o un lupo mi avrai sulla coscienza*. Mangiammo alle sette di sera, più tardi non si poteva, e poi facemmo la discesa al buio con le slitte (e qui di nuovo Ali che mi accusava di non pensare mai alle conseguenze). Andammo a letto alle dieci per svegliarci presto e andare a sciare il giorno dopo: il primo dell'anno non c'è quasi mai nessuno sulle piste. Anche se avessimo voluto non avremmo potuto neppure aspettare i fuochi: infatti ci dissero che si creava troppa confusione a fare i fuochi il 31, così in quel paesino di montagna si facevano il giorno dopo, alle sei di pomeriggio.

Comunque, quell'anno andai a un'altra festa che forse fu la meno peggio del mio elenco di feste di fine anno. Matte la tenne a casa sua e mi invitò; io portai con me anche Ali, Li e un'amica di Ali. La prima parte non fu male, passai quasi tutto il tempo a parlare con Matte, ovviamente, tanto che non mi ricordo di nessun altro dei presenti. Da quel che mi raccontarono poi le mie amiche, le persone con cui avevano parlato non erano molto simpatiche. Comunque, non mi accorsi neppure che l'amica di Ali stava bevendo un po' troppo. Quando annunciò che iniziava a stare male, la riaccompagnarono a casa. Io mi trattenni ancora con Matte, tanto abitavo nell'edificio di fronte, e poi le raggiunsi. Arrivata a casa scoprii che aveva rimesso nella stanza dove avremmo dormito, poi era stata messa sotto la doccia con i vestiti addosso e ora ronfava circondata dal vomito sparso in giro. Decidemmo di pulire l'indomani e di dormire in tre su un divano e no, non era un divano letto, ma un semplice divano da seduta con tre posti. Io e Li da un lato, Ali dall'altro: a quanto pare tirai non pochi pugni e calci. Comunque, prima di addormentarci parlammo, avvolte dal buio e spiaccicate, di moltissime cose. Li ci raccontò anche il vero motivo per cui aveva cambiato scuola, anche se la conoscevamo solo da poco più di due mesi, disse che sentiva di potersi fidare di noi. Inizialmente aveva raccontato a tutti che aveva dovuto farlo per il trasferimento di suo padre, ma era solo per evitare domande o pregiudizi: in realtà si era trovata male con i suoi ex compagni di classe o meglio, con tutti i suoi ex compagni di scuola. Disse che l'ambiente non era dei migliori: bevevano e fumavano e basta, nessuno escluso e per l'intera mattinata, per non parlare dell'erba che circolava, dei rapporti sessuali, delle risse e altro. Qualcuna le disse pure che era troppo brutta per diventare sua amica visto che portava gli occhiali e l'apparecchio per i denti. Da allora per molti anni si dichiarò astemia, associando l'alcool solo a cose negative e a eccessi, e per molti anni si rifiutò di mettersi gli occhiali. Quella notte si confidò con noi, parlammo fino a crollare, e ridemmo per delle stupidaggini. Questa storia mi fa pensare a come le relazioni interpersonali, anche a scuola, contino moltissimo. Li si trovava benissimo con i professori della scuola che aveva lasciato, le era decisamente andata peggio approdando da noi da quel punto di vista, ma aveva comunque deciso di abbandonarla. Addirittura, nei primi tempi era lei che ci spiegava matematica visto che al suo liceo la facevano per davvero, poi iniziò a dimenticarla e si unì ai giochi di carte mentre il professore leggeva il giornale.

Ah già, il mattino dopo, per qualche illogica ragione, i miei genitori rientrarono alle otto di mattina, trovando noi in salotto ancora addormentate e una stanza piastrellata di vomito. Ci aiutarono a pulire, quell'odore acre non fu per noi un bel risveglio, ma non si mostrarono arrabbiati con nessuno, al massimo schifati per la sporcizia. L'amica di Ali era decisamente in imbarazzo, ma mio padre ci rise su, le disse che aveva scoperto qual era il suo limite con l'alcool e dopo le pulizie facemmo colazione con dell'insalata di riso. Era stata un'idea di Ali che adora mangiare gli avanzi dei pasti a colazione, compresa la pizza ancora fredda da frigo.

GELATO

"Che hai da ridere?"

"Claudia mi fissa con il suo sguardo assassino, vuole farmi ridere perché dice che sono troppo seria in classe."

"Non ha tutti i torti! Pensavo ridessi ancora per ieri."

"No no, mi è passata... ma ti rendi conto? Credo che sia la prima volta che ci siamo abbracciate."

"Penso anche io, al massimo avevamo fatto la lotta a terra ma non credo che conti. E solo per il bacio con Matte."

"Bé, *solo*: sono anni che gli vai dietro, che parli di lui e con lui in continuazione e soprattutto che stressi me su questo argomento. Mi sentivo decisamente coinvolta anche io!"

"Ok, ma adesso non mi abbraccerai ogni volta che io e Matte ci baciamo."

"Direi di no, era solo per questo traguardo dopo tutta la fatica per i miei consulti, e per le pare mentali che ti sei fatta e che ho dovuto sorbirmi! Ma tu ti rendi conto: anni e bastava un invito a prendere un gelato come dicevo IO?!"

"Sì lo so, lo so, me lo avrai ripetuto tremila volte ieri."

"Ecco, non si avvicinano neppure al numero dei tuoi: *oddio non so che fare!*"

"Va bene, va bene, Santa Alice Tozzi!"

BIGLIETTINO DA LI PER ALI E LI

Lista delle cose da portare in gita:

1. *Simpatia, buonumore (non importa se avete le mestruazioni) e affetto (per Lina)*
2. *Pigiama carino*
3. *Sapone (niente puzzone in camera)*
4. *Phon/Piastra (io ce l'avrò di sicuro)*
5. *Eventuale cambio di vestiti*
6. *Ciabatte*
7. *Spazzolino e dentifricio (no alitosi grazie)*
8. *Quadernino per gli appunti (Ahimè)*
9. *Caramelle per abbuffata notturna*

10. Tappi per le orecchie (per non sentire Bestia di Satana)

11. Un po' di adenoidi per me e Claudia (ne siamo sprovviste)

12. Varie ed eventuali:

-lassativo da far prendere a Bestia di Satana così si passa una giornata in bagno e non ci fa fare la maratona

-una corda per calarci giù dalla finestra ed evadere dall'hotel

-buona musica, magari Jovanotti

-macchina fotografica (voglio una nostra foto insieme)

-ombrello (tié, speriamo di non averne bisogno)

13. Pranzo al sacco

P.S.: Non fare la valigia all'ultimo secondo come al solito Li!

La feci all'ultimo... come al solito

VALIGIA

Quattro anni dopo.

Sono le due di notte e ho quattro ore di tempo per fare una valigia per un viaggio di cinque settimane da sola. Alle sei devo andare in aeroporto. Destinazione: Irlanda. Lavorerò in un Bed and breakfast a Westport. La valigia è spalancata e vuota, di solito faccio i bagagli all'ultimo perché ci metto poco, ma questa volta potrei aver sottovalutato le circostanze trattandosi di trentacinque giorni di assenza e di un viaggio da affrontare in solitudine per andare a lavorare da degli sconosciuti scovati su internet. Ho ricevuto un invito questa sera e non ho saputo dire di no, così mi ritrovo a farla in piena notte. So già che dimenticherò tantissime cose e che raggiungerò la meta dopo aver trascorso una notte in bianco. Pazienza, vorrà dire che dormirò in aereo e poi sul pullman che attraverserà l'Irlanda per arrivare a destinazione... in fondo, cosa potrebbe andare storto se ho troppo sonno per stare dietro alle fermate in un Paese sconosciuto?

L'AUTOBUS DEGLI ORRORI

Erano due anni che per i tagli ai fondi della scuola non si potevano fare gite. L'anno prima, quindi, avevamo deciso di partecipare a una gita autogestita durante le vacanze di Pasqua, così da non saltare giorni di lezione. Ci accompagnò la mamma di Serena, mentre a Roma, la nostra meta, abitava la mamma di Marco. Scegliemmo comunque di fare visite culturali durante il giorno, con la differenza, rispetto alla gita scolastica, di avere più libertà alla sera. Mangiavamo in qualche trattoria e, visto che faceva già caldo, passavamo il resto delle serate a camminare in una città vuota, accompagnati da un gelato. Ricordo che la mamma di Serena si disse contentissima di noi, tanto che, una volta tornati a casa, mandò una mail a tutti i genitori per dire quanto si fosse trovata bene con noi, quanto fossimo dei bravi ragazzi, quanto, seppure ragazzi, la nostra fosse stata una piacevole compagnia, quanto fossimo educati e che dovevano essere contenti di noi. Tutto ciò per dire che forse le nostre aspettative per la gita erano troppo alte, ma quella del quarto anno fu davvero un incubo. Noi, infatti, c'eravamo trovati tanto bene ad organizzarcela da soli da voler ripetere l'esperienza. Invece, le gite ufficiali ripresero e, quando Bestia di Satana comunicò di voler essere l'insegnante accompagnatore, fu difficile dire di no anche perché sarebbe stato difficile spiegare perché.

Per ovvi motivi nessuna classe volle unirsi alla nostra, il professor Morfeo venne convinto a unirsi, un paio di compagni non vennero, così ci trovammo in quindici compresi i due professori. Il pulmino da quindici posti era delle dimensioni di un furgoncino dei gelati; la destinazione era Milano; la durata della gita era di soli due giorni, per fortuna; la partenza era alle sei di mattina e la sveglia alle cinque.
Una volta saliti sul furgoncino pensammo tutti la stessa cosa: recuperiamo il sonno facendoci un paio di orette di dormita, ma Bestia di Satana aveva ben altri programmi: non ebbi neppure il tempo di appoggiare la testa al sedile che sentii la sua voce rimbombarmi nelle orecchie. Infatti, aveva trovato e si era impossessato del microfono anche se, essendo quel pulmino minuscolo (aveva solo cinque file di sedili) l'avremmo sentito benissimo anche senza. E così, per tutte le due ore e mezza di viaggio, lui lesse al microfono i suoi appunti battuti a macchina. Ovviamente cercavo di non ascoltarlo, ma dormire fu impossibile: il mio sedile era proprio accanto alla cassa e lui, nella sua bipolarità, come se fosse in classe, alternava frasi lette alla velocità della luce e sottovoce a parole gridate. Inoltre, ogni cinque minuti si fermava e chiedeva:"Ou! Ci siamo? Avete capito? Ou?"
Fece proprio lezione come se fosse in classe, con la differenza che erano le sei del mattino, eravamo a bordo di un pulmino e non potevamo per chi soffriva il mal d'auto o non volevamo prendere appunti. La sua voce ci trapanava il cervello più del solito grazie al microfono.
Dopo quasi tre ore trascorse così mi venne un'emicrania lancinante. E questo fu solo l'inizio.
Ricordo che tornai a casa dicendo che Milano era una città orribile e che non c'era nulla di interessante da vedere, ma forse il problema fu che le mete furono decise dal professore.
Al mattino andammo al museo del risorgimento che fu scelto per poter ammirare la prima bandiera italiana. Ricordate? Quella presentata alle 17.00. In realtà quella fu una scusa per litigare con la guida del museo tanto che un collega di quest'ultimo venne in suo aiuto.
Secondo il mio professore, infatti, quella non era la prima bandiera italiana, forse la seconda, la terza o la decima, ma di certo non la prima. Lui aveva fatto delle ricerche e sapeva benissimo che in realtà la prima

bandiera italiana ce l'avevano ancora gli austriaci così Bestia di Satana era andato in cerca di questa bandiera e aveva scoperto che gli austriaci la tenevano in un museo, ma in una zona non aperta al pubblico. Probabilmente a suon di minacce, era pure riuscito a convincere il direttore del museo a mostrargliela. Quindi, adesso stava spiegando alla guida che si sbagliava, che tutto il museo sbagliava e che quindi il cartellino esplicativo andava assolutamente cambiato. Le gentili spiegazioni della guida e l'intervento del collega non servirono a calmarlo. Disse che aveva anche scritto a Napolitano per avvisarlo che la nostra prima bandiera ce l'avevano ancora gli austriaci, ma il Presidente della Repubblica non gli aveva mai risposto. Allora si era rivolto a all'ex Presidente della Repubblica, Ciampi, che invece gli aveva risposto. E fu così che estrasse la mail stampata ricevuta da Ciampi. Sappiate che non diceva nulla di che: Ciampi lo ringraziava per le sue numerose ricerche (non oso immaginare quanti appunti gli abbia inoltrato) e per il suo orgoglio italiano. E confermò che aveva ragione a ritenerla una questine importante.
In realtà nella mail non si dava ragione al professore, né si diceva che qualcuno avrebbe provveduto al recupero, ma lui continuava ad agitare quei fogli in mano come se quelle tre righe dovessero risolvere qualsiasi dubbio sulla questione. Le povere guide non sapevano davvero più che fare, credo che restammo davanti a quella bandiera almeno un'ora e, quando finalmente ce ne andammo, loro non nascosero un certo sollievo.
Nel pomeriggio Bestia di Satana aveva programmato un'altra divertentissima visitata: l'Archivio di Stato. Vi sorprenderà sapere che non facemmo coda per entrare, anzi, non incontrammo anima viva a parte il signore che ci aprì la porta e ci guidò tra gli scaffali. Sappiate che quel posto è pieno di vecchi documenti che il mio professore ammirava con uno sguardo pieno d'amore. Persi il conto di tutti fogli e libri che si fece tirare fuori, li sfogliava con una lentezza agonizzante e poi ce li passava. Ricordo che non capii molto di quel che avrei dovuto farci.
E professor Morfeo in tutto questo? Fu come se non esistesse: durante il tragitto in pullman guardò con espressione malinconica fuori dalla finestra, al museo assistette alla lite senza dire nulla, all'archivio si sedette perché era stanco e non si mosse più. In pratica ci seguì con fare

annoiato per tutta la gita. Bestia di Satana gli rivolse la parola solo per consigliargli di scrivere un libro (e qui abbiamo tutti pensato la stessa cosa: sarebbe noioso da morire) vista la memoria assurda che aveva per date e nomi e cose dette da vecchissimi alunni. Sì, decisamente era un libro che solo Bestia di Satana avrebbe potuto trovare interessante.
Dopo cena finalmente andammo in albergo e, una volta prese le chiavi delle camere, ci riunimmo nei divanetti della hall. Di certo non ci eravamo illusi di poter uscire alla sera, neppure accompagnati, neppure per una passeggiata. E non ci passò neppure per l'anticamera del cervello di provare a radunarci in camera di qualcuno durante la notte. Così ci fermammo nella hall per fare due chiacchiere prima di andare a dormire. Peccato che, quando Bestia di Satana ci vide, si sedette anche lui tra noi e disse: "Che bello, non siete ancora stanchi", e su questa frase estrasse dalla sua inseparabile valigetta, i suoi appunti e iniziò a leggere. Stava davvero andando avanti con il programma, alle dieci di sera, nella hall dell'albergo, con noi seduti con le borse ancora ai nostri piedi, troppo increduli per protestare.
Professor Morfeo si accomodò accanto a me, appoggiò un braccio sulle mie spalle e iniziò a fissare con sguardo assente il vuoto. Quella fu la goccia che fece traboccare il vaso: stavo per essere assalita da una risata isterica, peggiore di quelle a cui Bestia di Satana aveva assistito. Così decisi che non era il caso di scoppiare a ridere per l'ennesima volta, mi alzai in piedi di scatto e senza dire nulla me ne andai a tutta velocità senza guardarmi indietro. Presi l'ascensore e salii in camera. Sapevo di aver lasciato Bestia di Satana abbastanza interdetto da non aver avuto il tempo di inseguirmi o di reagire, ma pensai che il rimprovero sarebbe almeno arrivato il giorno dopo.
Invece, due minuti dopo sentii bussare, andai ad aprire: era Ali con le nostre borse.
In pratica, subito dopo la mia uscita, si era alzata anche lei e aveva detto al professore: "Scusi, ha problemi con il sonno" e mi aveva seguito senza aspettare risposta.
"Ali, non ti facevo una furfante, mi hai usato come scusa per andartene?"
"Era necessario, questa volta era una vera tortura. E quando interroga,

da dove li ripeschiamo questi appunti?"
"Meglio non pensarci adesso. Spero che qualcuno della classe avanti abbia conservato i vecchi appunti, magari potremmo chiedere a loro."
Li ci raggiunse in camera stremata dopo un'altra ora, ci disse che il professore non si era arrabbiato e che aveva ripreso a leggere come se nulla fosse.
Ricordo che quella sera andammo subito a letto, senza neppure mezza chiacchiera: stavamo morendo di sonno. Era passato solo un giorno ma sembrava un'eternità.
L'indomani ci spostammo a Monza per andare a vedere la corona ferrea a cui il professore teneva tanto. Come per tutte le cose su cui ci ha martellato con insistenza ridicola a scuola, non so nulla di questa corona nonostante fosse oggetto di molti appunti battuti a macchina poi riletti sul pulmino durante il tragitto per andare a vederla. Ricordo però che ci informò dei vari diametri della corona, che c'era una strana leggenda legata a uno dei chiodi della corona, che recitò anche le misure di suddetto chiodo e che al ritorno Lui, il professore d'arte, si dichiarò in disaccordo su quanto aveva affermato Bestia di Satana su quella corona. Nonostante fossimo così indietro da non aver finito ancora il primo libro di testo d'arte su tre al secondo anno, passammo una settimana a sentire anche ad Arte spiegazioni sulla corona ferrea con annesse ricerche solo per dimostrare che Lui aveva ragione, Bestia di Satana aveva torto.
Per inciso Bestia di Satana comprò una cartolina della corona ferrea che poi decise di appendere nella bacheca di classe così quell'incubo lo vedevamo ogni mattina.
Infine, nel tragitto di ritorno, in uno dei suoi soliti sbalzi d'umore, Bestia di Satana comprò un coniglio di peluche gigante, tipo grande quanto me, a una stazione di servizio. Quando gli fu chiesto se era per una bambina rispose di no, ma che era per una persona che per lui non invecchia mai.
Fine della gita. Mai alunni tornarono così scontenti da una gita di classe.

BACHECA

Tre cose erano appese alla bacheca di classe: la prima ovviamente era la cartolina della corona ferrea. Professor Morfeo, quando la vide, se la prese per portarsela a casa ma io lo fermai. Dissi che non era possibile, Bestia di Satana l'aveva regalata alla classe e la voleva in bella vista.
Da allora fui nominata paladina della corona ferrea, ancora oggi custodisco io quella cartolina e sul retro c'è appunto scritto che è una mia responsabilità difenderla.
Poi c'era il foglio con le vacanze e infine un articolo di giornale. Quell'articolo era stato stampato da Ludo in infinite copie e, ogni volta che Marti si precipitava a strapparlo, il giorno seguente Ludo ne attaccava un'altra copia. Alla fine Marti si arrese perché ormai lo avevano letto tutti i professori e quell'articolo ridicolo e inutile restò appeso per tutto l'anno.

L'AMORE DICHIARATO CON I FIORI

Martina, arrossisce in un solo colpo. A Lorenzo, invece, si gonfia il petto d'orgoglio. Il loro è un amore pulito, nato sui banchi di scuola. Martina frequenta il quarto anno al liceo classico e ieri, per il suo primo giorno di scuola, ha ricevuto un bouquet di fiori in classe. "Quando è entrata la bidella", sorride impacciata all'uscita da scuola, "volevo sprofondare, ma devo ammettere che è un gesto meraviglioso".
Lui, in perfetto romanticismo, le accarezza i capelli e l'abbraccia teneramente dopo averla amorevolmente attesa all'uscita di scuola. Mai gerbere e rose furono più profumate: vuoi vedere che, in fondo, andare a scuola riserva piacevoli sorprese?

Questo era l'articolo pubblicato sul giornale della città con tanto di foto, nonostante Martina fosse ancora minorenne e quindi fosse illegale pubblicarla senza permesso. Probabilmente anche al giornalista doveva essere evaporato il cervello standando troppo vicino al nostro manicomio.

SCANSAFATICHE

"Ali, mangiamo dalla matta a pranzo?"

"In realtà mi ero portata un panino, non vorrei fare tardi come l'ultima volta."

"Infatti stavo per proporti di saltare il corso e farci un giro in centro."

"Scherzi vero? Il corso che TU a inizio anno mi hai costretto a fare?

"Io non direi costretto."

"Dai, Ali, iscriviamoci al corso di inglese della scuola, sono solo due ore a settimana, l'insegnante è madrelingua, sarà sicuramente utile... e ti risparmio la parte di imitazione in cui mi hai strattonato il braccio finché non ho detto di sì"

"Pensavo davvero fosse utile."

"Sappi che non lo è, se non ci andiamo."

"Avremo saltato al massimo due volte."

"E non sono neppure sicura sia utile andandoci! Tu e le tue brillanti idee! A quanto pare siamo le più imbranate del corso, e ancora mi chiedo perché il ragazzo mezzo inglese si sia iscritto. Tutti parlano a macchinetta e noi se balbettiamo due frasi è tanto. Per non parlare del fatto che si sono tutti iscritti alla certificazione tranne noi!"

"Questo mica lo potevo sapere."

"Sì, in effetti il genio sono io che do retta alle tue idee anche se so benissimo come va a finire e mi lascio convincere dal tuo iniziale entusiasmo."

ALBERGO

"E quelle?"

"Intanto ciao Li!"

"Ciao."

"Mimose, Marco le ha portate per tutte le ragazze della classe."

"Vieni da me dopo scuola?"

"Non mostrare troppo entusiasmo per i fiori, mi raccomando!"

"Puoi fermarti a dormire poi."

"No, ti prego, non farmi salire ancora sul portapacchi della tua bici scassata."

"Che esagerazione."

"Tu dici? È una bici bassa, con le ruote sempre sgonfie perché sei pigra, in centro ci sono solo strade con i ciottoli, mi fa male il sedere! In più sono troppo alta quindi devo tenere le gambe rannicchiate."

"Cercherò di modernizzare il mio mezzo di trasporto."

"Ancora devo capire il tuo strano attaccamento a quella bici tanto da non farla guidare a me."

"Per andare da te serve l'autobus, dimmi se non è peggio della bici."

"Sicuramente è peggio se lo prendi da sola, ho perso il conto delle volte che hai sbagliato direzione o fermata o lo hai proprio perso. O delle volte che mi hai chiamato dicendo: *non capisco, sono davanti a una casa rossa.*"

"Mi perdo a guardare fuori! E la volta in cui il conducente d un certo punto se n'è andato non era colpa mia, ho anche la mia dose di sfortuna."

"Bé, comunque oggi puoi venire tu da me, andiamo insieme subito dopo scuola, lo spazzolino ce l'hai già e poi volevo passarti definitivamente i miei pigiami che usi, tanto a me non vanno più."

"Uh, grazie, però un pigiama lo lascio da te per le volte che mi fermo all'ultimo."

"In effetti conviene, l'ultima volta hai deciso di restare che era passata la mezzanotte."

"Più che altro ormai è la mia seconda casa."

"Vorrei poter dire lo stesso della tua, ma siamo quasi sempre da me."

"Perché a quanto pare non ti piace il mio mezzo di trasporto."

"Nono, il vero problema è che a casa tua non c'è mai nulla da mangiare, oggi per esempio avremmo trovato qualcosa?"

"In effetti no! Però per te è facile fare paragoni, tua nonna abita sotto casa tua, sarebbe strano se non ci fosse cibo."

"A questo proposito devo avvisarla che ci sei anche tu!"

"Se non è un problema."

"Tranquilla, da ME c'è sempre cibo in abbondanza, tu avvisa i tuoi."

"Si, dopo, con calma."

"Li! Sei sempre da me, magari ti dicono di no."

"Dai, li conosci, figurati se dicono di no o si arrabbiano se lo dico all'ultimo. A pranzo poi non c'è mai nessuno. È tanto se se ne accorgono."

"Addirittura?"

"Certo, escono molto più di me. Casa mia è davvero un albergo, sono sempre tutti fuori e quando siamo a casa c'è sempre qualche ospite. Ma a loro piace così, ci dicono sempre che possiamo invitare chi vogliamo."

"No, nessuno invita mai ufficialmente a casa tua. Ogni volta che sto da te dici che hai chiesto e poi appena li vedo mi fanno o*h, anche tu qui.*"

"Ma perché appunto non serve chiedere da me."

"Siete strani."

"Tu pensa ad avvisare la nonna, che forse lei ha bisogno di saperlo."

"Comunque tranquilla, è contenta se vieni, le stai simpatica."

"Lo so, io sono simpatica!"

"Tu sei simpatica solo con chi vuoi! Comunque forse da te non serve saperlo perché tanto nessuno cucina."

"Ah, in effetti."

I miei non dicevano mai di no quando chiedevo il permesso, o meglio, quando direttamente avvisavo che avrei fatto qualcosa. C'è anche da dire che erano richieste del tutto ragionevoli e ben poco festaiole o da adolescente, ma forse anche in quel caso si sarebbero fidati. In fondo, anche se uno cerca di controllare, poi i ragazzi sono spesso lasciati da soli, se si vuole davvero fare qualcosa la si fa comunque. Siamo noi fuori, senza controllo, con le nostre decisioni; un genitore può solo cercare di insegnarci il buon senso, l'educazione, il rispetto, a non seguire gli altri ciecamente.
Le uniche due volte che rientrai a casa dopo le due, i miei avevano finito per chiudermi fuori perché convinti che fossi già a letto. Gli altri genitori aspettavano i figli alzati e preoccupati, i miei russavano.

SERATONA

"Claudia ha detto che possiamo fare il pigiama party da lei alla fine, ha divano letto e televisione nel seminterrato."

"Uh, perfetto."

"Io vado lì con Li, tu invece potresti andare con Matilde, tanto è di strada."

"I film alla fine?"

"Eri tu che dicevi che avevi il gigante di ferro?"

"Sì."

"Ecco portalo, poi c'è in programma Hercules o Mulan."

"Mulan non l'ho mai visto."

"Neppure Claudia, infatti per quello lo proponevano."

"Perla sarebbe fiera di noi."

OTTO ANNI DOPO

Mati: "Ragazze, io propongo di mettere su un club del libro, così abbiamo una scusa per trovarci oltre i compleanni... abitiamo troppo lontane."

Io: "Io ci sto."

Mati: "Non avevo dubbi"

Ali: "Occhio, all'inizio ha entusiasmo per qualunque cosa e poi le passa."

Io: "Non è vero, cioè, sì, è vero... però non per i libri! Quelli li leggo sempre."

Claudia: "Io invece non leggo da una vita, ho pochissimo tempo."

Mati: "Magari potremmo fare un libro ogni due mesi circa."

Claudia: "Ecco, già meglio."

Io: "Siamo in cinque, potremmo scegliere un libro a testa e l'ultimo facciamo a estrazione."

Li: "Ma io faccio fatica a leggere un libro rilassandomi, col fatto che studio Lettere li leggo come se dovessi studiarli."

Mati: "Dai Li, non rompere."

Li: "E poi a me i fantasy non piacciono."

Io: "Non fare l'elitaria di lettere, dai."

Claudia: "E' come nel film *The book club*."

Li: "No... in quel film leggono *50 sfumature di grigio*, vi prego, no!"

Mati: "Ovviamente noi non ci metteremo a leggere 50 sfumature."

Li: "Ma i fantasy?"

Ali: "É anche questo il punto di un club del libro: finisci a leggere libri in cui altrimenti non ti saresti imbattuta: vedi quindi di non partire prevenuta solo perché tu leggi i classici. Quando sarà il tuo turno potrai farci leggere quel che vuoi."

Mati: "Io ho già una proposta: *Piccole donne* e *Piccole donne crescono*."

Ali: "Io ho letto solo il primo."

Claudia: "Anche io, ma ero piccola e non ricordo nulla."

Io: "Mai letti."

Li: "Dovrebbe uscire anche il film tra non molto."

Mati: "Perfetto, così quando ci troviamo andiamo a vederlo al cinema."

18

Per Li

Il suo nome è Lina

ed è tutta pazza

non capisce mai na' mazza (questo è ironico)

oggi son 18 anni

quanti danni!

Con lei si ride tanto

fino al pianto...

canta in modo micidiale...

...peggio del grugnito di un cinghiale

è strana e a volte anaffettiva

ma è più buona di un'oliva (gnam)

mangia poco poverina

a casa sua non si cucina!

Sorridi lilina

non sei più la nostra piccolina!!

PS: quando la macchina prenderà

nessuno giri per la città

18 ANNI PER NULLA

Ancora adesso, alla tenera età di venticinque anni, non solo mi chiedono la carta d'identità per bere, ma la leggono attentamente e con sospetto. Forse è perché sono bassa e ho il viso da bambina, mia madre invece sostiene che sia perché non mi trucco e vado in giro sempre in jeans e felpa.
Immaginate quanti anni potevo dimostrare a diciotto.

Quell'anno mia madre mi mandò a ritirare con la delega il diploma delle medie di mio fratello. Quando arrivai, una segretaria scocciata iniziò a sbraitare che di certo non potevo prenderlo io, che dovevano venire i miei genitori. Insomma, mi aveva scambiato per una ragazzina delle medie.
Durante l'estate, ogni tanto, andavo ai campi da tennis a giocare con chi trovavo lì. Un pomeriggio giocai con un ragazzino di tredici anni, dopo la partita facemmo un pezzo di strada insieme visto che era la stessa. Lui allora iniziò a balbettare frasi tipo: "Ma non ti ho mai vista in giro... con che compagnia esci di solito? Magari potremmo uscire insieme, cioè tipo con le compagnie, le uniamo, tipo uscita di gruppo."
Gli chiesi incredula quanti anni pensava che avessi e la risposta fu: " tredici."
"Diciotto, ne ho diciotto."
Devo averlo scioccato, perché neppure mi rispose e scappò a tutta ve-

locità con la sua bicicletta.
Qualche volta si è anche rivelato utile. Nell'anno dei ventitré stavo tornando a casa in treno dopo una vacanza in montagna, arrivò il controllore nel mio vagone e mi accorsi di aver perso il biglietto.
Quando si avvicinò al mio sedile io, agitatissima e viola in faccia per l'imbarazzo di non avere il biglietto, iniziai a balbettare: "Ecco, io..."
Non feci in tempo a formulare la frase che il capotreno mi chiese: "Oh, povera cara, ma quanti anni hai?"
Capii che mi aveva scambiato per una ragazzina e decisi di spararla davvero grossa, in fondo stavo indossando una tuta da sci che mi era enorme perché non era mia, avevo le treccine e le lentiggini per il sole preso nei giorni precedenti. Potevo davvero permettermi di esagerare. Così dissi di avere tredici anni.
"Oh, povera cara, e i tuoi genitori ti fanno prendere il treno da sola!" fu il suo unico commento. Non mi chiese né il biglietto né altro, mi augurò buon viaggio e se ne andò.
Filò meno liscia la volta che il controllore mi trovò sul tram senza biglietto. Quella volta non l'avevo perso, ma ero in ritardo ed ero salita senza.
Gli dissi di avere dodici anni e che mio padre non mi aveva dato i soldi per il biglietto. Volle chiamarlo. Così mio padre si sentì chiamare, a proposito della figlia diciannovenne, da un controllore che lo sgridò per non avermi dato i soldi. Resse il gioco e a casa mi diede della demente, il massimo insulto per lui. Si sapeva, infatti, che era al culmine della rabbia quando dava del demente a qualcuno.
Devo dire che anche mio padre approfittò di questa mia caratteristica per mentire sulle mia età. Mentì per pagare meno in viaggio, nei musei, nelle mostre, ma anche per evitare dell'imbarazzo.
Infatti, una sera partecipò a una conferenza per avvocati che si tenne nel Museo di Medicina della città. Dopo la conferenza, era offerto il giro nel museo e, visto che mi interessava, mi invitò a passare finita la conferenza.
Piombai nella stanza in ritardo e con il fiatone come al solito, dando per scontato che la conferenza fosse ormai finita. Invece era ancora in corso e io spiccavo anche troppo tra tutti quei seriosi vestiti scuri: indossa-

vo una felpa verde acido, pantaloni azzurri e scarpe da ginnastica rosa. Mi sedetti in mezzo a una marea di persone che mi rivolgevano sguardi divertiti e attesi la fine della conferenza. Ai colleghi a cui fui presentata mio padre mi diede sette anni in meno: disse che avevo tredici anni.

LITIGIO

Quella alla fine del quarto anno fu forse l'unica vera discussione che ci fu in classe. In realtà, avevano spesso discussioni ma si risolvevano in fretta, erano soprattutto riguardo a interrogazioni, compiti, volontariato, cose del genere. Qualcuno si urlava contro ma il giorno dopo era già passato. Erano un po' come i litigi tra fratelli.
Per quanto ci si invitasse sempre ai compleanni, ci si trovasse bene in classe e ci si aiutasse, si organizzassero più cene durante l'anno, gite autogestite, mandandosi a qual paese di tanto in tanto, c'erano, com'è giusto che sia, amicizie più o meno strette.
Eravamo divisi in tre gruppi, più o meno. Io passavo il mio tempo soprattutto con Ali, Li, Claudia e Mati, anche se andavo d'accordo con tutti. A quel grande litigio, se così vogliamo chiamarlo, ovviamente non partecipai. Ali mi rimprovera sempre di ignorare i problemi, scansare qualunque discussione, mi dice che è inutile che mi vanti di non litigare con le persone perché con me è quasi impossibile litigare. Lei, ogni tanto, vorrebbe discutere con me, ma finisce con lei che parla irritata mentre io la ignoro. Comunque, pure quella volta assistetti da dietro al mio banchetto senza prendervi parte. Anche se quella volta non lo feci per ignorare la questione, ma perché davvero non avevo motivo di intromettermi.
Per risolvere la questione o meglio, per affrontarla, fu indetta una riunione di classe. Argomento per la richiesta: *Varie ed eventuali*. Quindi, dopo aver organizzato qualche interrogazione programmata, iniziò la vera discussione.
Era successo che un gruppo della classe stava organizzando per l'estate una gita di qualche giorno, e fin qui nulla di strano. Tommi, che faceva

parte di quel gruppo e che è sempre stata una persona gentilissima, aveva deciso, senza consultarsi con gli altri, di estendere l'invito al resto della classe. La sua idea, visto che la gita di due giorni era stata davvero una tortura quest'anno, era appunto di rifare una specie di gita autogestita, di partire tutti insieme e pure senza accompagnatori questa volta, visto che molti di noi avevano già diciotto anni. Gli altri, però, non la pensavano allo stesso modo, in particolare Sere che preferiva fare una cosa tra loro. Tommi aveva quindi mandato il messaggio sul gruppo e un paio di persone avevano risposto che si univano volentieri.
Quella riunione di classe era per dire che Tommi non si era consultato e che preferivano andare tra di loro. Sere diede a Tommi dell'idiota e lui cercò di giustificarsi: "Mi sembrava una bella idea, non mi pareva di fare qualcosa di sbagliato, volevo solo essere gentile, mi pareva che si andasse tutti d'accordo."
E Sere, tanto scorbutica quanto Tommi era gentile, disse: "A parte per le cose di classe non usciamo mica tutti insieme! Ti pare? Questa era un una cosa tra amici, non tra compagni."
A questo punto forse uscì quello che alcuni si tenevano dentro, Tancredi disse che lui si sentiva tagliato fuori, Sere rispose che la colpa era sua visto che era l'unico che non veniva mai alle cene di classe, insomma si tagliava fuori da solo.
Sara, che di solito interveniva poco, disse che tutto ciò era da maleducati, anche lei il sabato sera usciva con alcune persone e non invitava di certo tutti a pranzo a casa sua come faceva con Tamara, per esempio, ma metterlo così in bella mostra non era gentile. E lo era ancora meno ritirare un invito. Grazia disse che era colpa di Tommi, troppo buono come sempre.
Infine Serena sbottò che lei non voleva rotture di coglioni in vacanza.
Ecco, credo che questa sia la lite peggiore che riguardò tutta la classe e quest'ultima la peggiore frase mai pronunciata.
Io me ne stavo tranquilla ad ascoltare, neppure avevo risposto all'invito perché non me ne importava poi molto.
A quel punto intervenne Mati, sempre pronta a dire in modo lapidario quello che pensava tanto che, molto spesso, riusciva a riassumere perfettamente quello che avrei voluto dire anche io ma che non esprimevo

a voce alta per evitare complicazioni: "Ma chi vi ha detto che vogliamo venirci in vacanza con voi?"
In effetti Serena ci aveva trattato come se non vedessimo l'ora di unirci a loro, come se loro fossero il gruppo più simpatico della classe e noi la rottura di coglioni e, soprattutto, come se stessimo tutti insistendo per infiltrarci a forza nella loro vacanza. A me non era nemmeno passato per l'anticamera del cervello di andarci. Se volevo andare in vacanza ci sarei andata con i miei amici. Inoltre, anche se qualcuno avesse preso in considerazione l'invito, dopo quelle uscite aveva sicuramente cambiato idea, di certo nessuno voleva infilarsi dove non era chiaramente desiderato. Sull'uscita di Mati, quindi, la questione fu chiusa.
In realtà, non ho mai capito davvero quale fosse il problema, il motivo della litigata. Tutti il sabato uscivano solo con certe persone e organizzavano vacanze o altro solo con gli amici più stretti. Mi pareva normale. Comunque, dopo quell'assemblea di classe usata solo per risolvere un malinteso sulle vacanze, Mati si avvicinò e propose a me, Ali, Li e Claudia di organizzarci una vacanza per conto nostro. Disse che decisamente preferiva approfondire l'amicizia con noi.
Andammo una settimana al mare, facemmo il bagno di notte e Li scambiò un tronco per una foca. Mangiammo gelato ogni sera, cascammo dal risciò e infine io e Li ci perdemmo per la spiaggia per sette ore. Avevamo addosso solo il costume da bagno, lei era senza occhiali, io con il senso di orientamento di un criceto, senza ciabatte, senza cellulare.
Facemmo avanti e indietro non so quante volte, ci bruciammo la pelle e i piedi, chiedemmo il cellulare in prestito agli sconosciuti e quasi tutti dissero di no. Solo un vecchietto ce lo prestò e per fortuna che io sono una di quelle ultime generazioni che imparano i numeri di telefono a memoria e sapevo quello di Ali. Ma ci parlò Li e capì male il nome del bagno che dovevamo raggiungere e non lo trovammo. Chiedemmo aiuto al bagnino anche se avevamo diciotto anni, lui chiamò alla radiolina gli altri bagnini e tutti confermarono che il bagno che cercavamo non esisteva. Ci stavamo quasi arrendendo e stavamo per andare per strada scalze e solo in costume da bagno ad aspettare le altre sotto casa, in fondo era quasi sera. Fu proprio in quel momento che ci rendemmo conto che per sbaglio eravamo finite proprio presso il nostro ombrel-

lone.
Le altre, preoccupate per tutto il pomeriggio, ci diedero delle deficienti per il resto della sera.

SOMME

Mancavano un paio di settimane alla fine della scuola e Bestia di Satana, quella mattina, non iniziò a fare lezione dettando e sbraitando come al solito. Iniziò passeggiando su e giù con la sigaretta in bocca, poi si fermò e ci fece una domanda completamente inaspettata: "Come vi sembra che sia andato quest'anno? Voglio dire, ho finito il giro di interrogazioni e in un paio di giorni finirò il programma, quindi abbiamo un po' di tempo. Volevo sapere, come è andata secondo voi? Ovviamente riguardo le mie materie. Insomma, c'è qualcosa che non vi è piaciuta, che vorreste cambiare?"
Silenzio.
Ovviamente la cosa peggiore erano le urla, ma era stato detto più volte, tutte le classi lo ripetevano più volte, a lui, ai genitori, alla preside. I risultati erano nulli e, a volte, addirittura controproducenti.
L'altro problema erano i dettati, le nozioni così lontane dal libro, il fatto che imparare a memoria non fosse un buon metodo di insegnamento. Ma anche qui lui era convinto di avere ragione e che il libro si sbagliasse. Con l'ossessione che si ritrovava, sarebbe stato impossibile farlo interrogare per concetti, con domande e non in ordine di dettatura.
Quindi, silenzio.
Poi vidi la mia mano alzarsi.
Io non alzavo mai la mano con lui, con gli altri professori solo per chiedere di andare in bagno, le rare volte che intervenivo in classe per rispondere o per fare domande, lo facevo di getto, senza pensarci. Se ci avessi pensato forse non sarei intervenuta, neppure avevo il tempo di alzarla la mano quindi, e poi mi irritava chiedere la parola. Di solito, i professori, troppo stupiti per un mio intervento e risveglio dal coma, non mi rimproveravano l'interruzione senza alzata di mano, tranne

quella di italiano che ogni volta sbatteva il palmo sulla cattedra con aria scocciata.

Forse ebbi uno spasmo e si alzò da sola. Forse il suo tono di voce quella volta, mi sembrò davvero gentile, non il solito e inquietante cambiamento momentaneo d'umore, forse sembrava davvero aperto al dialogo.

Insomma, quattro anni di liceo non mi avevano insegnato nulla. Quattro anni a lasciarmi scivolare tutto addosso, senza mai intervenire per evitare complicazioni ed eccomi là, ad alzare la mano proprio con Bestia di Satana.

"Io sono rimasta stupita da una cosa."

"Sentiamo, Lina."

"Bé mi ha stupito che, come ha detto lei, ha finito il programma e tutte le interrogazioni. Eppure, quando Grazia e Tamara hanno chiesto di essere interrogate di nuovo, lei si è rifiutato."

"Questo ti ha stupito?"

"Sì, perché il tempo c'è, la scuola non è ancora finita e loro hanno cinque ma stanno mostrando buona volontà e vorrebbero un'occasione per recuperare."

Quindi, non solo intervenni, ma lo feci per qualcosa che non mi riguardava. In quel momento Grazia unì le mani come in preghiera verso di me in segno di gratitudine. In fondo avevo fatto una cosa giusta, avevo fatto una richiesta ragionevole, parlando in modo gentile e rispettoso. Cosa poteva andare storto?

"Benissimo Lina Marzari."

Non era un buon inizio.

"Visto che l'hai esplicitamente richiesto perché non ti piacciono le cose fatte a modo mio...", ecco lo sapevo che dovevo starmene zitta come al solito, "farò come dici tu. Darò un'altra possibilità. Grazia, Tamara, avrete un compito di recupero la prossima settimana. E sappiate che se fallirete, perché è assai probabile che falliate e anche miseramente e che facciate peggio di quanto fatto finora, sarà solo colpa di Lina Marzari. Ricordatevelo. Ricordatevelo bene: io non volevo infierire e sottoporvi inutilmente a tutto questo. Ma qui, anche se sono io il professore, bisogna fare le cose come dice Lina Marzari." Ci ero cascata come una

pera, non era sincero quando chiedeva la nostra opinione, tutti l'avevano capito tranne me, sono proprio un'idiota. "Sì, hai capito benissimo Lina Marzari, se loro falliranno, e falliranno, sarà solo e soltanto tutta colpa tua."
Bene, perfetto. Adesso se qualcuno va male in un compito è colpa mia. La tattica è ignorare tutto e tutti, è l'unico modo per sopravvivere. Hai provato qualcosa di diverso, è ovviamente andata male, adesso torna alle dormite in classe e non alzare mai più quella mano!

COSE INASPETTATE

Conclusi quell'anno con un'alzata di mano e un intervento, ma anche durante l'estate feci qualcosa che non era da me. A parte la settimana al mare con le mie amiche e le due in viaggio con la mia famiglia, non feci altre vacanze.
Rinunciai a fare l'animatrice al grest e al camposcuola, come facevo di solito, per dedicarmi a due settimane di stage in ospedale per rendermi conto se volevo fare il medico.
Per il test di medicina, di cui parlerò più dettagliatamente fra poco, avrei dovuto recuperare in pochi mesi cinque anni di matematica, fisica, biologia e chimica.
Rinunciai ad atri inviti estivi, come le vacanze in Inghilterra con Alice, andare a Londra a trovare mia zia, in montagna con i nonni, a Parigi con altre amiche, e qualsiasi invito a trascorrere una giornata in piscina, al mare, a giocare a tennis. Studiai. Studiai d'estate come non succedeva da anni e soprattutto senza che nessuno me lo imponesse.

FINE

Nell'ultimo giorno di scuola si facevano solo due ore, due ore in cui ci si salutava e soprattutto si mangiava: si univano tutti i banchi per formare una tavolata e la si riempiva di cibo, ognuno portava qualcosa. Si

andava in giro anche per le classi a offrire cibo, a salutare altri compagni di scuola, altri professori, si chiacchierava, alcuni per fare gli scemi andavano a scuola vestiti da mare, si facevano foto, c'era la consegna delle magliette, i saluti dei vari gruppi extrascolastici. Insomma una grande mangiata, una grande festa. L'ultima ora di quel giorno ci doveva essere Bestia di Satana: entrò e trovò i banchi già uniti e pieni di cibo, metà persone fuori dall'aula e metà dentro con bicchieri in mano e bocconi in bocca.
Esordì con: "Ma vi siete bevuti il cervello?", in realtà ce lo aspettavamo, ma avevamo scelto di fargli trovare l'aula così, di proposito, per evitare un'altra ora di spiegazione. Poi, incredulo e in collera, continuò: "Quindi voi, vi aspettate che io non faccia lezione? Che non spieghi? Che non vada avanti con il programma come sarebbe mio dovere? E che, anzi, non solo sprechi ben 60 minuti del mio tempo e delle mie lezioni, ma che per 60 minuti vi guardi mentre vi ingozzate come oche! Per 60 minuti consecutivi?"
Forse ormai avevo preso coraggio, ero proprio davanti a lui, lo guardai e dissi convinta: "Sì!"
Lui si girò e se ne andò senza neppure salutare, non ditemi che a questo punto vi aspettavate educazione e gentilezza. Quindi, non un *arrivederci*, non un *buone vacanze* ma almeno neppure un altro urlo. Se ne andò di malumore e basta, lasciandoci soli in classe.

Finita la scuola andai al mio primo concerto con Ali, Li, Mati, Claudia e Marti. Era il concerto di Jovanotti che si tenne proprio l'ultimo giorno di scuola a Bologna. Prendemmo il treno subito dopo pranzo, avevamo i biglietti per la platea su prato, arrivammo lì sette ore in anticipo rispetto all'inizio, poco prima che aprissero i cancelli. Riuscimmo a prendere i posti esattamente sotto il palco, ma eravamo poco organizzate. Le persone intorno a noi avevano il costume in modo da potersi bagnare e poter prendere il sole. Io misi la crema solare ma mi addormentai e mi scottai una palpebra. Non avevamo neppure portato del cibo e Ali, che ne soffrì di più, spese una fortuna per comprarne dentro lo stadio. Avevamo delle bottigliette d'acqua ma perché non venissero lanciate contro il palco, all'entrata ci avevano fatto togliere il tappo. Quindi o

bevevi subito o in mezzo a tanta gente riuscivi a trovare dove mettere la bottiglia senza che venisse rovesciata.
Tornammo con il treno notturno, assolate, senza voce, con i piedi doloranti ma felici.
I miei dovevano venirci a prendere alla stazione ma da quando avevo ero diventata maggiorenne avevano iniziato a dirmi di arrangiarmi, oppure promettevano passaggi che poi non davano. Ali ormai era abituata, quindi aveva preventivamente chiesto a sua madre.
Ormai, quando avevamo bisogno di un passaggio, sapevamo che o all'andata o al ritorno avremmo dovuto arrangiarci con più mezzi pubblici. Io, come al solito, non mi sono mai lamentata, i miei avevano passato diciotto anni ad accompagnarmi veramente ovunque, e avevo pure avuto la fortuna di avere amiche che abitavano lontane. Loro non si erano mai lagnati e così non lo feci neanche io quando smisero di farlo anche se spesso mi perdevo o le soluzioni per tornare a casa erano assurde, a orari assurdi, da posti assurdi.

QUINTO ANNO

KARMA

Patrizia decise di cambiare sezione per l'ultimo anno, così rimanemmo in quindici di nuovo. La classe era composta da due file di banchi da due e una da tre. C'era la lotta per stare in secondo banco visto che era anche l'ultimo. Avevamo anche un banco da tre e c'era la lotta anche per stare lì: all'epoca ci sembrava una cosa divertentissima avere due compagni di banco.

Ci fu un'altra assenza quell'anno: la nostra professoressa di inglese si trasferì a Roma. Lo fece senza avvisare nessuno, senza neppure salutare. Forse ce lo meritavamo, io senz'altro avevo approfittato del suo poco polso. Però, fu anche la prova che anche a lei non importava molto di noi.

Comunque, abbiamo avuto la nostra punizione; la regola, ogni volta che cambiava il professore, era: non c'è fine al peggio. E così fu.

La nuova professoressa avrebbe dovuto insegnare inglese; l'inglese non lo sapeva. Ma proprio per niente. Le frasi che ci diceva erano metà in inglese e metà in italiano, inascoltabili. Ludo, che aveva fatto la scuola inglese fino alle medie, inorridiva ogni volta che apriva bocca.

In più, per qualche assurdo motivo, si ostinava a dire il nostro nome con l'accento inglese e pretendeva che anche noi, ogni volta che parlavamo, pronunciassimo il nostro nome in quel modo, tipo: "I'm Leena Mavzavi". Inoltre, le piaceva fingersi inglese pretendendo di non saper pronunciare alcune parole in italiano; celebre fu la volta che passò l'ora a cercare di pronunciare Biagio Antonacci.

Un'altra lezione invece la dedicò al gioco dell'impiccato, peccato che sbagliò la grammatica della frase da farci indovinare. A parte essere presi per dei bambini delle elementari, ma in fondo ci era già capitato con i disegni di biologia, capimmo che, non solo non sapeva parlare inglese, ma non sapeva neppure scriverlo, neppure una semplicissima frase in stampatello.

La prima verifica che fece fu a crocette. Dopo quel compito le chiedemmo se poteva farci verifiche con domande aperte, visto che a fine anno avevamo la maturità e le domande non sarebbero sicuramente state a crocette. Insomma, volevamo arrivare preparati e tutti eravamo più propensi a studiare. E va bene, lo ammetto, *erano* più propensi. Ma almeno non mi opposi mai a queste proposte perché sapevo che le motivazioni dei miei compagni erano giuste. Comunque, dopo molta insistenza, ci accontentò.

Al secondo compito fu chiaro perché avesse sperato di somministrarci compiti a crocette già pronti: le domande aperte scritte da lei avevano almeno un errore grammaticale ciascuna e spesso c'era almeno una domanda difficile da interpretare, che proprio sembrava non avere senso. I primi cinque minuti del compito erano usati sempre per convincerla a tradurre quella domanda strana. Di solito, davanti alle nostre perplessità, cercava di aiutarci spiegando in inglese con qualche parola in mezzo di italiano e non facendo altro che aumentare la nostra confusione. Alla fine, quando ci impuntavamo dichiarando che nessuno la capiva, finalmente ci diceva cosa voleva sapere.

A metà anno decise di organizzare un laboratorio di teatro in inglese con una compagnia. Peccato che fosse una compagnia che lavorava con bambini delle elementari.

Ormai avevo diciotto anni e pensavo di aver superato finalmente l'età in cui ci si vergogna di cose stupide, in cui si fa caso alle proprie figuracce davanti ai coetanei, ma quella volta avrei voluto sprofondare. I ragazzi della compagnia teatrale, vestiti con appariscenti maglie gialle e cappellini, ci divisero in due gruppi: un gruppo avrebbe lavorato in classe e l'altro in aula magna. Ovviamente mi assegnarono al gruppo chiamato *the sharks* che doveva uscire dall'aula pertanto, nel bel mezzo della ricreazione, uscimmo accompagnati da una maglietta gialla che, in mezzo a gli studenti, iniziò a gridare: "Forza piccoli squali, seguitemi, state compatti se no vi perdete". Tutto il corridoio aprì un varco per guardare chi aveva urlato e per lasciar passare sette maturandi che seguivano una maglietta fosforescente. Ovviamente proseguimmo cercando di tenerci più lontani possibili da lui, ma questo non fece che aumentare il suo entusiasmo e le sue grida: "Forza, venite! Dove sono i miei squali?" continuava a ripetere con il braccio alzato come una guida turistica.

Attraversammo i corridoi in questo modo fino all'arrivo in aula magna, tutti ugualmente imbarazzati. Ci trattarono fino in fondo come dei bambini ma noi continuammo a rifiutarci di fare stupidi balletti e di battere le mani a turno. Quando ci dissero "forza tutti in piedi!" con il tono e l'entusiasmo che di solito io usavo quando facevo l'animatrice per i bambini di otto anni o quello che, per fortuna, si sente solo nei villaggi turistici, restammo seduti e immobili, con gli occhi abbassati. Fu a quel punto che la prof perse la pazienza. Così provammo a partecipare di più sebbene sempre senza troppo entusiasmo e biascicammo qualche frase sottovoce quando fu il nostro turno, anche se io e pochi altri lo facemmo ridendo come matti. Alla fine, lei era delusa da noi, noi ci sentimmo imbarazzati e presi per scemi, ma pure i ragazzi del laboratorio teatrale risultarono stanchi e perplessi. Uno di loro, infatti, si avvicinò per dirmi che gli dispiaceva molto, che avevano provato in ogni modo a spiegare alla nostra professoressa che loro lavoravano al più con le quinte elementari dato che l'età per quel laboratorio era infatti compresa tra i sei e i nove anni. Non c'era stato verso, a lei sembrava molto divertente e li aveva fatti venire lo stesso. Forse le sembrava interessante perché il suo inglese era livello 6-9 anni.

E veniamo al Karma. Negli ultimi due anni avevo fatto il minimo indispensabile? Ottimo, quell'anno per la legge del contrappasso studiai come non avevo mai fatto, non per la maturità, ma per il test d'ingresso a medicina che, per la prima volta e, vista la pessima idea anche per l'ultima, fu fissato ad aprile, nel bel mezzo dell'anno della maturità. Subito venne rimesso a settembre insieme a tutti gli altri test: insomma, fu ad aprile solo perché non eravamo già stati in una classe abbastanza sfigata. Comprai quindi il libro degli alpha test e, soprattutto, presi ripetizioni di matematica e fisica, visto che di quelle materie non sapevo assolutamente nulla e senza aiuto per me erano inaffrontabili. Non te-

mete però, alcune cose non erano cambiate per nulla: per andare a ripetizione ci mettevo mezz'ora di bici, sotto il solo cocente di luglio, e così arrivavo sudata, col fiatone e con i miei soliti cinque minuti di ritardo. Riguardo alla rinuncia al gruppo in parrocchia, causai lo scontento degli animatori che non capirono la mia decisione, tanto da dirmi frasi tipo "cosa vuoi che sia una sera a settimana" e mi inseguirono esasperandomi al punto tale che espressi un netto rifiuto e la decisione a non rimetterci piedi. L'unica attività extra chi mi permisi furono solo le guide per prendere la patente.
Mi iscrissi persino al potenziamento di chimica a scuola, alle simulazioni organizzate dall'università alla domenica, ai test d'ingresso nelle università private per esercitarmi, e al corso dell'alpha test che mi prendeva due interi pomeriggi a settimana e, man mano che si avvicinava la data del test, anche degli interi weekend. Il corso durava quattro ore e finiva alle sette e mezza di sera, quindi quando d'inverno era già buio da un po' e si teneva in una zona della città poco raccomandabile e io ci mettevo mezz'ora di bicicletta per arrivarci. Mio padre non era contentissimo di quel tragitto, così gli mentii e gli dissi che al ritorno passava a prendermi Matte e che facevamo la strada in bici insieme. Allora me lo lasciò fare.
Arrivai a mentire per studiare: quell'anno non mi riconoscevo più.
Tutti i pomeriggi studiavo per il test e per la scuola sfogliavo qualcosa alla sera, tranne il lunedì. Mi ricordo ancora quanto fossero distruttivi quei lunedì: avevo sei ore a scuola, facevo a mala pena in tempo a ingoiare un panino, poi avevo un'ora di potenziamento di chimica, tornavo a casa, facevo il cambio libri e già dovevo uscire per andare al corso dell'alpha test. Rientravo a casa alle otto passate, cenavo, facevo la doccia e andavo a letto: ero fisicamente e mentalmente esausta.
Poiché c'era la maturità i professori pretesero molto di più, sembrava che il loro passatempo preferito fosse ripeterci ogni giorno che avremmo sostenuto gli esami, come se non ce ne fossimo accorti. Le simulazioni della terza prova furono un vero incubo per me, probabilmente senza schemi di Ali non sarei sopravvissuta. Anche Monica, pur non avendo buchi grandi come i miei nelle materie scientifiche, si rese conto che stare dietro a tutto era impossibile. La prof di italiano e latino era

molto esigente e così cambiò scuola per riuscire a prepararsi meglio per il test. Ebbe però l'idea geniale di dichiarare prima di andarsene: "Cosa mi importa delle sue materie, tanto farò medicina". Ebbene, la prof se la ritrovò come commissario esterno. Che la sfiga sia contagiosa?
Al suo orale permise solo a me di entrare: era sempre andata bene a scuola, così si vergognava molto di non essersi preparata bene. Disse che almeno da me si sentiva capita, avevamo fatto le stesse rinunce e avuto le stesse difficoltà.
Per prendere il credito in più, non avendo tempo per attività scolastiche, supplicai il prof di Arte di farmi partecipare all'alternanza scuola lavoro che in teoria porta via molto tempo, ma non quella fatta da Lui. Impegnava infatti solo due o tre pomeriggi in totale per visitare delle ville. Perché si ostinasse a chiamarlo alternanza scuola lavoro devo ancora capirlo, praticamente si trattava di gite, zero lavoro e un credito in più. Erano in molti, infatti, a volerlo e i posti erano limitati. Feci lo sguardo di supplica, dissi: "É il mio ultimo anno, poi non potrò più partecipare" e alla fine mi accettò.
Quell'anno non ho avuto nessuno sconto, nessun aiuto e nessuna comprensione da parte di alcun professore. Non che mi aspettassi diversamente. Presi ad ascoltare le lezioni in classe per davvero e a prendere bene gli appunti in modo da avere il meno possibile da fare a casa. Cercavo di assimilare ogni parola come non avevo mai fatto.

DIAMOCI UN TAGLIO

"Oddio Liliana, sono cortissimi."

"Alla maschietto! Ma ti piacciono?"

"Sì! Non me l'aspettavo, ma ti stanno davvero bene."

"Anche io sono contenta, te l'avrei detto ieri ma non mi hai più richiamata!"

"Ho sempre poca voglia di chiamarti a casa, tuo padre mi fa un po' paura."

"Ma no, è solo la voce che è burbera."

"E il cronometro senza pietà che recita *massimo dieci minuti al telefono*? Come mai questa decisione comunque?"

"Era da un po' che volevo provare e mi sono decisa quando Leo mi ha detto che secondo lui le ragazze con i capelli lunghi sono più belle."

"Ah, certo. E a lui sono piaciuti?"

"Bé, è il mio ragazzo, sarà meglio per lui che mi trovi sempre bella."

"Mi sembra giusto."

FANTASMA

Sapete che c'era uno psicologo a disposizione di tutti a scuola? Un servizio necessario e utile in quell'ambiente. Ogni anno arrivava la circolare per dire che era attivo.
Peccato che questo psicologo non si sia mai fatto vedere, insomma, non poteva mica girare lui per le classi per presentarsi, per mostrare di essere una persona gentile e disponibile?
Forse per disinformazione, forse per poca sensibilità si tende a pensare che non sia normale avere bisogno di uno psicologo. Insomma, soprattutto vista la giovane età, forse il suo primo compito era proprio quello di venircelo a spiegare. Già non sai bene cosa aspettarti da questi incontri, sicuramente avrebbe diminuito il timore di scoprire che faccia ha.
L'altro problema era che il servizio veniva offerto solo durante le ore scolastiche, quindi se ci andavi eri giustificato ma tutti sarebbero venuti a saperlo e magari non si era pronti a farlo sapere a un gruppo di ado-

lescenti idioti.
Immagino questo psicologo che se ne sta per ore nel suo studio vuoto. Sono arrivata a pensare che di lui ci fosse solo la targhetta: avevo chiesto sia ai miei compagni sia a persone di altre classi, ma nessuno l'aveva mai visto, nessuno che sapesse qualcosa del suo aspetto. La sua unica attività è stata quella di far girare la circolare, oltre a non essersi mai presentato in classe, non ha mai tenuto convegni durante le autogestioni, né ha mai partecipato ad assemblee di classe, a riunioni, a colloqui, ad attività extrascolastiche. Il nulla.
Ancora oggi si accettano scommesse su cosa si nascondesse davvero nel suo ufficio. Ogni tanto si vociferava che qualcuno volesse andarci per saltare un'interrogazione, ma poi la porta faceva più paura di un voto basso.

CARRELLINO

"Li, ti prego!"

"Uff, ma non servono mica tutti quei libri. Qualcuno puoi lasciarlo in armadio come faccio io."

"E se poi mi servono?"

"Latino, per esempio... non ci sono compiti per domani."

"E se finisco presto i compiti e voglio portarmi avanti? E se me lo rubano? Hai sentito che al terzo piano qualcuno ha rubato i vocabolari per venderli?"

"Tanto la nostra non sembra una classe, da noi non entrano."

"Li, ti prego, almeno una materia. Fisicamente i libri non ci stanno tutti in zaino."

"Va bene, va bene, porto greco."

Se non avessi fatto la strada in bici mi sarei presa uno zaino con le ruote come mio fratello. Lui andava a piedi, era quindi necessario. Ma in spalla quegli zaini con le rotelle erano scomodi.

Già dalle elementari gli zaini iniziano a essere più grossi e più pesanti di noi. Nell'ultimo anno di liceo, nel giorno in cui avevo sei ore di lezione, si susseguivano anche sei materie diverse e per ogni materia erano previsti più libri di testo. Di greco e latino, per esempio, avevamo il libro di letteratura, il libro dell'autore che stavamo traducendo e il libro delle versioni. Tre libri per una materia. Per non parlare delle volte che bisognava portare il vocabolario. Se avessimo dovuto portare tutti i libri e il quaderno per ogni materia della giornata, avremmo dovuto avere almeno tre zaini. Molti lasciavano i libri che non servivano il pomeriggio nell'armadio della classe. Poi iniziammo a dividerci i libri da portare con il compagno di banco: si portavano metà libri a testa e si mettevano in mezzo per seguire. Ammetto di aver fatto portare quasi tutti i libri ad Ali, solo per comodità. Ogni tanto la aiutavo perché me lo chiedeva, altre volte mi irritavo perché mi faceva portare i libri per nulla, visto che alla fine li portava anche lei vuoi perché si fidava poco della mia memoria (come darle torto), vuoi perché alla fine il volume ci stava nello zaino, quindi perché non continuare a spaccarsi la schiena? E poi c'erano materie in cui i libri non servivano, quindi quelli mi rifiutavo categoricamente di portarli, tipo matematica oppure storia e filosofia. Ma Ali ci provava comunque o a convincermi o a schiacciarli lei stessa nello zaino. La volta che arrivò a scuola in l'autobus con zaino stracolmo che aveva la cerniera in procinto di esplodere e due tomi in mano, mi prese letteralmente a librate. Forse me lo meritavo.

ELEZIONI BULGARE

Per quattro anni avevamo avuto come rappresentanti di classe Tommaso e Martina. Si completavano a vicenda: Tommaso si occupava di raccogliere soldi, permessi, adesioni, libretti da controllare, richieste in

portineria e compilava i moduli vari: insomma, si occupava di tutta la parte burocratica. Martina parlava, parlava con i professori, alle assemblee e ai consigli di classe.
Ci andavano benissimo e, soprattutto, non c'era nessun altro che volesse farlo, quindi votavamo gli unici due che si candidavano. Quell'ultimo anno, però, Marti decise di candidarsi alle elezioni d'istituto e quindi non poteva fare anche la rappresentante di classe. Trovare qualcuno che la sostituisse non fu facile, soprattutto perché secondo la tradizione alla fine dell'anno della maturità si deve litigare con tutti i professori per i programmi da firmare, mentre in precedenza erano stati firmati senza neppure leggerli.
Durante l'assemblea tenuta per eleggere un sostituta, si discusse a lungo, ma nessuno voleva quella responsabilità. A un certo punto qualcuno propose Matilde: andava bene a scuola, andava d'accordo con i professori e non aveva paura a dire quel che pensava. Lei però si disse contraria, qualcuno suggerì di votarla anche se non si era candidata ma lei ci assicurò che, se fosse stata eletta, si sarebbe ritirata; in fondo, senza la candidatura, era un suo diritto e ci saremmo trovati a dover rifare la votazione.
Così alla fine ci fu un: "Potrei farlo io".
Fu Marco a parlare.
No.
No no no no.
Questa fu la prima cosa a cui pensai quando si propose. Non ho mai avuto nulla contro Marco, ma è l'unico della classe con cui non sono mai riuscita a sostenere una conversazione. Gli dicevo una cosa, ma lui rispondeva parlando di tutt'altro, come se viaggiassimo su due frequenze diverse, e io, dopo poco, perdevo la pazienza e ci rinunciavo. Così, evitavo di farlo. Era una di quelle persone che, ciondolando, chiamava tutti *zio* e *zia* autodefinendosi a sua volta zio: "Lo zio è arrivato". Quanto mi irritava.
So che dovrei seguire la filosofia della serie *non esistono domande stupide*, ma se aveste sentito quelle di Marco, la pensereste come me. Ogni volta che alzava la mano in classe, tremavamo tutti. Ancora adesso viene preso in giro perché chiese a un signore che stava tenendo un seminario sul

teatro e che si era messo a parlare di un progetto teatrale in Africa: "Ma secondo lei, come si possono risolvere i problemi dell'Africa?"
Mati, molto spesso, lo prendeva in giro o meglio, com'era nel suo stile, gli diceva in faccia senza mezzi termini quel che pensava. Gli diceva proprio che era stupido. Lui se la rideva, rispondeva "sei proprio simpatica" senza capire quanto in realtà fosse seria. Io lo ignoravo, come detto evitavo di avere con lui inutili conversazioni che non avevano né capo né coda.
Ecco, non potevamo assolutamente avere lui per rappresentante: anche se le decisioni venivano prese dalla maggioranza della classe, lui avrebbe capito fischi per fiaschi, chissà cosa avrebbe detto in consiglio di classe. No, era una catastrofe che andava assolutamente evitata.
Il resto della classe, però, sembrò accettare la sua proposta, più che altro perché nessuno si faceva avanti. Così si candidò e dopo aver compilato il modulo iniziammo a organizzare come al solito le finte elezioni: la metà destra della classe avrebbe votato per Tommi, la metà a sinistra per Marco.
E qui ebbe inizio il mio sabotaggio. Mi candidai forse? Mi opposi apertamente? No, feci le cose di nascosto e misi in mezzo qualcun altro. C'era solo una persona così gentile da non rifiutare l'elezione anche se non si era candidata: Ali. Lo sapevo che, con qualche titubanza, avrebbe accettato solo per aiutarci.
La metà della classe in cui mi trovavo era quella che avrebbe dovuto votare per Marco: perfetto. Convinsi Li, Claudia, Matilde e Tancredi che erano nel mio lato a votare per Ali; anche loro erano d'accordo sul fatto che non era il caso che Marco ci facesse da rappresentante.
Poi convinsi Ali, senza dirle del resto del piano, e un'altra persona a votare per Mati in modo che ci facesse almeno da vice rappresentante; quel ruolo aveva detto che lo avrebbe accettato e ovviamente serviva nel caso in cui uno degli altri due fosse stato assente.

RISULTATI
Tommi: 7 voti
Ali: 5 voti
Mati: 2 voti

Marco: 1 voto

Quel risultato spiazzò tutti, soprattutto perché dovevano essere elezioni pilotate e decise in partenza. Credo che l'altra metà della classe non abbia mai saputo che ci fosse il mio zampino. Certo, sapevano che quasi tutto un lato della classe, tranne una persona, avevano cambiato il proprio voto senza dirlo, ma non sapevano che il piano era stato mio. Funzionò. Ali mi guardò malissimo, all'uscita da scuola mi rimproverò, disse di odiarmi: "É tutta colpa tua, fallo tu la prossima volta!" A mia discolpa, i professori da noi incontrati erano poco inclini ad ascoltare le nostre difficoltà, figuriamoci se a esporle fosse stato qualcuno che andava male a scuola o che non studiava. Non era il caso che lo facessi io, certo, ma me ne servii anche come scusa. Ali, comunque, l'aveva capito subito che c'ero di mezzo io, ma lì per lì si mostrò solo molto stupita e insicura. Alla fine accettò. Sapevo fin troppo bene che una volta incastrata le sarebbe pesato di più rifiutare.
E sì, a volte è stato davvero un brutto affare. Quell'anno è stato difficile per tutti e per i rappresentanti pure di più, visto che non facevamo altro che votare e mandarli a parlare con i professori. Mi ricordo, in particolare, la volta che li spedimmo a chiedere alla prof di astronomia di non interrogare e finirono per essere interrogati proprio loro, nonostante avessero ripetutamente balbettato di aver chiesto a nome della classe.

Marco, da quel che vidi, ci rimase male; magari non aveva programmato di candidarsi, ma di certo non si aspettava di prendere meno voti di ben due persone neppure candidate in elezioni che avrebbero dovuto decidersi in partenza.

Mi dissi che avevo salvato la classe da un destino ben più crudele, a mio avviso.
Tutto questo accadde perché, come detto, Marti aveva deciso di candidasse alle elezioni di istituto, come che fece, ma senza essere eletta. Prese solo ottanta voti su settecentocinquanta. Ci restò così male che, saputo il risultato, le facemmo trovare in aula delle paste e un biglietto da parte di tutti. Il suo programma in realtà era valido, il problema secondo me fu il discorso che tenne in palestra, quando le classi si

riunirono. Se me l'avesse detto prima l'avrei fermata. O meglio, forse chiunque avesse avuto il percorso scolastico che ha fatto la nostra classe andava fermato.
Fu deludente.
Nel senso che, al contrario del suo solito, parlò con tono spento e sommesso solo per dichiararsi delusa dalla scuola. La parola più usata fu proprio delusa, delusa da tutto. E, visto quello che avevamo passato, come contraddirla? Il problema era che la capimmo solo noi e pochi altri, e anche io, nonostante la conoscessi molto bene, ci pensai due volte prima di barrare la casella con il suo nome.
Insomma, volevo davvero come rappresentante qualcuno così deluso? Così arrabbiato? E soprattutto che sembrava aver perso le speranze? Barrai la sua casella perché sapevo che era una persona in gamba e combattiva, ma immagino che il resto della scuola dopo il suo discorso avrà solo pensato: che depressione!

DISONORE

L'orrore che si dipinse sulla faccia dei miei genitori quando scoprirono che né io, né Ali, né Marti sapevamo cosa significasse *stillicidio*.

"Fai il liceo classico!"

"Leggi pure tantissimo."

"Giri incellophanata per non accorgerti delle parole che incontri?"

L'incredulità che si dipinse sulla faccia dei miei genitori quando tornai a casa a dir poco stupita perché in mensa servivano pasta con ragù di suino! I miei capirono che doveva esserci un fraintendimento in corso e venne fuori che a diciannove anni compiuti pensavo che il suino fosse l'asino.

I fraintendimenti continuarono sul piano fraterno.

Mio fratello, al primo anno di superiori, aveva bisogno di ripetizioni di matematica, così mia madre telefonò a un professore di cui le avevano dato il numero. A un certo punto, il professore chiese: "Signora, suo figlio è un rincoglionito, per caso?"
Bé, anche a mio fratello doveva capitare qualche professore *gentile*, non potevo mica avere io tutta la sfiga.
"Come, scusi?"
"Le ho chiesto se suo figlio è un rincoglionito! Io non ho tempo da perdere, aiuto chi posso aiutare, ma è inutile dare ripetizione ai rincoglioniti. Allora?"
"Non saprei."
Complimenti a mamma per la risposta.
"Me lo passi, così le dico subito io se è un rincoglionito."
"Adesso è sotto doccia. La faccio richiamare appena esce."
"Lo aspetto."
Nonostante le pessime premesse, mia madre fece richiamare il professore da mio fratello. Il professore chiese chi fosse la sua professoressa di matematica, che parte del programma stavano facendo e infine:
"Ma alla donna cosa piace?"
"L'aspirapolvere, la lavatrice, il pulito!"
"..."
"..."
"Ma ti è evaporato l'unico neurone sotto la doccia?"
Vi risparmio la diagnosi di mio fratello.

SFIDE IMPOSSIBILI

Già a inizio anno sapevamo che Bestia di Satana, probabilmente, sarebbe stato un commissario esterno: un vero guaio. Anche come interno sarebbe stata una sfida difficile, di certo non potevamo arrivare all'orale sapendo tutto il programma di storia e filosofia a memoria come voleva lui, ma esterno significava che quei programmi, o meglio, quelle sua pappardelle apprese a memoria senza capire nulla e, soprattutto, così

diverse dal libro, erano completamente inutili.
Prendemmo quindi la decisione di chiedere di usare il libro e questa volta di chiederlo impuntandoci, non accettando un *no* come risposta a costo di farlo infuriare, spiegandogli che la motivazione era che alla maturità ci avrebbe interrogato qualcun altro. Era decisamente un compito troppo grande per affidarlo solo a due rappresentanti, così decidemmo di affrontarlo tutti insieme, di petto, uniti, durante un'ora di lezione.
Fu una di quelle lezioni in cui uscimmo con la testa pesante nonostante non ci fosse stata elargita alcuna nozione. Per un'ora d'orologio lui imprecò, urlò, fraintese le nostre richieste. Non sapevamo più dove andare a parare. A un certo punto Ludo fu l'unico a continuare a insistere tanto da esortarci: "Vero, ragazzi? Dite qualcosa anche voi!"
Bestia di Satana ci accusò di non apprezzare quello che faceva per noi, disse che noi non sapevamo cosa fosse meglio e soprattutto si era fissato con il fatto che volevamo che leggesse il libro. Gliel'abbiamo detto in tutte le lingue che non era quello che volevamo, che volevamo che spiegasse. Un'ora così: "Voi volete che io legga e basta", "Non è vero professore", Sì, invece", "Noi vogliamo che spieghi", "Perché non posso spiegare come al solito?", "Perché l'esaminatore sarà esterno", "E quindi?", "E quindi il commissario che verrà farà domande estratte dal libro di testo", " quindi volete che legga!", "No!"
E si ricominciava il discorso da capo. L'ora era quasi finita quando ormai, nella disperazione più totale, decisi di intervenire anche io. Non dissi nulla di che, al posto che dire un sola frase feci un riassunto di tutto quello detto, parlando il più velocemente possibile per non essere interrotta.
"Vorremmo che spiegasse e non che leggesse, però seguendo un po' di più l'ordine e gli argomenti del libro solo perché questo ci sarebbe d'aiuto alla maturità. Non vogliamo che legga, infatti, se avrà approfondimenti da fare sugli argomenti del libro saremo contenti di sentirli, ma il commissario farà domande da quei capitoli, meglio quindi seguirli un po' di più. Ma ovviamente, senza leggere, non vogliamo che legga."
Parlai tutto d'un fiato e ripetendo *non vogliamo che legga* ben tre volte nel discorso.

Mi guardò e disse: "Ecco, bastava dirlo", era un'ora che lo stavamo dicendo, il mio era solo un riassunto. "Allora va bene," sospiro di sollievo "e la prossima volta lasciate parlare subito lei così non perdiamo tempo", sguardi di sofferenza e incredulità.
Avrà capito, vero? Ha detto che andava bene ed è difficile fraintendere. Sicuramente almeno sul non leggere siamo stati chiari, questa volta siamo positivi. Il peggio sarà sicuramente passato.

La lezione dopo.
Porta sbattuta, borsa lanciata sulla cattedra e poi il miracolo: Bestia di Satana estrasse il libro al posto degli appunti battuti a macchina. Fu la prima volta, in tre anni, che lo vedevamo con il libro in mano. Poi, la lezione iniziò e le nostre speranze svanirono per sempre.
Lui iniziò a leggere: "Nuovi profili storici, volume tre, Andrea Giardina, Giovanni Sabbatucci, Vittorio Vidotto, con percorsi di documenti e di critica storica, dal 1900 ad oggi, Edizioni Laterza.
Prima edizione 2008, seconda ristampa 2011. Finito di stampare nel maggio 2011 da La fotocopiatrice emiliano s.r.l. Le fotocopie ad uso del lettore possono essere effettuate nel limite del 15%." ecc...
E andò avanti così, e lesse tutto l'indice per libro parola per parola.
"L'avete voluto voi. Voi non avete voluto le mie lezioni e avete preteso che leggessi, quindi da oggi in poi leggeremo tutto il tempo, leggeremo ogni singola riga, ogni singola virgola del libro, dall'inizio alla fine."
Per sessanta minuti avevamo ripetuto che non volevamo che leggesse. Durante la lezione non avemmo la forza di ribattere, di contraddirlo di nuovo, in fondo dubito che sarebbe servito a qualcosa.
Nella seconda lezione finalmente iniziò il primo capitolo e, come annunciato, lesse tutto, molto lentamente, dal titolo al sottotitolo, fino al numero di pagina, alle note a margine e alle didascalie sotto le immagini.
Nella terza lezione qualcosa iniziò a cambiare, aveva lasciato la borsa sulla cattedra proprio davanti a lui e, mentre continuava a leggere, l'aprì con una mano e cominciò lentamente a estrarre i suoi appunti. Sembrava proprio uno dei nostri più maldestri tentativi di copiare. Una volta terminata l'estrazione, posizionò i suoi appunti sotto al libro e lentamente iniziò a spostare il libro in avanti. E poi accadde. Tutto d'un

tratto iniziò a leggere i suoi appunti, passammo bruscamente da un argomento all'altro e anche il suo modo di leggere cambiò: se prima leggeva quasi sottovoce e lentamente, ora lesse con tutta la velocità di cui era capace, alzando drasticamente il tono di voce come se avesse d'improvviso ritrovato vigore. Non lo abbiamo fermato: eravamo troppo increduli e non sapevamo se ci stesse prendendo in giro o se davvero pensasse di essere passato inosservato.
La quarta lezione si ripresentò direttamente con i suoi appunti, del libro non c'era più traccia, come se non fosse mai esistito. A quel punto, se ci fossimo lamentati, lui avrebbe potuto dire dir aver attinto dai suoi appunti anche la volta precedente e nessuno aveva fiatato, quindi questo voleva dire o che ci andavano bene i suoi metodi o che non ce ne eravamo neppure accorti. In ogni caso, era la prova che gli serviva: i suoi appunti andavano benissimo.

Non ci provammo neppure, non avevamo più le forze, avrebbe significato un'altra ora di litigi, altri due giorni di tortura per poi ricominciare da capo. Ormai solo una cosa poteva salvarci da quella maturità, ossia ciò che tutti gli studenti venerano come il proprio salvatore: il Bignami.

OFFESE

Aiutai mio fratello in latino e lo preparai per il compito di verbi.
Usai i metodi che erano stati usati con me: gli preparai un finto compito con molti trabocchetti, lo guardai agonizzante provare a coniugare un verbo al congiuntivo futuro. Ogni volta che faceva un errore gli facevo riscrivere il verbo corretto almeno dieci volte, gli feci ripetere tutte le coniugazioni che sapeva in tutti i modi e tempi possibili almeno dieci volte ciascuna senza sbagliare, e gli feci fare ben tre compiti preparati da me per essere sicura che fosse pronto.
Mio fratello prese 8, probabilmente il primo e l'ultimo della sua carriera in latino: in un solo pomeriggio era passato da 3 a 8.
Tuttavia, andò da mia madre quasi in lacrime chiedendo di non farglielo

fare mai più, dicendo che preferiva essere bocciato piuttosto che passare un solo altro pomeriggio con me in quel modo.
"Sei proprio come Manticora" mi informò mia madre.
Non l'avevo fatto di proposito, ma quello era il risultato degli insegnamenti che avevo ricevuto. Il messaggio che avevano più volte battuto sulla mia testa, anche letteralmente, era: si studia solo per paura, non per altri motivi. Più il professore fa paura e più si studia, meno fa paura e meno ci si impegna.
Era tutto quello che sapevo e l'avevo messo in pratica con mio fratello.

LA RIVOLUZIONE (ASTRONOMICA)

A fine anno, la nuova professoressa di geografia astronomica ricevette dei ringraziamenti da parte di tutta la classe: la ringraziammo per la sua competenza. Lei ci parve parecchio stupita, in effetti che un professore abbia delle competenze per insegnare dovrebbe essere il minimo, ma non poteva sapere da dove eravamo venuti fuori.
Certo, ci aveva fatto anche dannare: chiedeva tutto quello che spiegava con estrema precisione, tutti i grafici, tutti i numeri a cui noi eravamo così poco abituati. Come accennato, l'unica volta che chiedemmo di non interrogare interrogò proprio i due malcapitati e con lei fu anche l'unica volta in cinque anni in cui Tommi entrò di proposito alla seconda ora per saltare un'interrogazione. Tra l'altro la prof gli chiese a bruciapelo se avesse saltato il giorno di scuola appena mise piede in classe).
Ricordo quando Claudia, durante un'interrogazione, sbottò: "No, i numeri non me li può chiedere". O quando alla lavagna dovetti disegnare non so quale moto degli astri: tracciai due cerchi, guardai verso i compagni che facevano segni per aria per aiutarmi, quindi fissai di nuovo i cerchi che non sapevo neppure cosa dovessero rappresentare.
Tuttavia, a fine anno venne ringraziata di cuore. Non bisogna sicuramente regalare otto per farsi voler bene dagli studenti e vi assicuro che lei non regalò mai niente, ma fu anche molto umana. Restò tale anche quando eravamo in difficoltà, quando non ricordavamo i numeri

a cui teneva così tanto o quando provavamo a evitare interrogazioni. Mantenne polso fermo ma si mostrò sempre educata, gentile e non ci insultò mai (lo so, lo so dovrebbe essere normale), non perse mai la pazienza, non ci disse nemmeno una volta che non potevamo farcela. Ormai pensavamo che esistessero solo due tipi di professori: gli incompetenti, ignoranti, decerebrati e senza polso, oppure quelli di enorme cultura che o non erano in grado di insegnare per via dei loro assurdi metodi (tipo quello di fare dettati da imparare a memoria, perché sì oltre a sapere bisognerebbe anche saper insegnare e non è la stessa cosa) o quelli che ci hanno trasmesso moltissime nozioni ma che erano inumani, maleducati e che instillavano solo odio e senso di inadeguatezza. Insomma competenza, capacità di insegnare e umanità erano concetti che pensavamo non potessero coesistere. Come dimostrò l'approccio che ho avuto con mio fratello. Con lei fu la rivoluzione copernicana.
Ricordo ancora che le sue interrogazioni si tenevano il martedì mattina alla prima ora, perché invece il giovedì spiegava. Lo ricordo perché come ho già raccontato, durante il quinto anno, il lunedì non avevo tempo di fare nulla. Il weekend non mi portavo avanti, lo dedicavo interamente allo studio per il test di medicina, ed essendo astronomia alla prima ora non potevo dedicarmi a essa durante le ore di scuola.
Così, il mio metodo era questo: stavo attentissima in classe, lei per fortuna era così brava a spiegare che non avevo bisogno del libro, disegnava grafici, schemi e riassunti alla lavagna. Io scrivevo tutto, assorbivo tutto quel che potevo, e ripeto: era così brava che i concetti mi rimanevano in testa. E poi, all'interrogazione, senza neppure sfogliare una sola pagina del libro, ripetevo quel che ricordavo. Certo, non erano interrogazioni brillanti, ma più che sufficienti e questo mi bastava.
Probabilmente fu la materia più studiata quell'anno, quella che sapevamo meglio, per cui avevamo meno di bisogno di ripassi prima dell'esame di maturità. Quindi, per essere coerenti con la sfortuna avuta finora, fu la materia che venne tolta dall'esame. Non sapete quanto ci pesarono ancora di più tutti quei numeri e serie metamorfiche su cui avevamo sbattuto la testa.
Lei ci mise anche passione per trasmetterci quella materia, anche se piacque a pochi, e ci portò al planetario per un paio di uscite e per una

serata. In quest'ultima occasione arrivai come al solito in ritardo, entrai nella sala già buia e mi sedetti nella sedia più in fondo. Alla fine dell'incontro, quando riaccesero le luci, mi resi conto che ero l'unica della classe in quella sala e che, anzi, non c'era traccia neppure della prof. Incontrai tutti una volta uscita: nella fretta avevo sbagliato sala e avevo assistito a uno spettacolo per bambini.
Perché diavolo avrei dovuto sospettare di essere nel posto sbagliato? In fondo, sempre per un'attività scolastica, ero stata chiamata piccolo squalo ed ero stata costretta a fare ridicoli balletti. Lì per lì non intravidi nulla di più strano del solito.

REGALI FASTIDIOSI

"Io ancora non ci credo."

"Cosa c'è di strano? Mica devo dire in anticipo ai miei cosa regalo a mio fratello per il compleanno."

"Se è un animale magari sì, Li! Comunque mi riferivo al fatto che hai tenuto un criceto in camera tua per tre giorni senza che nessuno se ne accorgesse!"

"Perché i miei non entrano mica in camera mia! Però ho dovuto staccare la ruota, non sai il casino che fa, anche se non quanto i pesci: sono degli idioti, di notte sbattano contro il vetro, scavano tra le conchiglie e fanno le bolle."

"Le bolle?"

"Sì, le bolle! Non hai idea del casino che possono fare quando vuoi dormire!"

"Non ti ho mai chiesto del gatto."

"Cosa?"

"Boh, con i pesci?"

"É' scemo pure lui: beve l'acqua dei pesci e basta."

"Ma dici che gli fa bene bere l'acqua dei pesci?"

"Che ne so! È ancora vivo, anche se non ci avevo mai pensato."

"Come hanno preso, comunque, l'arrivo del criceto?"

"Mio fratello è contentissimo, adesso vogliamo pure prendere una femmina e fargli fare dei figli."

"Sempre senza chiedere immagino! Sappi che non vi conviene, i criceti sono cattivi e mangiano i figli. Comunque mi riferivo ai tuoi."

"Mia madre pensava fosse finto."

"E quando si è mosso?"

"No, pensava fosse finto mentre si muoveva e girava sulla ruota. Pensava fosse un criceto elettrico."

"Oddio!"

"Comunque quante storie, è solo un criceto."

"Se non sbaglio hai fatto la stessa cosa con i pesci! E poi ogni tanto li parcheggi da qualche tua amica."

"A mia discolpa, i pesci li avevo presi con Eleonora. Dovevamo fare un mese a testa e invece dopo un paio di scambi sono rimasti a me."

"Sai com'è, è una bella rottura ogni mese organizzare il trasferimento dei pesci. Di tutte le tue idee penso che questa sia una delle peggiori."

"E poi mi avevano detto che duravano solo sei mesi, invece sono passati sei anni e ancora non si decidono a morire! E li avevo parcheggiati da Monica solo perché non c'era nessuno a casa per qualche giorno."

"E da quanto sono là?"

"Un mesetto, ma domani vado a riprenderli."

"Sì sì, certo."

"Per la vongola avevamo chiesto, però."

"Come scusa?"

"Non la sai la storia della vongola?"

"No, e non sono sicura di volerla conoscere."

"Mio fratello aveva deciso di salvare una vongola ancora viva dalla cottura, quindi ha chiesto il permesso a nostra madre."

"E l'avevate messa con i pesci?"

"No, perché i pesci stanno in acqua dolce. L'abbiamo messa in una vaschetta a parte e poi abbiamo aggiunto del sale."

"Sai, non credo che funzioni così per fare l'acqua di mare."

"Già, neppure noi, è morta dopo qualche giorno infatti. Pensa che mio fratello voleva metterci della lattuga, pensava che in acqua sarebbe diventate un'alga."

"Siete una banda di matti."

"Non a caso i vicini di casa ci chiamano la famiglia Addams"

"Ecco, appunto."

"Si chiamava Vanda comunque."

"Cosa?"

"La vongola!"

TRE ANNI DOPO

“Li, adesso mia nonna ti odia.”

“Le passerà, ti giuro che avevo chiesto il permesso questa volta!”

“A me hanno raccontato un’altra versione.”

“Ma se ho parlato al telefono con tua madre! Ha detto che il cane lo voleva, bastava che fosse piccolo e a pelo corto, che non poteva prenderlo lei altrimenti tua nonna si arrabbiava con lei! Per questo l’ho preso io!”

“Intanto c’è stato un fraintendimento sul piccolo: un beagle non è piccolo!”

“Più piccolo di così ci sono solo i cani ciabatta!”

“Poi temo che non ti abbia preso troppo sul serio, pensava che scherzassi, o che non lo prendessi subito.”

“Qui però non è colpa mia: io ero stata chiara! Bé, ma tu sei contenta?”

“Ah io sì, lo volevo un sacco! Mia nonna brontola tanto perché il cane le ha distrutto i fiori ma in realtà si è affezionata pure lei.”

“Ecco, allora a posto.”

“Sì, però dovrò darti delle ripetizioni su come fare regali normali alle persone. Anzi, va bene se fai come al solito: scrivi enormi biglietti in rima e lascia la scelta del regalo agli altri.”

NON DI NUOVO!

Dettato di Bestia di Satana. Marco rispose dal posto a una domanda, dichiarandosi contrario al pensiero di Bestia di Satana e la Bestia concluse con: "Marco, vaffanculo".

Dopo tre anni sapevamo bene quanto fosse inutile lamentarsi e che Bestia di Satana dimenticava sia i rimproveri sia di avercela con te. Ci trattava in questo modo da sempre e le cose non sarebbero cambiate.
Ma quella volta Marco decise di impuntarsi, disse che di solito ci insultava ma senza le parolacce o che almeno le parolacce dette in classe non erano rivolte direttamente a noi, di solito. Disse che quella volta aveva esagerato e che lui intendeva fare qualcosa a riguardo per una questione di principio.
Nobilissime intenzione, certo, ma il risultato fu sempre lo stesso.
Marco andò a raccontarlo alla preside, Bestia di Satana fu successivamente convocato per il solito rimprovero e una volta uscito dalla presidenza entrò nella nostra aula tutt'altro che calmo. Si diresse al banco di Marco e, invece di scusarsi, le sue parole furono: "Mi hai pugnalato alle spalle! Me la pagherai cara!"
In effetti quella volta se la legò al dito più del solito, a ogni lezione, di tanto in tanto, si fermava per lanciare qualche allusione a Marco, della serie: "Così va bene Marco? Posso dirlo? Sono stato troppo brusco? Hai da ridire anche su questo? O magari in faccia mi dici che va bene e poi ne parli alle mie spalle?"
In realtà, per un po' si fissò con la teoria del complotto anche nei confronti del resto della classe, divenne ossessionato da qualunque sussurro sentisse e al minimo chiacchiericcio si metteva a sbraitare: "Cosa avete da dire? Se avete qualcosa da dire, ditela! Porco demonio."
Ed era inutile che chiedessimo scusa, che dicessimo che stavamo parlando d'altro, lui si impuntava finché non dicevamo cosa fosse quest'altro. Io fui costretta ad ammettere a fine lezione di aver detto la frase *alle otto al cinema.*
Si parlò a lungo sull'episodio del vaffanculo in cui io non misi becco.
Mi chiedevo perché tutto quel parlare, voglio dire: ormai era normale amministrazione con lui.

MARZARI AL VOLANTE, PERICOLO COSTANTE

Il titolo è il contenuto del bigliettino che mi scrisse Monica appena presi la patente. Non aveva tutti i torti. Comunque fui felicissima di aver raggiunto il traguardo perché era una cosa in meno da fare quell'anno. Iniziamo dall'esame di guida in sé. Il mio fantastico istruttore mi aveva insegnato a fare i parcheggi più complessi, quelli a S e quelli in retromarcia, non sapendo però che io ero solita cascare come una pera proprio nelle imprese più facili. Basti vedere i miei risultati altalenanti nelle versioni: i 3 li prendevo in quelle più facili in cui andavano bene tutti e gli 8 in quelle più difficili. Almeno il professore mi diceva sempre che era sicuro che non avessi copiato.
Comunque, l'istruttore di guida diede per scontato il facilissimo parcheggio dritto, quello dove ti infili proprio di muso con la macchina, in cui anche le strisce sono completamente dritte e non in diagonale.
L'esaminatrice, che con la mia solita sfortuna fu molto esigente, oltre a tutti i tipi di parcheggio, a farci andare in retromarcia in giro per il parcheggio (devo ancora capire perché), a farci andare sia su strade normali sia in tangenziale e a riempirci di domande di teoria, mi fece rifare quel dannato parcheggio otto volte senza che riuscissi mai a mettermi dritta. Alla fine si arrese, la patente me la diede lo stesso, dicendo che in fondo non avrei ucciso qualcuno con un parcheggio storto.
Ancora oggi faccio i parcheggi ad S alla perfezione, ma quando si tratta di quelli dritti è un'agonia e mi ci vuole più di qualche manovra per infilarmi tra quelle strisce, le volte in cui ci riesco.

Sono con Ludo in macchina, stiamo andando alla cena di classe, prendo la salita per entrare in tangenziale e schiaccio più forte sull'acceleratore, tuttavia la macchina pare rallentare. Schiaccio ancora più forte fino a buttare giù tutto il pedale, ma la macchina continua ad andare piano. Ludo è preoccupato, io sono perplessa e non capisco cosa stia succedendo.
Per fortuna Ludo finalmente se ne accorge, ma invece di rivelarmi l'arcano, decide di agire: abbassa il freno a mano.

Esatto, per quindici minuti buoni sono andata in giro con il freno a mano tirato senza accorgermene, solo che in la salita ho avvertito le conseguenze. Una volta abbassato il freno a mano la macchina sfreccia di colpo in avanti facendomi prendere un infarto.

All'uscita del parcheggio del planetario, proprio quella serata in cui sbagliai sala, sapevo per certo i miei compagni avevano parcheggiato nella stradina che stavo percorrendo a due all'ora. Stavo andando piano sia perché era stretta sia perché volevo fare loro un cenno di saluto. Dovevano essere poco più avanti, eppure non li vedevo o meglio, non vedevo nulla... i fari! Avevo dimenticato di accendere i fari. Quando lì accesi mi accorsi che i miei compagni erano in mezzo alla strada qualche metro più avanti e mi stavano fissando impietriti.
Giuro che non volevo investirvi!
In cinque anni di guida, nonostante gli aneddoti da imbranata siano moltissimi, non ho mai fatto un solo striscio all'auto di mia madre. Poi, decise di cambiarla: dopo neppure una settimana che aveva la macchina nuova io rifeci tutta la fiancata. Come? Uscendo dal cancello di casa, per dritto ovviamente, quindi durante una manovra facilissima. Il muso dell'auto era rivolto verso il cancello, dovevo solo andare avanti e poi girare a sinistra uscendo dal cancello. Girai troppo stretto, solo che una volta toccata la colonna del cancello non mi fermai ma proseguii incidendo profondamente dalla portiera anteriore fino al parafango della ruota posteriore. Non potevo crederci. Ancora oggi non mi capacito di come io abbia combinato un disastro simile.
Inoltre l'auto era blu, e la colonna contro la quale strisciai l'auto in tutta la sua lunghezza era bianca. Così ci lasciai anche la vernice e la colonna divenne in parte blu.
Tempo un mese e mia madre spese una fortuna per riparare l'auto appena comprata. Una settimana dopo feci l'altra fiancata. Stavo uscendo dal parcheggio vicino al cinema, dovevo uscire sempre dritta (si, avete capito insomma complico le cose se mi sembrano troppo facili) e girare a destra. Sulla destra c'era una dannata siepe e sotto la siepe uno stupido muretto che sporgeva più della siepe. Io proprio non lo vidi quel muretto, infatti, io non strisciai la macchina ma ci schiantai il lato de-

stro. Il problema infatti non fu lo striscio ma la portiera rientrata, tanto che la macchina si incastrò. Non riuscivo più ad andare avanti e anche per tornare indietro impiegai parecchio, molteplici giri del volante e una sostanziosa pressione sull'acceleratore... era proprio incagliata.
Auto nuova riparata due volte in poco più di un mese. Questa volta proposi di lasciarla così, di non spenderci soldi, ma la mia famiglia la trovò un'idea assurda. Anche se ripararono la rientranza, ancora adesso quella portiera si apre solo dall'interno.

Devo aver preso da mia nonna. Lei, dopo un incidente d'auto che provocò altresì la rientranza di una portiera, la lasciò così per anni. Solo che, mentre nel mio caso non si riusciva ad aprire, la portiera dell'auto di mia nonna non si riusciva a chiudere. Così aveva legato la cintura di sicurezza alla maniglia della porta in modo che non si spalancasse mentre andava in giro.

Quel dannato parcheggio del cinema ha anche una parte sottoterra. Ali, appena prese la patente non riusciva più ad uscire perché secondo lei era stretto. Dietro di lei un signore impaziente iniziò a suonare, così lei si agitò ancora di più e la macchina si spense. Sono passati sette anni, eppure ancora oggi non ne vuole sapere di tornarci. Ogni volta che andiamo al cinema dobbiamo mettere in conto una passeggiata di venti minuti per arrivare da dove lei molla l'auto. Ali fece fare la passeggiata anche a mia cugina piccola la volta che andammo insieme a vedere un cartone animato (io adoro i cartoni animati, quale miglior scusa di portarci la cuginetta?) e la cuginetta si lamentò per l'intero tragitto. Non volle sentir ragioni anche la volta che eravamo in ritardo. Non solo, Ali mi fece fare anche quel tratto di strada di corsa per andare avanti a prendere i biglietti.
E infine c'è il danno che non ho mai ammesso. Ero andata a fare un aperitivo con delle amiche, quando uscii il parcheggio era praticamente vuoto, feci retromarcia dritto per dritto e... mi schiantai contro i bidoni della spazzatura. No, non avevo bevuto e sì, sono solo imbranata. Non dissi nulla, rincasai e il giorno dopo mia madre chiese spiegazioni. Feci finta di non saperne nulla. Il giorno prima l'avevamo usata solo noi due,

lei per andare a fare la spesa. Così mi disse che forse qualcuno ci aveva tamponato la macchina mentre era parcheggiata (ecco, sì, sarà andata sicuramente così) e che avrebbe indagato sulla presenza di videocamere nei luoghi in cui eravamo state. Continuai a non dire nulla, per fortuna non c'erano filmati. Già immaginavo qualcuno che diceva a mia madre: "Guardi signora, nessuno l'ha tamponata. Ma nel video si vede sua figlia che si schianta contro i bidoni come una deficiente".
Non ho mai confessato, non potevo dire anche di questo disastro.

REGALI UTILI

Un'altra così dove la troviamo? Anche se non possiamo abbracciarti, non possiamo stare senza di te! Sei unica! Perciò... per favore torna sempre a casa!!!
Con il bene più grande del mondo!
Papà e mamma

I miei genitori quel Natale mi regalarono un GPS da mettere in macchina visto il numero di volte che mi perdevo. Un'ottima idea, peccato che lo persi nel giro di un mese.

Le volte più imbarazzanti in cui persi la bussola:
- Durante la prima settimana di liceo mi persi tutti i giorni tornando da scuola. All'andata filava tutto liscio, ma al ritorno, per qualche assurdo motivo, mi sentivo confusa e non ero in grado di rifare la stessa strada del mattino all'indietro. Ci ho messo sette giorni per non perdermi. E anche dopo quel lasso di tempo, alla più piccola deviazione dal solito itinerario, ci mettevo un po' a capire dove dovessi dirigermi.
-Andando a scuola in bici, con una mia amica, abbiamo fatto un giro diverso, ci siamo perse per delle stradine, per uscirne abbiamo deciso di seguire un autobus: siamo finite all'entrata di un'altra scuola.
-Fino ai 15 anni perdevo il senso dell'orientamento ogni volta che passavo per una piazza, i quattro angoli mi sembravano uguali, così non ricordavo mai da quale ero venuta e dove stavo andando.

-Per qualche strana ragione, ogni volta che sono in viaggio con gli amici mi lasciano la cartina. Ok, non è vero, me ne approprio con decisione. Però anche loro non fanno quasi nulla per impedirmelo, a parte quando vado in cortocircuito e alla quarta volta che passiamo per lo stesso identico punto si stufano e me la tolgono di mano.
Celebre fu la volta del viaggio ad Amsterdam: andammo a visitare il museo della Heineken, ci offrirono tre birre e una sola polpetta ed era mattina. Nonostante uscii così brilla che una mia amica dovette tenermi per il cappuccio perché non camminassi storta e finissi in strada, fecero tenere la cartina a me. Si vede che la bevuta di prima mattina non aveva fatto troppo bene anche a loro.
Ci perdemmo ovviamente, anche se non ricordo molto altro.
-Appena presa la patente, andai a trovare i miei nonni da sola. Erano diciotto anni che facevo quella strada, eppure mi persi. In effetti quando non guido mi perdo seguendo i miei pensieri e non memorizzo assolutamente nulla di quello che vedo fuori dal finestrino. I miei genitori hanno ragione a dire che vado in giro incellofanata.
Mi fermai a un benzinaio per chiedere indicazioni.
Questo è quello che chiesi al ragazzo che stava facendo benzina: "Andando per dove sto andando..."
"Sì?"
"...dove sto andando?"
Lo feci così tanto ridere, o forse gli feci pena, che mi propose di seguirlo in macchina fino al punto in cui dovevo andare visto che lui ci sarebbe passato.

-I miei erano via per il weekend.
"Lo accompagni tu, tuo fratello, dal suo amico?"
"Va bene."
"Hai capito come arrivarci?"
"Certo."
Ci perdemmo. Il problema fu la tangenziale, non ricordavo quale fosse l'uscita. Così uscii, tornai indietro, rientrai in tangenziale e riuscii sempre nel punto sbagliato per quattro volte. Stavo provando tutte le uscite possibili. Alla fine accostai per chiamare qualcuno che ci aiutasse,

peccato che avessi lasciato il cellulare sul cruscotto al sole, così si era surriscaldato e non si accendeva più. Aspettammo in auto per venti minuti che il mio cellulare si riprendesse. Mio fratello aveva solo dodici anni, eppure mi diede dell'idiota per tutto il tempo.
I miei non rispondevano, chiamammo i miei nonni che alla fine mi spiegarono come arrivare a casa loro da lì. Poi mio nonno accompagnò mio fratello dal suo amico e io mi fermai a fare un pisolino a casa loro visto che ero stanca per aver girato a vuoto per un'ora e mezza.

MENO TRE MESI AL TEST D'INGRESSO

"Li, sto iniziando a pensare che tu sia malata."

"Perché?"

"Stai studiando pure durante la ricreazione, non ti riconosco più."

"Capita."

"Non esci neppure il sabato sera."

"Ho troppo da studiare, sono troppo indietro, passa uno su dieci e sono cinque anni che non studio una materia scientifica."

"Ho capito, ma tu pensi che studiare durante i quindici minuti della ricreazione faccia differenza?"

"Bé, quindici minuti da soli no, ma se sommi i quindici minuti di ogni giorno per tre mesi arrivi a circa venti ore."

"Sei decisamente malata!"

"Porta pazienza ancora tre mesi, poi risorgo."

"Lo spero."

Ali e Li un paio di volte passarono a trovarmi il sabato sera per portarmi del gelato e del budino, insomma per farmi fare almeno un pausa e incontrarmi fuori da scuola.
Smisi anche di uscire con Matte. Fortunatamente era il mio vicino di casa quindi lo vedevo comunque ogni giorno: per cercare di parlarmi faccia a faccia mi accompagnava a scuola o mi aspettava all'uscita o passava a casa mia per un saluto veloce. A questo proposito, mi sembra così strano che all'epoca mi mancasse non vederlo per un solo giorno, mentre adesso mi verrebbe l'ansia al pensiero di vedere il ragazzo di turno tutti i giorni. Come facevo a sopportarlo? Forse perché eravamo adolescenti? O sono diventata più acida e distaccata dalle persone crescendo?
In quei mesi tirai fuori i lati peggiori del mio carattere che sono anche la mia più grande forza. L'essere così testarda fino all'inverosimile, voler avere sempre ragione, andare avanti nonostante i fallimenti e nonostante tutti. Penso però che diventai anche abbastanza insopportabile o comunque lo fui più del solito. Nervosa, con in testa solo un obiettivo, stanca per le troppe cose da fare, frustrata per non aver ricevuto alcun tipo di aiuto. Le persone che mi erano vicine meriterebbero un monumento per non avermi mandato a quel paese in quel periodo.
Intanto le mie amiche stavano organizzando il viaggio di maturità ma, per quanto io adori organizzare trasferte, non presi parte alle riunioni, non espressi neppure una preferenza riguardo alla meta, non mi informai minimamente su quello che avrei visto. Dissi: *non ho tempo, decidete voi, fate voi, mi va bene tutto*. Andammo in Portogallo. Io, Ali, Li, Claudia, e Mati. Fu un dei viaggi più belli, sia per la compagnia sia per la sorpresa di scoprire posti meravigliosi: in fondo ero partita senza aspettarmi nulla.

I 10 COMANDAMENTI DEL RIPOSO

1. *Si nasce stanchi e si vive per riposare*

2. *Ama il tuo letto come te stesso*

3. *Riposa il giorno per dormire la notte*

4. *Se vedi chi riposa aiutalo*

5. *Il lavoro è fatica*

6. *Non fare oggi quello che puoi fare domani*

7. *Fai meno che puoi e quello che devi fare (fallo fare agli altri)*

8. *Di troppo riposo non è mai morto nessuno*

9. *Quando ti viene voglia di lavorare (studiare) siediti e aspetta che ti passi*

10. *Se il lavoro è salute, evviva la malattia!*

Ottimo Li, sicuramente ti farà stare meglio scrivere queste cavolate sul tuo diario mentre studi come una matta.

MANEGGIARE CON CURA

Bestia di Satana un bel giorno entrò in classe raggiante, comunicandoci che aveva una bella notizia per noi. Non so perché ma sospettammo subito che probabilmente non l'avremmo vista allo stesso modo e, infatti, distruggemmo il suo entusiasmo nel giro di cinque minuti.
La notizia era che lui sarebbe stato oltremodo felice di accompagnarci nuovamente in gita scolastica.
Silenzio.
"Forse non avete capito" insistette, "mi offro di accompagnarvi."
Silenzio totale.
"Vi faccio il favore di portarvi in gita, visto che l'anno scorso è andata bene."
Silenzio incredulo.

Il punto è che non sapevamo proprio come dirgli che preferivamo farci una settimana in prigione piuttosto che un'altra gita con lui. Non potevamo informarlo che ci accompagnavano altri perché, anche se avevamo chiesto loro, non era ancora arrivata nessuna conferma. Così rimanemmo in silenzio.
Bestia di Satana cambiò bruscamente umore senza più fare cenno all'argomento e fece lezione o meglio, il suo solito dettato alla velocità della luce, come se anche il tempo potesse passare più velocemente e, quando mancava ancora un minuto alla campanella, si precipitò fuori dall'aula senza un saluto.
L'altro problema era che, se lui ci avesse accompagnato, nessun'altra classe sarebbe venuta in gita con noi. Quindi saremmo dovuti andare da soli come l'anno prima ma ci serviva almeno un altro professore e anche questa era un'impresa impossibile. Neppure Morfeo voleva ripetere quell'esperienza. Per andare in gita dovevamo per forza rifiutare quell'offerta o meglio, ignorarla, visto che nessuno aveva il coraggio di parlare.
Come fare?
Professore, nessuno la sopporta, ma grazie per l'offerta!
Rifiutammo anche l'offerta della professoressa di italiano che voleva portarci in Lituania. Insomma, l'anno prima era stato un incubo, due anni di gite erano saltati e l'unica decente che avevamo fatto non l'aveva organizzata la scuola. Noi volevamo andare ad Atene, oppure a Parigi, o in Spagna. La Lituania ci sembrò davvero una proposta deprimente. Così rifiutammo.
Riuscimmo ad andare in gita solo grazie alla nostra prof di ginnastica: anche se erano anni che non faceva da accompagnatrice, disse che ce lo meritavamo perché eravamo una bella classe e che si poteva fidare di noi. Un'altra classe si unì a noi con la propria prof di ginnastica e, poiché serviva un terzo professore, riuscimmo a convincere Morfeo.
La meta scelta fu Berlino, ma qui iniziarono i problemi: Morfeo aveva paura dell'aereo. Così ci toccò prenotare un pullman.
A una settimana dalla gita Morfeo si tirò indietro, disse per problemi personali, e chiese alla prof di italiano di prendere il suo posto.
Che ramanzina che ci fece: "Voi non volevate andare in Lituania, avete

detto di no, e adesso a me tocca salvare la vostra gita." Ci disse di aver accettato solo perché Morfeo le aveva fatto la richiesta come favore personale.
Quindi, non solo ci sorbimmo tredici ore di pullman per arrivare a Berlino, ma lo facemmo per nulla.
Inoltre, ci portammo dietro una prof per nulla contenta di noi.
L a professoressa di italiano forse voleva vendicarsi o forse aveva sentito della bellissima idea avuta l'anno prima da Bestia di Satana, così decise di rendere il viaggio in pullman più leggero: ci fece vedere un film. *Il processo di Norimberga.* Un film leggerissimo. Dura tre ore. Eravamo quasi alla fine quando si inceppò il videoregistratore, si riuscì a risolvere ma solo dopo aver mandato indietro la cassetta. Fu a quel punto che la prof si rifiutò categoricamente di mandarla avanti fin dove eravamo, disse che non si fidava e che aveva paura che si bloccasse di nuovo, così riguardammo la cassetta dall'inizio, per un totale di cinque ore e mezza.
Non so se rendo l'idea.

La presenza di Bestia di Satana si fece sentire comunque. Ci fece promettere di andare a visitare la tomba di Hegel. Così, a metà giornata andammo a fare questo pellegrinaggio. Una totale perdita di tempo, sappiate che è solo una tomba come le altre. Ci assomigliamo tutti da morti. La fissammo per un po', anche la prof di italiano non sapeva cosa dire a parte: "Abbiamo fatto anche questa, possiamo andarcene." Scattammo una foto alla tomba come prova per Bestia di Satana di esserci davvero andati, non si sa mai, e girammo i tacchi.
Uscendo dal cimitero, la prof di italiano si prese pure una storta alla caviglia e finimmo la giornata sorreggendola mentre zoppicava lentamente fino al pullman.
Maledetto Hegel. Maledetto Bestia di Satana.

Ora, non vorrei lamentarmi e basta, anche se tredici ore di pullman si fanno sentire soprattutto se accompagnate da cinque ore del processo di Norimberga, bisogna quindi ammettere che la gita fu molto bella. Con l'altra classe ci trovammo bene, visitammo musei meravigliosi, le professoresse di ginnastica furono gentilissime, ci lasciarono anche un pomeriggio libero. Una sera ci accompagnarono fuori a bere una birra tutti insieme, in un'altra vedemmo al teatro *Il barbiere di Siviglia*. Infine ci trovammo in una camera per chiacchierare fino a tardi. Nulla di estremo, fummo tranquilli, ma ci divertimmo. Ci vorrebbe una monumento per la prof di ginnastica che salvò la gita, letteralmente, e anche dalla noia.

La prof di italiano, invece, fu una palla al piede, forse perché ce l'aveva ancora con noi. So che dovrei essere l'ultima a parlare di questo, ma lei si lamentò di continuo.

Si lagnò del pullman, anche se poi lo rese ancora più insopportabile, si lagnò di dover perdere tempo al cimitero (qui come darle torto), si lagnò per averci dovuto accompagnare dopo che avevamo rifiutato la sua offerta, si lagnò del cibo (disse: *io sono stata cinque anni in Africa ma questo è immangiabile*), si lagnò di noi, si lagnò di me.

Stava attraversando la strada sulle strisce, ero l'ultima della fila insieme a Li e Ali, una macchina si stava avvicinando a una certa velocità ma non volevamo far aspettare gli altri e poi avevamo già messo piede sulle strisce. Così alzai una mano per segnalare alla macchina di rallentare, insomma perché non ci investisse. Lei esplose.

"Lina e il suo gruppetto!" perché poi doveva essere il mio gruppetto?

"Lo sapevo che tu eri una di quei pecoroni. Come all'ingresso della scuola!" E qui vi risparmio il suo tedioso discorso.

La prof di Italiano, alla prima ora era solita lamentarsi di noi pecoroni. In pratica, le porte della scuola che si trovavano in una piccolissima stradina acciottolata si aprivano solo cinque minuti prima dell'inizio delle lezioni. Ora, immaginate settecentocinquanta studenti che in quei cinque minuti tentano di entrare, ovviamente intasando la strada. Lei arrivava proprio a quell'ora, in macchina, e si lamentava perché doveva aspettare che la fila di studenti passasse. Inutile fu chiedere alla scuola di aprire anche solo altri cinque minuti prima così da diluire la folla. Però la prof sicuramente sarebbe potuta arrivare un po' in anticipo per evitare quell'ingorgo.

La sua teoria, comunque, era che fosse colpa nostra: noi non lasciavamo passare la sua macchina perché non sapevamo far altro che amalgamarci con la massa.

Non le risposi a tono solo perché Li, vedendo la mia faccia, mi afferrò per un braccio e sussurrò: "Tu sei come la roccia, e il fiume ti scivola addosso come le sue parole."
Quanto avrei voluto risponderle che questo caso era ben diverso: ero sulle strisce, avevo la precedenza, la macchina era ben lontana e anche sola, non avevo creato nessun ingorgo, quindi. Ero l'ultima della fila e le conseguenze delle mie azioni erano che un'unica macchina aveva rallentato per far passare le ultime tre persone.
In più arrivavo a scuola ogni giorno in ritardo, quando la strada era già vuota e i cancelli stavano chiudendo, quindi di certo non potevo essere fisicamente tra i pecoroni. E se anche fossi stata tra di essi, sarebbe accaduto non perché non so distinguermi dalla massa, ma perché il modo migliore per far spazio alle macchine era entrare a scuola. Non ci stavamo tutti in quella strada, anche se avessimo deciso di far passare la macchina , sarebbe stato difficile muoversi, non c'era neppure un marciapiede, dove dovevamo metterci? Maledetta entrata. Ogni mattina dovevamo subire quel tono lamentoso che ci accusava di essere dei pecoroni. Per carità, avrà anche senso accusare gli adolescenti di aver paura di distinguersi, ma temo che l'esempio dell'attraversamento pedonale non reggesse molto.
Non le risposi mai. Li, probabilmente intuendo le rotelle che mi giravano in testa con questi discorsi e quasi vedendo la mia lingua pronta a pungere, mi ripeté più volte il mantra della fiume che mi scorre addosso.

MA TI DROGHI?

"Ali, devi sentire l'ultima."

"Quando parti così so già che c'entra tua madre."

"Mentre stavo studiando è entrata in camera e ha aperto il cassetto della scrivania perché stava cercando una penna e ha tirato un urlo che mi ha fatto quasi cadere dalla sedia!"

"Cosa?"

"Nel cassetto c'era il medicinale che sto prendendo per il ciclo."

"E quindi?"

"Ha pensato fosse droga."

"Stai scherzando? Che razza di medicinale può assomigliarci?"

"E poi era proprio nella sua scatola, insomma, si vedeva che era un medicinale e lei sa che me l'hanno prescritto, poi."

"Si ma oltre alla poca somiglianza, questa è la prima cosa che le viene in mente?"

"Non so che dire."

"E poi la prima cosa che le viene in mente riguardo a te, che non hai mai neppure provato un tiro di sigaretta."

"Sono allibita anche io."

"Secondo me è lo studio, stai studiando troppo, sei più chiusa del solito, magari sotto è preoccupata."

"Sarà... a me pare strano comunque."

GINNASTICA

La prof di ginnastica si ammalò e rimase a casa due mesi per ripren-

dersi.
E io ho avuto non pochi sensi di colpa giudicando il supplente che arrivò, perché mi dispiace dirlo, fu più bravo. Le sue ore divennero proprio un gioco, pura distrazione. Non pensavamo neppure alla fatica. Insomma, una piccolissima parte di me pensò a quanto sarebbe stato bello fare ginnastica così fino a fine anno.
Per fortuna la prof tornò. E alla fine ne fui contenta.
Fu anche l'unica professoressa a chiedermi come fosse andato il test di medicina. Lo sapevano tutti che dovevo farlo, ma non importava a nessuno. A quella di astronomia forse un pochino, anche se non se ne ricordò, così scelsi di andare io a riferirle. Forse avremo fatto meno ginnastica con il suo ritorno, ma almeno a lei importava davvero di noi.
Infatti, al consiglio di classe di fine anno, la prof di ginnastica fece un discorso per esortare i professori a farci uscire bene alla maturità, che eravamo dei bravi ragazzi, che avevamo sempre studiato, che ci eravamo sempre comportati bene, che era stato un piacere insegnarci.
Nessuno aveva mai fatto un discorso del genere per noi. Di solito, se si diceva in generale che la classe andava bene, era per tagliare corto, per andarsene a casa presto ed evitare di discutere dei problemi minori. Problemi grossi non ce n'erano, quindi tutti a casa che si è fatta una certa ora.
Lei intervenne con convinzione, perché ci credeva e per aprire un discorso sull'argomento.
Inutile dirvi quanto fu inutile.

MENO UN MESE

Passai i weekend di quel mese a fare simulazioni del test universitario, un mercoledì mi recai a Milano, presso il San Raffaele, per allenarmi.
A un mese dal test di medicina, mi offrì per essere interrogata in tutte le materie nel giro di una sola settimana così da non doverci pensare a ridosso del test. Pronta o non pronta mi proposi. Dovevate vedere le loro facce quando, dopo essermi presentata, si capiva che sapevo gli

argomenti sommariamente, insomma da 6 e mezzo, forse sette dove ero più fortunata.
Dopo la settimana in cui fui interrogata in tutto, iniziai a portare a scuola solo il libro dell'alpha test e Ali smise persino di provare a chiedermi di portare qualche libro di scuola.
All'inizio lo nascondevo sotto un quaderno o un libro di scuola anche se, essendo un tomo di più di mille pagine ed essendo io in secondo banco, sebbene l'ultimo, non si poteva non notare. Quando constatai che non importava a nessuno quel che stavo facendo, smisi anche di coprirlo.
Passai dall'assorbire tutto quello che potevo in classe, a non avere la minima idea di quali argomenti stessimo trattando. Aprivo il libro e iniziavo a studiare e nessuno mi disturbò. Evitai di farlo solo durante le ore di Italiano, ben sapendo cosa avrebbe comportato. Quindi sparii nella mia bolla più di prima.
In quel mese ci fu anche l'autogestione, io avevo in programma di saltare qualunque incontro o attività e sistemarmi a studiare in un'aula al terzo piano. La preside di solito dava il permesso di farlo ai maggiorenni che preferivano prepararsi in vista della maturità, nel mio caso del test. Invece si mise anche meglio: la prof di astronomia, invece di sorvegliare classi, laboratori, corridoi leggendo un giornale o un buon libro come tutti gli insegnanti, si propose per un ripasso di biologia in vista del test d'ingresso. Io, Claudia, Tamara e altri studenti delle sue classi che dovevano affrontare il test ci ritrovammo per quattro mattine con lei. Non era tenuta a farlo, me decise di aiutarci. Inoltre, era bravissima a spiegare e a schematizzare: riuscì a spiegarci in sole quattro mattine metà del programma di biologia.
Scoprimmo che oltre ad aver messo a disposizione il suo tempo e le sue energie per noi, in realtà aveva anche disubbidito alla preside per farlo. Non so bene perché non avesse avuto il permesso di fare lezione, forse perché in autogestione non si dovrebbe? Però, se la preside concedeva il permesso di studiare, perché non aveva dato quello di tenere una lezione extra? Forse perché poi, professori pazzi come Bestia di Satana avrebbero avanzato delle pretese particolari?
Sono ipotesi, non lo scoprimmo mai, la prof di astronomia non era

come gli altri insegnanti che spettegolavano e si lamentavano di tutti.
Lei ci chiese solo di non dirlo in giro senza spiegarci perché e noi eseguimmo. Però, a metà dell'ultima mattina, la preside, che stava girovagando per corridoi e classi per vedere che fosse tutto in ordine, ci beccò. La professoressa allora ci liquidò al volo chiedendoci di partecipare ad almeno una lezione per quelle ultime due ore, e ci fece uscire dall'aula. In corridoio sentimmo che iniziava un'accesa discussione.
Fui tentata di tornare indietro per dichiarare che la prof di Astronomia era l'unica persona in quella scuola che, davanti a una sfida del genere da affrontare nel bel mezzo dell'anno, ci era venuta incontro, senza sconti per la sua materia, trovando comunque il modo di aiutarci e dimostrarsi veramente interessata al nostro futuro.
Non lo feci. Un po' per paura, un po' per l'abitudine di evitare problemi, un po' perché era stata lei a volere che uscissimo dall'aula probabilmente per non farci sentire la conversazione che sarebbe scaturita, dunque di certo non voleva che partecipassimo. Per la prima volta in autogestione feci un'altra cosa utile: invece di andare a vedere i soliti film o dei cartoni animati, partecipai a un incontro tenuto da ex studenti su come scrivere una tesina. Gli unici che me lo spiegarono furono degli studenti.
Parlai con la prof di Astronomia durante la lezione dopo, per ringraziarla.
Rispose bruscamente. Era fatta così, ci teneva a noi così tanto da pensare che fosse dovuto.
Forse non si rendeva conto dello scarso livello degli insegnanti che aveva intorno.

BOLLA

Come dicono i miei genitori giro incellophanata. O, se posso correggerli, io direi che ho occhi e orecchie solo per ciò a cui presto la massima attenzione. Senza nessuna via di mezzo.
Studiavo sempre ormai, pomeriggi, sera, weekend e la mia famiglia si la-

mentò del fatto che pure a cena ero di poca compagnia, dissero che era come mangiare con un automa. Secondo me sperimentarono solo l'ebrezza di avere un adolescente normale, di poche parole, chiuso: "che hai fatto oggi?", "nulla!". Un boccone e di nuovo in camera, anche se nel mio caso per studiare e non per evitarli. Ero inoltre assai nervosa e me la prendevo pure con chiunque me lo facesse notare.
Comunque, l'andare in giro più incellophanata del solito comportò ancora più disattenzioni e disastri da parte mia. Già di solito erano tanti, in quel mese crebbero esponenzialmente. Quelli che combinavo di tanto in tanto, quel mese capitarono quasi ogni giorno. Le volte che legavo la bici nelle rastrelliere mi dimenticavo dove l'avevo messa, tanto da farmi pensare che me l'avessero rubata; poi andavo in un posto in bici e facevo metà del ritorno a piedi perché mi dimenticavo che ero venuta pedalando: dimenticavo i fogli protocollo quando c'erano le verifiche e i quaderni di Ali ne hanno risentito visto il numero di volte che strappava fogli anche per me; dimenticavo i vocabolari quando c'era una versione e quelle volte i bidelli che correvano in giro a procurarmeli erano la mia salvezza, anche se presi 2 la volta che mi consegnarono il Rocci quando io ero abituata al Montanari: non trovavo le parole su quel dannato Rocci, erano scritte in piccolissimo, senza grassetti; so che molti lo preferiscono, ma sembra fatto apposta per farti dannare e, soprattutto, per farti perdere la vista. Una volta sono anche riuscita a dimenticare il vocabolario nel cestino della bici e, entrata in classe, pensai di averlo lasciato a casa e quindi non tornai indietro. Non so per quale miracolo me lo ritrovai ancora lì, nel cestino della bicicletta, all'uscita da scuola.
Riuscii anche a fare metà tragitto per andare a scuola senza zaino prima di rendermi conto di qual era il motivo per cui sfrecciavo in bici più allegramente del solito.

QUATTRO ANNI DOPO

Nulla è cambiato. Sono ancora una combina disastri senza alcuna speranza.

Ho lasciato la valigia in treno, ho preso un autobus per tornare a casa dalla stazione sentendomi piuttosto leggera, ma ho scambiato quella sensazione per felicità. A metà tragitto l'autobus ha fatto una curva veloce e io ho allungato la mano per impedire alla mia valigia di cadere: ho allungato la mano verso una valigia che non c'era.
Sono scesa dal bus, tornata a piedi in stazione, ho chiamato la polizia, ho preso un altro treno per arrivare alla fermata finale dove la mia valigia era stata presa in custodia.

Avventura con le valige parte 2.
Sono andata a buttare la spazzatura, avevo lasciato la mia valigia accanto al primo bidone per non doverla trascinare mentre buttavo i sacchi nei vari cassonetti. Arrivata all'ultimo bidone mi giro e vedo un tipo scappare con la mia valigia in mano.
Fine.

MENO CINQUE GIORNI

Mi ero organizzata alla perfezione: mi ero offerta da tempo in tutte le materie, avevo deciso anche di saltare scuola i quattro giorni prima del test così da potermi concentrare su quello. Esattamente quattro giorni, perché poi avrei saltato anche il giorno del test arrivando così a cinque e dopo cinque giorni bisognava portare il certificato medico per giustificare l'assenza. Quindi, quello era il limite.
Ma la prof di italiano si mise di traverso e a tre giorni dal test programmò una verifica su Leopardi. Chiesi di spostarla avanti, di poco, bastavano un paio di giorni dopo il test. Insomma, lo chiesi gentilmente, spiegai le mie motivazioni. Disse di no. Mi disse che dovevo imparare a organizzarmi. Come se fosse normale fare un test del genere nel bel mezzo dell'anno scolastico, come se fosse normale studiare sia per la maturità sia il programma di cinque anni di materie scientifiche venendo da un liceo classico. Certo, il mio problema era proprio l'organizzazione, che tra l'altro avevo e che quell'essere stava mandando all'aria

proprio alla fine.
Quindi, a quattro giorni dal test fui costretta ad immergermi in Leopardi su cui finora non avevo ascoltato una sola parola. Li mi fece dei riassunti per telefono degli aspetti più importanti e delle schede di analisi più lunghe, visto che non avevo neppure il tempo di leggere tutto in un solo pomeriggio.
Presi 7, non so per quale miracolo, ma la prof disse che mi aveva messo mezzo punto in più perché avevo il test e sapeva che non doveva essere stato facile. Se lo sapeva come diavolo le era venuto in mente di non aiutarmi? Come potevo dirle che di mezzo punto in più non me ne facevo nulla e che l'unica cosa che avrei apprezzato era non dover pensare anche a Leopardi in quei giorni? Quanto la odiai. Ma ciò per cui più mi dispiace è quanto odiai Leopardi. Penso che sia l'unico argomento che non volli più affrontare nemmeno per i ripassi prima della maturità.

TEST

Feci i miei disastri anche durante il test, ovviamente.
Io non bevevo mai caffè, ma quella mattina, nonostante fossi già sveglissima per l'adrenalina che avevo in circolo, decisi di berne comunque.
Poco prima dell'appello in aula per il test iniziai a sentirne gli effetti: dovevo assolutamente andare in bagno. Avevo paura che se fossi andata e mi avessero chiamato mentre ero in bagno poi non avrei potuto fare il test, essendo risultata assente all'appello.
Decisi di non andarci. Aspettai.
Poi finalmente iniziò l'appello e mi resi conto che in bagno dovevo andarci assolutamente. Così mi avvicinai al signore che stava facendo l'appello.

"Carta d'identità" disse.

"No, non sono la persona che ha appena chiamato, ma devo andare in bagno. Se mi chiama mentre non ci sono posso comunque fare il test?"

"Proprio adesso devi andarci?"

"Eh, mi rendo conto di aver scelto il momento meno opportuno in assoluto, però sì, proprio adesso."

"Muoviti."

Andai in bagno e lui mi chiamò tra gli ultimi all'appello. Potei entrare in aula e fare il test.

Il piano era questo: avrei iniziato dalle quattro domande di cultura generale. Avevo notato che di solito sbagliavo per la fretta le prime domande: mi fiondavo a capofitto su di esse pensando solo al fatto di avere poco tempo, circa un minuto e mezzo a domanda non includendo il tempo necessario per ricopiare nel foglio del lettore ottico. E certe domande erano esercizi o brani lunghissimi. Ci mettevo due minuti solo per leggere il testo. Così, la tattica era di iniziare da cultura generale perché non c'erano ragionamenti da fare, i quesiti li sapevi o non li sapevi. Era difficile sbagliarle per la fretta.
La prima non la sapevo, neppure la seconda. Ok, andiamo avanti. Nessuna illuminazione per la terza o per la quarta. Panico. Delle prime quattro domande non ne sapevo neppure una.
E qui partì il secondo effetto del caffè, unito all'agitazione: mi partì la tachicardia.
Così chiusi il foglio, respirai lentamente e lasciai passare cinque preziosissimi minuti per calmarmi. Rallentato il battito, ripresi in mano le domande. Tra l'altro l'unica risposta che detti tra quelle di cultura generale fu giusta solo perché fraintesi il testo.
Saltai anche le quattro domande di fisica perché non avevo più tempo e perché tanto le probabilità che le sapessi erano pressoché nulle.

L'ultimo disastro, però, fu merito alla mia stupidità e non della caffeina: persi le credenziali di accesso per i risultati del test. Così, dovetti aspettare che uscisse la graduatoria nominativa e seppi i risultati una settimana dopo di tutti gli altri.

SPARIZIONI

Pensavo che un mese peggiore di quello appena passato non potesse arrivare. Mi sbagliavo di grosso e per vari motivi. Intanto, dopo il test feci un viaggio di cinque giorni durante la vacanze di Pasqua e al ritorno, un po' riposata, fui costretta a risvegliarmi e a uscire dalla bolla. La tragedia fu rendersi conto di quanto i professori fossero andati avanti con il programma. Probabilmente avevano realizzato di essere molto indietro e avevano proseguito alla velocità della luce con argomenti che non avevo mai neppure sentito nominare. La mia bolla esplose. Come diavolo era possibile che la professoressa di astronomia avesse spiegato metà libro in così poco tempo? In più non sapevo da dove iniziare, mi sentivo male solo a guardare la lista degli argomenti accumulati, non avevo più forze.

Per astronomia, la materia che più era lievitata, iniziai a procrastinare fino all'inverosimile: entravo alla seconda ora per evitarla. Lo feci finché non mi accorsi che, se avessi fatto un altro paio di assenze, non avrei raggiunto le presenze minime nella sua materia. Quindi la affrontai solo quando non ebbi altra scelta, studiai anche tutta la notte e presi un misero 6, forse perché con le occhiaie da procione che mi ritrovavo le feci pena.

Non fui l'unica a fare assenze tattiche, pure Tommi lo sperimentò per la prima volta per astronomia; pure lui arrivò al punto di non riuscire a star dietro a tutto. L'esame si avvicinava, anche l'ultima terribile simulazione della terza prova, inoltre iniziarono le giornate di orientamento universitario a cui molti dei miei compagni parteciparono, e ci furono altri test universitari, anche se non duri quanto quello di medicina e non relativi a materie scientifiche. Vidi anche altre persone comparire in classe con i manuali per la preparazione del test al posto dei libri scolastici. Quindi, non furono poche le volte in cui ci ritrovammo dalle cinque alle sette persone in aula. Non che ci volesse molto nella nostra classe.

Morfeo, in particolar modo, non la prese bene quando ci trovò in cinque, io e altre quattro persone che, tra l'altro, non brillavano particolarmente in greco e latino. Quindi, la versione in esame era stata fatta noi, con le nostre misere capacità e, messi in un'unica fila davanti alla cattedra, cercammo di suggerirci, sbagliando. Perse le pazienza e quel giorno lo risvegliammo dal suo torpore.

Ma il problema più grosso fu Dante. Finché le assenze furono per i test, le giornate di orientamento o perché qualcuno era così in difficoltà da non riuscire a fare tutto, nessuno se la prese per le assenze. Ma Dante fu un'altra storia. Era tutto l'anno che ci adoperavamo per schivarlo: ogni mese chiedevamo che si tenesse l'assemblea di classe proprio al venerdì alla prima ora quando, appunto, doveva esserci Dante, con la scusa che gli altri professori ce la negavano o che lei, la prof di italiano, fosse proprio anche la coordinatrice di classe. Oppure arrivavamo al venerdì dicendo di avere molti dubbi e la riempivamo di domande sui canti o ci organizzavamo per far mettere la discussione del libro del mese proprio il venerdì. Un'altra tattica consisteva nel sottoporle articoli sugli ebrei da discutere insieme. Una volta addirittura le chiedemmo di organizzarci per commentare Benigni e il suo film *La vita è bella*. Insomma, le avevamo pensate tutte, come sempre, ma in quell'anno più del solito. Io stessa sono stata interrogata su Dante una solo una volta in tre anni sull'Inferno. E per fortuna non dovetti ripetere quell'esperienza, perché fu disastrosa ed emerse che non avevo idea di come si facesse la parafrasi. Comunque, quell'anno interrogò su Dante solo tre volte, poco prima della chiusura delle scuole, quando ormai non avevamo altri mezzi per evitarlo. E allora partirono le assenze tattiche. Alcuni compagni, che erano con me a scuola, si arrabbiarono con gli assenteisti.

Sappiate, comunque, che tutto questo ci si ritorse contro. Venne una commissaria esterna per italiano che, come ci avevano preannunciato i suoi alunni, era fissatissima con Dante, come la nostra lo era con gli ebrei, quindi avrebbe fatto domande su di lui a tutti, nessuno escluso. Era la punizione che ci meritavamo. Tornammo con la coda tra le gambe dalla nostra prof per darle questa notizia. Lei commentò: "Avete schivato Dante per un anno e adesso volete il mio aiuto?" Non aveva tutti i torti, in effetti.

Così, finita la scuola, la seconda settimana di giugno, quella prima degli esami, ci ritrovammo in classe, in una scuola deserta, per studiare Dante, per imparare in una settimana tutto quello che avevamo snobbato in un anno.

FUGHE

In quegli anni avevo un chiodo fisso: andarmene. Desideravo non solo vivere dovunque tranne nella mia città, ma vivere in più città nel corso della vita. Avevo paura della noia, dell'abitudine, e sentivo che ovunque non sarei stata bene a lungo.

Se solo mi fossi fermata a pensare un attimo al perché di quelle sensazioni! Come al solito non ne affrontai le cause, non mi ascoltai. Era un fuggire continuo da me stessa e, forse, era questo che mi inculcò quella smania. Pensavo addirittura di non poter essere felice rimando ferma. Anche se un po' mi manca quella piccola me, sempre in fermento, sempre irriverente, era il suo, o forse mio, il nostro (ecco diciamo nostro) modo di cercare le risposte. Sempre fuori, sempre in altri posti che non fossero dov'ero, o forse che non fosse proprio dentro di me. E sempre a guardare avanti per non pensare a ora.

Mi sentivo così stretta in quella cameretta.

ESITI

Passai il test di medicina. Fui felice, anche se principalmente per non aver fatto tutta quella fatica per nulla. Nella mia classe ci eravamo cimentati in tre, ma solo io avevo studiato così tanto e così a lungo, e solo io passai. In tutta la scuola avevamo provato in cinquanta ed eravamo passati in cinque.

Lo dissi alla prof di italiano solo per gongolare un po'. Rispose: "bene". A nessun altro dei professori, ginnastica a parte, interessò.

Quando qualcuno chiedeva "Cosa andrai a fare dopo?", lo faceva solo per routine. Le volte che commentavano la nostra scelta era solo per

mostrare disappunto. Morfeo disse ad Ali che Psicologia non era una facoltà, che lei che era tanto brava a scuola scegliendo quella facoltà avrebbe solo sprecato le sue potenzialità. Quell'anno emerse in particolar modo che ce l'avevano tutti con Psicologia.
A me, invece, Morfeo non disse assolutamente nulla, ma direi che aveva fatto abbastanza in quei tre anni. Lui si ricordava bene di mio nonno, leggeva di lui nei giornali di mezzo secolo prima, e, puntualmente, ogni volta che traducevo male una versione o sbagliavo una risposta, mi veniva detto che non ero degna della mia nobile stirpe. Badai bene a incassare il colpo e a non lamentarmi, vale a dire a non raccontarlo a casa, a tenere ogni oscura parte di me solo per me, per non contagiare gli alti.
Tornando al discorso Psicologia, diamo per un attimo ragione a chi sostiene che sia facile. Però io ho una domanda, se una persona vuole diventare psicologo, esattamente a cosa dovrebbe iscriversi? Chimica? Architettura? Legge? E poi per chi è facile esattamente? Una cosa che per me è difficile potrebbe non esserlo per qualcun altro.
A Li invece fu contestata la scelta di Lettere moderne, affermando che non era seria come Lettere antiche. A chi non aveva deciso fu detto: "ma come fai a non saperlo? Guarda che è tardi!".
Anche per Tommi, che scelse Antropologia, la diagnosi fu: sprecato.
Insomma professori poco gentili fino alla fine che furono più un ostacolo che altro.

FINO ALLA FINE

Come mi avevano insegnato i professori, anche io fui me stessa, diciamo la parte disastrosa di me, fino alla fine.
Prima dell'esame di maturità abbiamo organizzato la tradizionale cena di fine anno con tutti gli insegnanti.
Dovevo passare a prendere in macchina Marti e Terry, ero partita con qualche minuto di ritardo, ovviamente. Mia madre mi aveva assicurato che c'era benzina ma, dopo essere passata a prendere le mie compagne, mi resi conto che la lancetta indicava un livello al di sotto alla riserva.

No, non era rotta, era proprio sotto la riserva. Così ci mettemmo disperatamente alla ricerca di un benzinaio e, una volta trovato, scesi a fare rifornimento. Infilai venti euro, presi la pompa ma la macchina era troppo lontana, iniziai così a tirare perché uscissero altri metri di tubo. Marti scese e tirò con me, ma senza risultati. Così lo rimisi giù per poi spostare la macchina.
La pompa si mangiò i miei venti euro. Marti ne mise alti cinque e facemmo finalmente benzina.
A quel punto fu chiaro che eravamo in ritardo e di molto, così Marti si offrì di guidare: "tu sei troppo lenta" affermò. Io provai a obiettare che quella non era una macchina normale, aveva più anni di me, la frizione faceva schifo e per farla partire ci voleva molto gas.
"So guidare tutto, ho già guidato moltissime auto diverse, non ti preoccupare."
Le consegnai le chiavi.
Ecco. Io l'avevo avvisata, persi il conto delle volte in cui la macchina le si spense.
"Non mi era mai successo!"
"Te l'avevo detto che non era una macchina normale. Devi dare tanto gas per farla partire."
Quella volta l'auto di mia mamma fu ribattezzata l'aspirapolvere.
Arrivammo con quaranta minuti di ritardo. Erano tutti già seduti e i professori imbronciati erano intenti a fissare i piatti vuoti. Non so se fossero in silenzio da prima o se calò nel momento in cui arrivammo, ma non volava una mosca.
Quel lugubre silenzio fu interrotto quando la prof di italiano mi vide e gridò: "Lo sapevo che c'eri di mezzo tu! Fino alla fine! Fino alla fine!"
A parte questo, la cena andò bene, si scherzò, si rise, i professori vollero anche le loro imitazioni e li accontentammo. Stranamente nessuno volle fare l'imitazione di Bestia di Satana davanti a lui.
"Mica mi offendo" ci disse.
Certo. E noi ci crediamo. Dopo tre anni ormai avevamo imparato a non fidarci e poi, se l'avessimo fatta, ci avrebbero cacciato dal ristorante per disturbo della quiete pubblica.
I saluti invece andarono peggio. Bestia di Satana mi prese da parte

per chiedermi l'argomento della tesina. Già, perché anche lì nessuno ci spiegò come farla, nessuno ci disse nulla, provai a parlarne con la prof di italiano che mi riferì solo il titolo, *Il Positivismo: crollo delle certezze assolute*, che faceva schifo. Ma Morfeo disse che odiava Brecht, senza spiegarmi perché, e mi ordinò di cambiare, di non considerare nulla che lo riguardasse. Secondo Li, Morfeo lo detestava per le idee politiche rispetto alle quali dissentiva. Non diede altri suggerimenti, non mi chiese con cosa sostituirla. Quindi, nessuno sapeva nulla sulle nostre tesine. Infine ne composi una sulle scoperte scientifiche che avevo minato il Positivismo, scelsi una tesina scientifica non tanto perché fossi brava in quelle materie, in quella classe chiunque lo era, o perché mi piacessero, ma solo perché volevo allontanarmi da quel liceo, dal classico, dalle lingue morte, da tutto ciò che aveva a che fare con quella scuola. Mi avevano fatto odiare tutto.
Comunque, Bestia di Satana mi fece i complimenti per la tesina, mi strinse la mano e disse: "Mi raccomando, vedi di non mandare tutto a puttane come al tuo solito."
Mi conosce bene, non c'è dubbio, quella frase potrebbe riassumere la mia vita, ma a cosa può servire una stretta di mano e un avvertimento? O meglio, a cosa può servire a pochi giorni dall'esame? Ormai il danno è fatto, sto andando all'esame e non so nulla. Perfetto.

SAGRA

L'esame di maturità, tra imbrogli vari e figuracce, fu una sagra.

Tema
Non fu complicato. Non richiedeva di aver studiato molto né di copiare. Unica pecca: il giorno del tema andava portata la scaletta della tesina. Ovviamente procrastinai anche la tesina che scrissi a esami iniziati, tra gli scritti e l'orale. Conoscevo l'argomento e sapevo come svilupparla, ma proprio non l'avevo ancora buttata giù. Così, consegnai la scaletta prima di aver scritto la tesina: se avessi voluto cambiare qualcosa, se

mi fossi accorta che non ci stava tutto o avessi voluto aggiungere altro, sarebbe stato troppo tardi. Consegnai pure un foglio strappato da un quaderno e scritto a penna, mentre tutti i miei compagni avevano stampato la scaletta al computer.

Versione

La peggiore della mia vita. E ne ho fatte davvero di terribili.

Mi stava bene, quell'anno avevo fatto solo le versioni che erano compiti in classe.

La traduzione della versione arrivò a tutti. A tutti tranne a tre persone, me compresa. La macchina della copiatura si inceppò proprio in corrispondenza della persona alle mie spalle. Invece di concentrarmi speravo in un miracolo. Non riuscii a trovare una parola nel vocabolario e la inventai. Quando era quasi finito il tempo, ero così disperata da essere avanzata con banco e sedia fino alla sedia di Ali posizionata davanti a me. Addirittura mi alzai in piedi per cercare di leggere e il presidente di commissione mi afferrò letteralmente per un braccio e mi fece sedere.

Terza prova

Il nostro prof di matematica era esterno e, come sapete, non ci aveva insegnato nulla. Prima dell'esame andò dall'esaminatrice esterna e le disse: "I ragazzi non sanno nulla."

"Come?"

"Non sanno assolutamente nulla. Non ho insegnato loro niente di niente."

"Ah!"

"Può chiedere quel che vuole ma non risponderanno, non sanno proprio nulla."

Quindi le consegnò gli esercizi che doveva chiedere in terza prova e che fece avere anche a noi in anticipo. L'esaminatrice, all'orale disse quasi a tutti che non aveva domande da fare. Infatti inizialmente aveva provato a interrogare, ma poi si era rassegnata in fretta.

Non sapevamo davvero rispondere a nulla.

Arte era interna, domande normali.

Storia, esterna.

Io sapevo solo metà programma, non avevo proprio fatto in tempo a

studiare di più, così andai alla terza prova con un bignami infilato nella scarpa. Se qualcuno mi avesse guardato i piedi si sarebbe reso conto che indossavo una scarpa che era il doppio dell'altra. Il piano era di andare in bagno, se si fosse reso necessario, per consultare il bignami.
Fortunatamente non fu necessario, solo una domanda era sulla secondo metà del programma, ma era talmente generale che pure io seppi rispondere.

Inglese, interna.
La prof diede prova di tutta la sua intelligenza. Stavo salendo le scale con gli altri per andare appunto a fare la terza prova quando lei mi prese sottobraccio e mi disse quali erano le domande. Attraversando la porta mi chiese se andavano bene. Neppure risposi e presi posto. Esattamente, se avessi detto "no, questi argomenti non erano nel programma" oppure "sono difficili" o "non conosco la risposta", cosa avrebbe potuto fare a un minuto dall'inizio della prova?
E non si fermò lì. Riuscì a farsi cacciare dal paziente e gentilissimo presidente di commissione. Si avvicinò a Tommi durante la prova per chiedere se andava tutto bene. "Sì sì" rispose Tommi chinandosi nuovamente sul foglio.

"Vuoi una mano?" insistette.

Tra tutte le persone della classe era riuscita a beccare uno dei pochi che non aveva bisogno di aiuto in alcuna materia.

"No" rispose Tommi, aggiungendo un gesto infastidito della mano e cercando di concentrarsi.

Il presidente di commissione le ricordò che non poteva parlare ai ragazzi durante la prova.

"Se per caso vuoi un suggerimento" continuò imperterrita. Nessuno di noi avrebbe comunque accettato qualunque suggerimento da lei, visto che l'inglese lo sapevamo meglio noi.

"Si allontani dal ragazzo" si intromise il presidente.

"Non sto facendo nulla" disse lei appoggiando le mani sulle spalle di Tommi per poi chinarsi per sussurrargli qualcosa all'orecchio. Tommi cominciava a essere veramente seccato e anche a impanicarsi.
"Ma insomma, è ridicolo, il ragazzo neppure lo vuole il suo aiuto. Esca dall'aula!"
E fu così che si fece cacciare, non prima di esclamare: "Perché io ci tengo ai miei ragazzi!"
Sì grazie, ha cercato di aiutare l'unico che non aveva bisogno. Ci conosce proprio bene.
I miei risultati furono: sufficiente per il tema (10/15), disastroso per la versione (6/15), non sarei io senza i miei disastri, ottimo per la terza prova (13/15).

Estrazione per gli orali: ovviamente siamo stati la prima classe estratta. Siccome eravamo in 15, gli orali durarono solo tre giorni e il 25 giugno avevamo già finito.

La mattina prima degli orali, dopo aver passato la notte in bianco tentando di assimilare qualunque nozione mi potesse essere utile, ebbi il mio unico attacco di ansia in tutti quegli anni. O forse chiamarla ansia è esagerato, non saprei, diciamo che mi venne mal di pancia dalla paura. Mi piombò improvvisamente addosso la consapevolezza di essere veramente impreparata, tanto che mia madre chiamò Ali per dirle di tenermi d'occhio. Non so esattamente cosa si aspettasse che potessi combinare. Forse pensava che non mi presentassi? Comunque, quella mattina mi trovai con Matte, Ali, Li, Claudia e Mati prima di entrare. Loro avevano fatto l'orale il giorno prima. Mi bastò vederli per sentirmi più leggera, per affrontare l'ultima prova con serenità. Entrarono con me, all'uscita ridemmo delle mie figuracce e facemmo colazione insieme.

Orale

Ai miei orali emerse tutto.
Di solito dicono che gli esaminatori interni ti aiutano. Quello di arte, in effetti, incontrò Ludo di nascosto e gli disse in anticipo cosa avrebbe chiesto a ognuno di noi. Ma quella di inglese era una svampita che non capiva nulla, neppure come darci una mano, e inaspettatamente Morfeo

si risvegliò e mostrò una cattiveria inaudita. Fece addirittura scoppiare a piangere Sara che venne consolata dal presidente di commissione. Paradossalmente il presidente fu più dalla nostra parte dei nostri professori, forse perché vide con che razza di mostri avevamo a che fare. Quando Morfeo chiese a Marti un argomento mai sentito nominare (il tribraco giambico, per vostra informazione), il presidente di commissione gli disse "ma le sembrano domande da fare alle superiori?"
Dopo il primo giorno di orali gli disse anche di darsi una calmata, non era possibile che lui da solo tenesse almeno mezz'ora di colloquio. Infatti voleva chiedere tutto a tutti (forse per compensare di averci chiesto poco in interrogazione durante quegli anni?). Partiva dalla versione e la faceva correggere, poi poneva una domanda di letteratura sia in greco sia in latino e infine interrogava sugli autori sia di greco che di latino. Infatti dovevamo portare tre libri tradotti di latino e due di greco studiati durante l'anno.
Infine, si confermò la stupidità di alcuni professori e si confermò quanto impreparata fossi.

Tesina scritta due giorni prima e riletta due volte.
Esposi la mia tesina che, essendo scientifica, fu ascoltata solo dalla professoressa di matematica e fisica e, inaspettatamente, da quella di inglese. Quest'ultima decise pure di intervenire: disse che non aveva capito la relatività di Einstein. Tentai di spiegarla in un altro modo. Continuava a non capire. Feci un paio di esempi. No, ancora non aveva capito.
"Non possiamo mica stare qui tutto il giorno aspettando che lei capisca la fisica" si intromise il presidente.
Visto che era una tesina scientifica, la prof pensò di essere autorizzata a chiedermi fisica. Bene, direte voi, non l'avevi studiata per il test? Diciamo che, siccome negli ultimi tre mesi avevo visto che sbagliavo spesso le domande di matematica e fisica e che erano solo quattro domande ciascuna, le mollai per concentrarmi su biologia e chimica.
Quindi non bene.
Disse: "Visto che hai parlato di termodinamica nella tesina... parliamo di altro."
No. No, no, no. Perché? Quasi solo a me viene a fare domande? E pure

su argomenti non collegati alla tesina?
il quesito che mi fece era sulla corrente elettrica. Proprio il giorno prima avevo assistito all'orale di Ali a cui erano state chieste le leggi dell'elettromagnetismo, quindi ripetei quello che lei aveva detto. Dissi: "Bé, l'elettricità rispetto al magnetismo..." e partii a parlare dell'elettromagnetismo. Non c'entrava quasi nulla, non era quello che mi aveva chiesto. Allora mi chiese non so quale legge matematica. La guardai con gli occhi sbarrati; disegnai un triangolo; mi chiese di indicare qualcosa nel triangolo; fissai il triangolo; fissai lei; fissai di nuovo il triangolo.
"Va bene" sospirò. Ormai doveva arrendersi all'evidenza che non sapevamo nulla.
Passammo a filosofia. Domande generiche, seppi rispondere, ancora sentiti ringraziamenti al signor Bignami.
E poi fu il turno di inglese.
"Let's talk about a sperimental poet."
Mi venne in mente solo Emily Dickinson, forse intendeva sperimentale dal punto di vista stilistico. Parlai di lei, recitai anche un paio di poesie. Quelle mi è sempre piaciuto impararle. E anche quella volta non erano da imparare a memoria, se lo fossero state forse non l'avrei fatto.
Comunque, non mi interruppe e solo alla fine disse: "Tutto giusto, ma non stavo pensando a lei. Intendevo sperimentale dal punto di vista scientifico."
"Ovviamente sto parlando di Frankenstein."
Cosa c'entra con la poesia? Frankenstein con basi scientifiche? Ci credo che non capiva la relatività di Einstein. Ma si può essere così stupidi? Aveva sbagliato a formulare la domanda. Sinceramente non so spiegarmi ancora come possa aver superato la maturità, figuriamoci una laurea. Tutti la guardarono inorriditi, anche il presidente di commissione disse: "Andiamo avanti per carità!"
Arte chiese le domande concordate.
Poi ebbe inizio la vera tragedia.
Morfeo tirò fuori la mia versione, la dichiarò *la peggiore che avessi mai fatto, da piangere, mi vergogno a tirarla fuori*, eccetera eccetera.
Mi chiese Plinio il vecchio di letteratura latina collegandosi alla mia tesina e fin qui tutto bene. Poi fu il turno degli autori e mi chiese di tirare

fuori il libro di Tacito e di tradurre. Io sapevo solo il libro di Seneca, lo tirai fuori e inizia a leggere e tradurre.

"Io ho chiesto Tacito."

"No," dissi "facciamo Seneca" e continuai a tradurre.

Non avevo molta altra scelta. Su Tacito avrei fatto scena muta.

Lui sospirò e mi lasciò andare avanti.

Passammo a greco. "Scelgo io questa volta" disse.

Per greco avevo usato un'altra tattica: sapevo la prima pagina di ogni capitolo da tradurre. La prima pagina e basta, tra l'altro imparate la notte prima. Addirittura il pomeriggio precedente mi ero resa conto di non avere neppure tutte traduzioni. Così, Mati venne a casa mia in vespa per portarmi il suo quaderno di greco, lei aveva fatto l'orale il giorno prima.

Morfeo disse di tradurre Isocrate, capitolo due.

Iniziai a tradurre "No" disse "andiamo più avanti". Saltai qualche riga e proseguii.

"Intendevo qualche pagina avanti."

Lo ignorai e continuai la traduzione.

Sospirò di nuovo e disse "Ho capito."

Passammo a italiano. Diciamo che quell'interrogazione può riassumere tutto il mio disastroso percorso scolastico.

Nella tesina avevo citato Pirandello, non avrei dovuto farlo. La nostra prof, infatti, non aveva mai fatto interrogazioni o compiti su Pirandello e quel vastissimo autore lo aveva spiegato in venti minuti.

Ci avevamo litigato, avevamo litigato con quasi tutti i professori che volevano mettere in programma argomenti appena accennati, soprattutto con gli insegnanti che sarebbero stati esterni. O meglio, mandammo i rappresentanti, Tommi e Ali a battagliare visto che erano loro a dover firmare. Non ricevetti mai tante occhiate d'odio da Ali come in quei giorni.

Comunque, alcune cose le ottenemmo, altre no. La prof si era rifiutata di togliere Pirandello.

Lessi superficialmente qualcosa, Li mi fece un riassunto dieci minuti prima che entrassi all'orale.

Così mi fu chiesto Pirandello e io ripetei qualche generalità. E poi mi chiese un episodio in particolare presente all'inizio di *Uno nessuno cen-*

tomila. Rimasi un attimo in silenzio. Cavoli, me l'ha appena detto Li, pensai.
E di punto in bianco gridai, poiché mi era venuto in mente: "Sì! Il naaso!"
Lei sobbalzò sulla sedia per lo spavento. "Va bene" disse, "vogliamo anche spiegare il concetto?"
Dopo Pirandello, come aveva fatto con tutti, passò a Dante. Il mio orale si può riassumere solo con quell'ultima risposta che diedi.
"Chi incontriamo nel terzo canto del Paradiso?"
Parlai della luna e di Piccarda Donati ma lei mi interruppe per farmi un'ulteriore domanda: "Sì, c'è un altro personaggio, però, verso la fine del canto."
Vuoto. Sapevo che c'era, l'avevo letto nel bignami qualche giorno prima ma non mi veniva proprio in mente il nome. Spremetti le meningi e a un certo punto affiorò un nome. E ora il dubbio: sarà il nome giusto? Mi azzardo a dirlo?
Lo dissi.
Maria Cristina D'Austria.
Ho collocato Maria Cristina d'Austria nel paradiso di Dante. Sappiate che è vissuta più di tre secoli dopo Dante. Diciamo che questa risposta può riassumere tutta la mia superficiale e confusionaria preparazione.
Lei mi guardò inorridita e disse:"Può bastare."
Intervenne quello di arte che tentò di aiutarmi: "Si è confusa con arte, si è confusa con arte, stava pesando alla tomba del Bernini. Provi a chiederle il tema degli umili visto che lo sapeva tanto bene ad arte."
Ma ormai avevo distrutto il suo amato Dante, lei quindi mi odiava e mi fece l'ultima domanda solo per vendicarsi: "Verga. Qual è la differenza di come viene descritta la campagna tra *Rusticana* e *Vita dei campi*?"
Come viene descritta la campagna in due opere minori di quell'autore? Anche se avessi studiato non sarei mai arrivata a saperlo.
Non ebbi neppure il tempo di dire *non lo so* che riprese parola quello di arte dicendo: "Può bastare" e mi tolse dall'impiccio. Appena pronunciata la parola arrivederci, mi precipitai letteralmente fuori dalla porta, non volevo più rivedere nessuno, non volevo più mettere piede in quel manicomio.

Non andai neppure a vedere il mio voto. Me lo dissero i miei compagni, e ci misi tre anni per ritirare il diploma.

Con quanto uscii? 65. Meritato. Di solito ti dicono che si esce con qualche punto in più rispetto alla media con cui ti presenti. Io mi ero presentata con la media del 7 e mezzo, ero quindi uscita con più di dieci punti in meno del previsto.
Non che mi aspettassi diversamente o pensassi di meritare di più visto quel poco che avevo studiato per la scuola. Ma mi fece specie la discrepanza.
Successe lo stesso a Monica: lei aveva sempre studiato tantissimo, ma quell'anno anche lei aveva mollato per prepararsi al test. Si presentò con la media dell'8, ma uscì con 70.

Comunque era finita.

Ero fuori.

Ero libera.

RAGAZZINA

Ci hanno trattato come un numero, allora parliamo di numeri: nella mia classe avremmo dovuto prendere la maturità in ventotto, ci siamo arrivati in quindici, quindici sopravvissuti.
Penso che sopravvissuti sia proprio il termine adatto. Non posso sapere con certezza come l'abbiamo affrontata i miei compagni, quelli rimasti fino alla fine e quelli solo di passaggio, ma so per certo che la mia è stata solo sopravvivenza. Il primo anno ero semplicemente spaesata e forse anche spaventata, poi mi sono messa sottovuoto e non mi sono concessa di provare nulla, di fallire in nulla, di appassionarmi a nulla: chiudermi a riccio sembrava meno peggio.
E ora che succede? Dieci anni dopo mi ritrovo a scrivere e ad analizzare i miei ricordi e lo faccio perché mi sono risvegliata da un sonno profondo ed è stato proprio un libro a farlo. Il libro parlava appunto di scuola, di didattica, e ne parlava con passione; un insegnante si raccontava e io ho intravisto la scuola che avrei sempre voluto, ho sentito che quel tipo di scuola era possibile.
In cinque anni ho provato la peggior scuola sotto ogni punto di vista, quella dei pochi, degli eletti, quella dei numeri, quella che ti fa sentire un incapace, che si compiace di non essere adatta a tutti, che abbandona gli alunni, che non premia le unicità, quella legata al sapere come fine ultimo o forse solo come mezzo per elevarsi sopra gli altri e allo stesso tempo quella dell'incompetenza, della maleducazione, delle urla, della paura, dell'ansia. Dopo cinque anni sapevo che c'erano situazioni meno peggiori della nostra, ma di certo non mi illudevo che la scuola potesse essere troppo diversa. Così, mi sono solo adattata a quello che incontravo, non ho fatto nulla per avere una scuola migliore, non ho avuto coraggio, sono stata, come vi dicevo, una pessima alunna, e come pure ho premesso e dimostrato in questo libro, solo una lagna continua.
E poi quel libro mi ha aperto la mente, mi ha risvegliato dal torpore. Così finalmente l'ho sentita: la rabbia, tanta, per le ingiustizie subite, per non aver avuto la scuola che volevo, che non era un'utopia, ma che da qualche parte, in qualche angolo, è tenuta in vita da qualche professo-

re ancora appassionato, che ancora ci crede, che ha ancora come fine quello di far crescere i propri studenti.
Questa rabbia ha sedimentato, è entrata in profondità ed è rimasta silente per anni, non sapevo neppure di possederla prima di fermarmi a leggere quel libro e forse, proprio per questo, mi ritrovo a scriverne.
Non dormo da due giorni, troppi pensieri, troppe lettere battute alla velocità della luce, eppure non sono stanca, anzi, come dicevo sono finalmente sveglia.
Mi trovo a domandarmi, forse troppo tardi, e se le cose fossero andate diversamente? Se avessi incontrato validi insegnanti? Cosa farei oggi? Chi sarei? A cosa sarei appassionata?
Mi trovo a pensare che forse io amavo la scuola, e proprio per questo ci ho sofferto tanto e ho fatto in modo di non soffrire ancora, arrivando a odiarla o meglio, a dire che non me ne importava nulla: mi sono chiusa per non esserne ancora delusa.
In fondo, è solo ciò che amiamo che ha il potere di infliggerci sofferenza.

Il liceo segna, segna ognuno, a quell'età siamo affamati di tutto, ma se non troviamo vero nutrimento restiamo con la fame.
Si è così aperti verso il mondo, si cerca così disperatamente la propria strada, si ha così paura di perdersi che a volte non si cerca neppure. A quell'età ci si allontana dalla famiglia, si comincia a desiderare di essere indipendenti e la scuola dovrebbe aiutare, trasmettere valori, incoraggiare e alimentare passioni per indirizzare verso il futuro.

Tra i miei ricordi ci sono ben poche nozioni o insegnamenti. Principalmente mi sono rimaste impresse le torture subite e ricordi stupidi: il cibo ai compleanni, le foto con i cappelli di Natale prima delle vacanze, i palloncini che portavo e attaccavo al banco del festeggiato perché non fosse interrogato. Ammetto che i palloncini li portavo perché, come al solito, mi divertivo a disturbare; ottenni anche un "Porco demonio" da un professore che trovò un palloncino sotto alla cattedra, tranne tacere quando chiese chi fosse l'imbecille che aveva portato i palloncini a scuola. Come detto ho conservato i bigliettini che ho ricevuto nel corso degli anni, sono dentro i miei diari, che ho conservato. Ho anche il ricordo di quando ho rubato un orologio: la nostra aula ne era sprovvista così a ricreazione sono entrata in una classe, mi sono arrampicata sulla cattedra, ho preso l'orologio e me lo sono portato via. Dei poveri quartini ancora spaventati non hanno osato chiedermi nulla.

Per trovare la strada basta unire i puntini della propria vita. Li lo aveva scritto in un tema molto bello che mi aveva lasciato leggere. Unire i puntini, ecco cosa mi sono persa non fermandomi a pensare, a provare qualcosa, anche a fallire.

Avrei dovuto unire i puntini e avrei capito tutto. Ero la bambina di cinque anni che si faceva leggere l'Odissea o l'Iliade ogni sera dal proprio padre; ero la bambina di otto anni che non chiedeva giocattoli per Natale ma solo libri; ero la ragazzina a cui alle medie affidavano libri in più da leggere; ero la ragazza che teneva un diario, un diario dei sogni, che scriveva poesie; ero l'amica che componeva biglietti in rima per tutti; sono la persona che non sa esprimersi a voce ma solo scrivendo, che impara a memoria decine di poesie solo perché le piacciono; la ragazza che al liceo leggeva tantissimo piuttosto che studiare; ero una fuggitiva che usava la libreria come rifugio ogni volta che qualcosa andava male; la persona che ama scrivere a penna, che presta e regala libri a chiunque, che si illumina a parlare di libri... i libri erano i miei puntini.

Avrei dovuto seguire i libri.

Non ho seguito i libri, ho fatto scelte sbagliate, dato ascolto alle mie manie di grandezza che esistevano solo perché ero insoddisfatta,

Li me lo diceva, mi ricordo più quello che mi ha insegnato lei della professoressa di italiano e forse la ascoltavo pure di più. In effetti, Li era riuscita farmi studiare letteratura, la professoressa di italiano no. Come scrisse Mendelsohn: "É davvero impossibile prevedere dove porterà l'istruzione; chi sarà ad ascoltare e, in certi casi, chi sarà ad insegnare."

Quindi, a tutti gli insegnanti, maestri, professori, dall'asilo all'università ma anche a tutti gli allenatori, educatori, animatori dico: non potete prevedere a chi insegnerete, cosa rimarrà di quello che trasmettete, ma vi assicuro che avete un potere enorme e quindi anche la vostra responsabilità è grande. Forse si sottovaluta molto il ruolo degli insegnanti e forse anche per questo il corpo docente si sente spesso stanco e frustra-

to. Non si può prevedere quanta influenza avranno sui propri allievi. Non avete proprio idea di quel che ci rimane addosso.
Un maestro dovrebbe vederti meglio di come ti vedi tu, perché dovrebbe vedere il potenziale dell'alunno, dove può arrivare, qualcosa che tu in quel momento neppure immagini. E invece, per lo più, ci sono insegnanti che calpestano invece di far crescere i propri alunni.
Io ho ancora nel cuore le parole della mia insegnante di italiano delle medie, la ragione per cui ho fatto il classico, quando ancora stavo seguendo i libri. Fu la prima e anche l'unica a dirmi che non ero una persona chiusa, come si sarebbe potuto facilmente pensare, ma solo una persona che dà a chi merita. Ho ancora il libro che mi ha regalato, i libri in più che mi ha affidato, i suoi commenti scritti a margine de *Il piccolo principe*, il ricordo del reading musicale a cui mi ha portato.
Mi sono rivolta anche agli allenatori perché anche loro sono una guida, lo è chiunque veda in te qualcosa, chiunque ti metta davanti delle sfide che ti fanno crescere.
Ricordo quando, un anno in cui ero animatrice al grest, una mamma venne a parlarmi di Dario; mi disse che era un bambino timidissimo ma che finalmente aveva voglia di giocare con gli altri bambini. Mi disse che era contentissimo di avermi come animatrice, che lo incoraggiavo sempre e infine mi ringraziò perché era da lì che aveva preso un po' di coraggio.
Ancora oggi mi rende tanto felice pensarci.

E, se invece siete studenti, vi dico: lottate anche voi per la scuola che volete, mettetevi in gioco, non aspettatevi che cambi da sola, che lo faccia qualcun altro, non lamentatevi e basta come ho fatto io.

Vivo come scrivo, di getto, ruvida, sentenziosa, tagliente, senza mezzi termini, un gran casino come sono. Ignorate i miei modi, dunque, guardate il contenuto. Avrei potuto fare di peggio. Per esempio avrei potuto raccontare della cena delle terze organizzata nel chiostro della scuola: era iniziata con la caponata di Tancredi rovesciata a terra ed era finita con un'alunna di un'altra sezione che piangeva disperata in bagno e che fu trovata dalla mia prof di italiano per terra, mezza ubriaca. Avrei potuto raccontare di un paio di scandali che coinvolsero due professori con delle alunne, delle accuse di molestie che ricevette Bestia di Satana, di bidelli che avevano evidenti problemi mentali. Uno in particolare lo trovavi sempre immobile con il mocio in mano a fissare il vuoto con la bocca aperta, mentre un altro non si capiva mai cosa dicesse: quando entrava in aula per riferire un messaggio, il professore di turno chiedeva di ripetere due o tre volte, infine si arrendeva e fingeva di aver capito. Emetteva solo una sorta di grugniti, a voce sempre più alta ogni volta che doveva ripetersi.

Potevo anche raccontare degli episodi di bullismo a cui assistetti e che ovviamente ignorai; oppure di chi soffrì di anoressia o di coming out poco felici.

Come avrete capito, potevo andarci anche più pesante di quel che ho fatto.

Questo, insomma, è quello che mi è rimasto addosso, cose stupide o principalmente cose sbagliate: macerie, scuse, rimpianti, rabbia.

Forse, oggi come allora, appesantita da tutto questo, non ho messo in luce anche le cose buone che ci sono state. Oltre alla mia insegnate di italiano delle medie, anche la professoressa di astronomia che metteva tutta la sua competenza al nostro servizio sebbene le costasse lavoro in più; la professoressa di ginnastica che ci donava i suoi consigli su come affrontare la scuola e che ha lottato per noi; la professoressa di chimica che ci portava alle mostre, che ci faceva lezione all'aperto perché più piacevole, che al mio salto in classe per un 6 in greco al posto del rimprovero mi aveva dato il cinque, che a fine anno mi aveva messo 8 per premiare il mio impegno anche se avevo preso solo 7, che si segnava fino a quale argomento ti aveva interrogato la volta prima in modo che nessuno avesse dei buchi; la professoressa di greco che dovrebbe avere un premio per la velocità: voleva che noi facessimo le versioni in un'ora, ma lei le correggeva in un pomeriggio, e anche se non avevamo greco il giorno dopo, alle otto di mattina ti faceva trovare la versione corretta sul banco e ti interrogava tutte le volte che volevi se dovevi recuperare dando la precedenza a chi era in difficoltà e che ci regalava bellissimi approfondimenti nei collegamenti tra greco e letteratura italiana moderna. Con la professoressa di italiano non ci siamo capite, ma so che era valida, sono stata anche io a ignorare ogni tentativo di insegnamento, forse con me ha fallito ma so per certo che ad altri ha trasmesso molto.

Questo libro è uscito così, ma il mio non voleva essere un j'accuse, volevo solo far ridere e riflettere.

Io, che volevo scappare dalla scuola con tutta me stessa, mi trovo a sentirne la mancanza, nonostante tutto. Nella mia crisi, nel mio cercare i miei puntini, nel ritrovare il mio fermento, il luogo in cui sono tornata con la mente, in cui ho iniziato l'analisi di me stessa è proprio la scuola che tanto odiavo.
Un ritorno sui banchi verdi e le mattonelle color terracotta.

Dovevo seguire i libri.

SCUSE

Solitamente a questo punto si scrivono i ringraziamenti, io invece vorrei usare questo spazio per scusarmi.
Vorrei chiedere perdono ai miei genitori per le bugie e per la mia chiusura in quegli anni, a mio fratello per essere stata poco presente e forse nel modo sbagliato, ai compagni a cui facevo i dispetti e a quelli menzionati nel libro; chiedo scusa per le mie parole a volte pesanti, sarcastiche e acide, chiedo inoltre scusa ai professori che, se pazzi non erano, ci ho pensato io; scusate per gli imbrogli e per il disimpegno; chiedo scusa anche alla scuola per non aver combattuto per lei ma, anzi, per aver contribuito al suo infossamento.
Infine chiedo perdono anche a me stessa, per non essermi ascoltata, per essermi sottovalutata, per essermi nascosta anche se solo da me stessa in realtà, per essermi tradita, e soprattutto per non aver rischiato fingendo indifferenza.
Ci vuole molto più coraggio a mostrare le proprie debolezze.

www.amarganta.eu
manoscritti@amarganta.eu

Printed in Great Britain
by Amazon

41814010R00126